I MITI

Michelle Hunziker

UNA VITA APPARENTEMENTE PERFETTA

MONDADORI

I edizione VIVAVOCE ottobre 2017
I edizione tascabile I Miti giugno 2018

ISBN 978-88-04-70445-4

Indice

Una vita apparentemente perfetta

A Franchino

«Ogni guru è una trappola. Ogni leader è un tiranno. Ogni maestro confonde. [...] Se fossimo in contatto con il nostro cuore profondo, cioè il luogo reale dello spirito, non accetteremmo nessun leader, nessun maestro, nessun guru. Saremmo indipendenti. Svegli. Vigili. Autonomi, non automi. Il maestro sei tu. E dentro c'è anche tutto quel che serve.»

JIDDU KRISHNAMURTI

La tempesta perfetta

Sento il suo sguardo addosso. Sono ancora nel dormiveglia ma allungo una mano per accarezzarla. Capelli lunghi, Sole. Caschetto, Celeste. A quanto pare, gli occhi larghi che mi fissano nella penombra da un tempo imprecisato portano il caschetto.

Socchiudo le palpebre e la inquadro, la mia ultima cucciola, acciambellata a pochi centimetri da me nel lettone: è bionda e rosa, con l'aspetto tenero di tutti i bebè, uscita dalla primissima infanzia quanto basta per riuscire ad attendere che mi svegli senza piangere.

La attiro ancora più vicino e me la abbraccio, la sua testa nell'incavo del collo. Nessuna delle due dice una parola: io perché amo coccolare le mie figlie di notte, annusarle, guardarle in silenzio; lei perché ha troppo sonno, sebbene lo stia combattendo con tutte le sue forze.

Quando sono certa che si sia riaddormentata scivolo fuori dal letto il più lentamente possibile, poi la sollevo con movimenti millimetrici. Attraverso il soggiorno a piccoli passi, nel tentativo di evitare quell'unico e pericolosissimo giocattolo che, ne sono certa, la sera prima deve essere sfuggito alla mia furia ordinatrice. Una volta nella camera delle bambine, adagio Celeste nel suo lettino. Le rimbocco le coperte, e lei si accomoda: allarga le braccia, distende la testa sul cuscino. Sole si accorge che sta accadendo qualcosa, si muove per qualche istante, poi sprofondano entrambe nel mondo dei sogni. Spengo le lucine notturne, esauste dopo ore di lavoro ininterrotto, e regolo le tende: non voglio che l'alba disturbi il loro sonno.

Con la massima delicatezza, giro la maniglia della stanza accanto: sono sicura che Aurora si è dimenticata di chiudere gli scuri. A rischio di venire colta in flagrante e sgridata perché la tratto come una bimba, mi intrometto, non rispetto la sua privacy eccetera eccetera, mi avventuro verso la finestra, scavalcando vestiti e libri sparsi sul pavimento. Compiuta la mia missione, torno alla base.

Sono le cinque e mezza del mattino. Troppo presto per tutto – a parte, forse, la gratitudine.

Mai avrei pensato di poter essere benedetta da così tanto amore. Eppure è successo, e all'arrivo di ogni figlia il mio cuore si è aperto un po' di più, e non accenna a fermarsi.

Tutti mi dicono che con le mie bambine, quella grande inclusa, sono troppo presente: gioco, canto, leggo, suono, ballo, cucino, faccio fotografie, accarezzo, abbraccio, mi alzo troppe volte per notte e troppe le assecondo durante il giorno, ascolto troppo, mi immischio troppo, parlo troppo. Può darsi che sia così: in effetti, le due piccole si approfittano di me senza pudore, come farebbe qualsiasi coppia formata da una duenne e una quattrenne. D'altra parte, credo che il mio ruolo di mamma sia questo, alla fine: amarle tanto da farle sentire protette, dare loro una casa, radici profonde sulle quali costruire un'identità, saldi punti di riferimento. Preferisco fare troppo, che troppo poco. Poi, anche se lo volessi, non riuscirei a comportarmi diversamente.

L'amore non lo so dosare, mai stata capace. Né da figlia, né da moglie, né da madre. O da amica. Mi trovo a mio agio con una forma di amore assoluto, totale – quello che danno e che si aspettano i bambini: un sentimento tutto bianco, morbido e leggero come una nuvola, infinito come l'universo in espansione.

Guardo Auri, abbandonata in uno stato di pace che pare perfetto. È così diversa da me alla sua età: è fragile nel modo in cui lo sono i giovani, convinti di essere adulti senza aver visto ancora niente del mondo, ma la percepisco più concreta, più forte, forse persino più saggia di come ero io. Di certo, ha nei confronti di suo padre e miei uno sguardo più maturo e benevolo di quello che a lungo ho avuto io nei confronti dei miei genitori: Auri conosce le mie debolezze, le mie paure, le mie ferite; io, a vent'anni compiuti, da mia madre continuavo a esigere un'idea indistinta di dolcezza e accoglienza, che lei purtroppo non poteva darmi.

In questo periodo Sole ama giocare con quei cubi di legno in cui bisogna infilare solidi colorati: il prisma nella finestra a tre lati, il parallelepipedo in quella rettangolare e così via. È come se, per anni, avessi atteso da mia madre un amore rotondo, mentre lei poteva offrirmi solo quadrati. Con la mia finestra circolare perennemente vuota, dall'alto dell'intransigenza tipica dei mendicanti d'affetto – che si sentono depositari di chissà quale verità ultima sulla natura umana tutta –, mi sentivo sola, inascoltata, una reietta. Se mia madre non mi amava, evidentemente ero l'ultima persona sulla Terra meritevole di attenzioni.

In verità, avevo i paraocchi. Pretendevo sentimenti assoluti, densi e senza spigoli, che non sarebbe stato umano dare, mentre l'amore ha infinite forme e colori. Quello di mia madre è cristallino, magari complicato da raggiungere, ma luminoso come una stella che guida. Quello del papà di Aurora era ruvido, ma potente ed esplosivo.

Non ero matura a sufficienza per intuire che avevo tutto lì, a portata di mano. Mi sarebbe bastato allargare la mia finestra. Ho continuato a cercare altrove, e ho trovato pace solo quando una donna bella e sorridente, che profumava di buono e sembrava vedere la vera me, mi ha dato esattamente ciò che mi aspettavo: un amore all'apparenza senza filtri, senza dubbi, senza sbavature. Come quello che cercano i bambini. Come quello che pretendono i ventenni. Clelia mi ha dato tenerezza, senso di appartenenza, un ruolo in una storia più grande di me, e anche di lei. Ho creduto che fosse il mio pezzo mancante.

Non esiste forma di violenza più alta di quella delle sette. Cercavo amore, e Clelia me lo dava. Potevo dirle tutto, e lei mi avrebbe comunque accettato. Mi telefonava sei volte al giorno per sapere come stavo, ascoltava con attenzione, sembrava coinvolta dalle mie sofferenze. Mi coccolava: se ero triste mi permetteva di appoggiarle la testa in grembo e la accarezzava finché non ero io a sollevarla. Per settimane mi aiutava a migliorare la mia scarsa autostima, facendomi sentire speciale, unica, importante. Poi di colpo mi denigrava. Mi metteva in castigo, allontanandomi, negandosi. E io volevo una sola cosa: tornare da lei. Avrei fatto di tutto pur di non perdere quell'unione simbiotica che, ai miei occhi, era l'unico amore vero nella mia vita. E in effetti ho fatto molto: ho sospeso il giudizio, sacrificato il mio libero arbitrio, tagliato i ponti con mia madre, con amici e colleghi carissimi, ho messo in pericolo la mia carriera.

Sono dovuti passare cinque anni prima che arrivassi a provare una sofferenza così acuta da essere insopportabile. In quel momento realizzai che rimanendo al fianco di Clelia non mi sarei elevata, ma isolata; non sarei andata incontro a un destino di luce, ma mi sarei condannata alla solitudine e alla paura. Impiegai settimane a racimolare il coraggio necessario per uscire dalla setta: credevo che fuori per me non ci fosse nulla, che mi sarei ammalata e sarei morta, ma non era vero. Semplicemente, ero rinchiusa in una bolla di sapone: bastò sfiorarla con un dito perché si dissolvesse.

Oggi, arrivata alla soglia dei venerabili "anta", posso dire di sapere alcune cose con chiarezza.

La prima: non è stata colpa di nessuno. In natura avviene a volte un fenomeno noto come "tempesta perfetta": un uragano può diventare devastante se si verificano tutte insieme delle condizioni atmosferiche che, singolarmente, non influirebbero sulla sua intensità. Accade di rado, ma accade, ed è quello che è successo a me. Un passato ingombrante, le fragilità, la giovinezza, le ambizioni, l'orgoglio, la fretta, l'intemperanza, l'insicurezza, la paura, la rabbia nei confronti di mio padre, i silenzi nel rapporto con mia madre, le attese che riponevo nel matrimonio, le convinzioni e le mancanze, la miopia e l'ingenuità: nessuno di questi fattori, da solo, mi avrebbe portato a essere sedotta dal maestro di una setta; invece, per Clelia è stato fin troppo facile attirarmi a sé.

La seconda cosa che ho scoperto riguarda l'amore, ed è che nessuno dovrebbe misurare il proprio valore in base a quanto si sente amato. Semmai, potrebbe essere vero il contrario: il senso sta nel dare, non nel ricevere. Sotto questo aspetto la maternità, con le sue sfide continue, è una scuola formidabile, anche per i romantici senza rimedio come me.

Albeggia. La luce si infila sotto le tende e disegna trame dorate sul parquet. Ascolto i respiri regolari delle mie figlie e riesco a elaborare un unico pensiero: "Quanto sono fortunata".

A lungo ho pensato che mi fosse stata data l'opportunità di vivere una fiaba, ma che a forza di uragani e tempeste perfette l'avevo mandata in pezzi. Adesso mi rendo conto che non era vero, o meglio, che era vero solo in parte; tutte le fiabe, anche le più edulcorate, contengono almeno una prova: un cattivo, un mostro, un bosco, una mela avvelenata. Senza, il protagonista non imparerebbe niente.

Sono fiera della strada che mi ha portato fino qui, alla mia seconda, desideratissima possibilità, con tanto di cavaliere biondo e dagli occhi verdi. Non ho rimpianti. Mi piace pensare che, se non avessi affrontato questo drago, oggi non sarei la persona che sono. Per questo ringrazio le mie cadute, perché senza di esse starei ancora cercando affetto nel posto sbagliato.

Quando sarà tempo racconterò ogni cosa alle mie figlie, con la speranza che i venditori di amore a buon mercato le trovino forti e non riescano a fare breccia nei loro cuori. Mi piacerebbe essere in grado di farlo senza acrimonia, con la maturità delle persone risolte e sicure di sé; nel frattempo, le riempio d'amore e di coccole: se non le consumo prima, ci sono buone chance che allora mi ascolteranno senza giudicarmi, come cerco di fare io con loro ogni giorno.

Ogni ferita è una porta

Quando ero piccolina mio padre si ostinava a tagliarmi i capelli corti, ma proprio corti: l'unica altra compagna di classe alla quale era toccato un simile destino li portava appena sotto le orecchie, con la frangetta; io, con il mio taglio eseguito rigorosamente dal barbiere, assomigliavo a un incrocio tra Simon Le Bon e David Bowie, ma spettinati. Definire la mia zazzera di allora "brutta" sarebbe un generoso eufemismo, e infatti l'intera scuola mi prendeva in giro. A parte la spazzola in testa, spunti di derisione ne fornivo parecchi altri: avevo i vestiti e i grembiuli con le toppe, nessun porcellino d'India (fondamentale nella Svizzera degli anni Ottanta per ogni femmina che si rispetti) ed ero piena di amici maschi. Le altre bambine mi guardavano come se fossi un'aliena: per loro il massimo dell'avventura era scendere a giocare sotto casa con le Barbie (!), mentre i porcellini pascolavano sul prato; io passavo i pomeriggi a cercare di stabilire il record del mondo di velocità su pattini a rotelle. Il mio amico Adrian veniva a prendermi già con i pattini ai piedi; appena lo sentivo suonare mi precipitavo giù per le scale, in bilico sul freno, inseguita dalle urla della mia mamma: «Attenta alle ginocchiaaa!». Sfrecciavamo per le vie del paese terrorizzando i pedoni; per andare ancora più forte entravamo nei supermercati, dove il pavimento, liscissimo, non opponeva alcuna resistenza. Confesso che qualche volta abbiamo rubato un tubetto di senape Thomy, prelibatezza proibita che mangiavamo per merenda dietro qualche albero.

Se non fosse stato per i kilt, che mi mettevano da quando ero neonata, avrei realizzato di appartenere al sesso femminile intorno agli undici-dodici anni. È stato allora che ho compiuto il mio primo, folle atto di ribellione: mi sono fatta crescere i capelli.

I pattini mi piacevano molto, il brivido della velocità mi entusiasmava, ma era come se una parte di me si fosse improvvisamente resa conto che questo non era abbastanza. Da un giorno all'altro mi bruciava da pazzi essere esclusa dal cerchio femminile, il luogo per eccellenza dove a quell'età vengono svelati i segreti del corpo e si riempie di significato la parola "amore" – temi elettrizzanti che non potevo certo affrontare con Adrian, per quanto gli volessi bene e mi facesse morire dal ridere.

Mi era già successo di sentirmi esclusa, e di uscirne migliorando me stessa. Per tutti gli anni dell'asilo avevo avuto il terrore della ricreazione: appena uscivamo in cortile, gli altri bambini si divertivano a chiamarmi "spaghettifresser" ("mangiaspaghetti", una sorta di equivalente di "terrona") e a picchiarmi. Il motivo: ero nata nel Canton Ticino e mi esprimevo in italiano, loro erano originari del Canton Berna, dove mi ero trasferita con la famiglia, e parlavano tedesco. Avrei potuto trincerarmi in classe, invece inspiegabilmente a ogni campanella infilavo la porta e andavo incontro al mio destino: prenderle. Posso ben affermare di aver imparato il tedesco a schiaffoni. Alla fine, però, rispetto a quei bambini, parlavo una lingua in più.

Ero convinta che sarebbe bastato fare lo stesso: imparare la lingua delle ragazze. Se avessi avuto un aspetto simile al loro, mi avrebbero accettato e sarei stata amica di tutti.

Ci ho messo mesi, ma alla fine avevo i capelli lunghi fino alle spalle e oltre. Fosse stato per me, non li avrei più tagliati. Finalmente, assomigliavo alle altre. Attesi invano che tra noi scoccasse la scintilla ma, per qualche ragione a me ignota, mi snobbarono ancora di più. Forse non c'entravano i capelli, ma la famiglia disastrata, le immancabili toppe e, più di ogni altra cosa, il mio atteggiamento infantile – il Peccato Supremo per chi si affaccia all'adolescenza. Come quei ragazzini che crescono un pezzo per volta, e si ritrovano a dover gestire corpi sproporzionati, con gambe magari lunghissime e braccia corte o viceversa, quanto ero consapevole nell'affrontare i problemi in famiglia, tanto ero ingenua nel gestire le mie relazioni. Le ragazze ai miei occhi erano troppo raffinate, nel mostrare affetto come nell'essere spietate: evidentemente avevano accesso a un sapere che a me era precluso, perché non avevo la benché minima idea di come si facesse a ridere scuotendo la testa, a ballare senza dimenarsi, a guardare qualcuno dall'alto in basso o a sogghignare fissando l'altro negli occhi. Mi trovavo invece molto a mio agio con i maschi: nel novanta per cento dei casi, per risolvere qualsiasi impasse – dai litigi agli imbarazzi – bastavano una battuta e una pacca sulla spalla. Semplice, no? Ero divisa tra questi due mondi: desiderando follemente entrare nel primo, lo scimmiottavo, pur continuando ad appartenere al secondo. Inutile dire che andava sempre peggio.

Da allora i capelli non li ho più tagliati, non veramente. Tuttora, quando varco la soglia del negozio del mio parrucchiere e lo vedo armato di forbici, gli sorrido e mi affretto a proporgli: «Spuntatina?». Ho continuato a lungo a sperare che la mia capigliatura potesse essere il fantastico strumento di inclusione sociale che avevo immaginato; non è successo, ma nel frattempo è diventata il mio bozzolo. Mi ci sono nascosta dentro per tutta l'adolescenza. Portavo i capelli con la riga in mezzo, lisci, aperti sul volto quel tanto che bastava per vedere all'esterno. Crescendo ho scostato lentamente le ciocche, aprendole sempre un po' di più, come i drappi di un sipario. Poi ho cominciato a gonfiarli, arricciarli, scalarli, acconciarli, raccoglierli, intrecciarli: sono diventati una criniera, il mio marchio di fabbrica, il mio segno distintivo. Mi assomigliano, da sempre. Per questo, mai avrei immaginato che potessero tradirmi a poco più di vent'anni. Per la precisione, ventitré.

Iniziai a seminare capelli lunghissimi ovunque. Al mattino, quando aprivo gli occhi, come prima cosa sollevavo la testa e controllavo lo stato del cuscino, per scoprire che era diventato biondo anche lui. Andavo in bagno, mi pettinavo con la delicatezza dei chirurghi, e a lavoro finito la spazzola assomigliava a un gomitolo.

Subito diedi la colpa al cambio di stagione, ma di stagioni ne passarono due senza che i capelli ricominciassero a crescere invece che a cadere. Pensai di essere allergica ai gatti, ne avevo ben sette: tutti quelli che finivano nel mio giardino provavano a stabilircisi, io mi intenerivo e li adottavo. Quando la visita allergologica li scagionò, provai di tutto: i rimedi della nonna, quelli del parrucchiere di sempre e del parrucchiere nuovo (non si sa mai...), shampoo e balsamo di tutte le marche, lozioni specifiche, integratori, chiesi consulenze al farmacista, al dermatologo e all'endocrinologo. Un luminare brianzolo mi fece delle fleboclisi di non so quale sostanza naturale, sostenendo che tutto stava nel ripulire i miei vasi sanguigni. Nessun risultato.

Quell'anno conducevo un programma televisivo, "Nonsolomoda", e studiavo recitazione a Los Angeles: cercavo modi creativi per fare gavetta e imparare il lavoro dei miei sogni. Ero innamorata alla follia del padre di mia figlia: la situazione ideale. La nostra splendida bimba aveva tre anni. Vivevamo a Inverigo, vicino a Milano, in una villa gigante circondata da un parco. Non avevo la patente, ma un autista che mi scarrozzava avanti e indietro dall'asilo di Aurora, che accompagnavo e andavo a riprendere, o dagli studi televisivi.

Essere la compagna di Eros, la mamma di Auri: ero felice. Tuttavia... Avevo incontrato lui a diciotto anni, a diciannove ero diventata madre: passati i venti iniziai a chiedermi chi fossi io – una domanda che, immagino, chiunque prima o poi finisce per porsi. Forse la mia attitudine a bruciare le tappe mi portò a riflettere su questo tema un po' presto, o forse la mia sete di realizzazione personale derivava dall'esempio eroico che avevo avuto in casa.

Più che una donna, mia madre è una roccia: aveva lasciato i Paesi Bassi che non era ancora maggiorenne, da sola; aveva saputo provvedere a se stessa e, a meno di quarant'anni, manteneva una famiglia di quattro persone, visto che mio padre non riusciva a rimanere nello stesso posto di lavoro più a lungo di qualche settimana. Lavorava come rappresentante, il che significava uscire di casa all'alba con una valigetta piena di prodotti e bussare a tutte le porte. Era bravissima: fece carriera e arrivò a diventare manager nella stessa multinazionale di erboristeria per la quale, agli inizi in Svizzera, aveva cercato di piazzare una cura per smettere di fumare. Lei naturalmente fumava come una turca, ma aveva un segreto: appena prima di suonare il campanello spegneva la sigaretta e si profumava la bocca con una passata di collutorio Odol.

Con lo sguardo poco clemente dei ventenni, ai quali ogni scelta sembra tragicamente definitiva, fremevo per non essere solo "la moglie di". Volevo dimostrare – a me stessa e a mia figlia – di poter essere una donna indipendente, autonoma, all'altezza dell'esempio che avevo ricevuto. Se ripenso alla me di allora, mi faccio molta tenerezza: orgogliosa e con la testa dura, mi impuntavo perché il padre di Auri non spendesse per me un euro più dello stretto necessario e, con il milione e duecentomila lire lordi al mese che guadagnavo con il mio lavoro, mi piccavo di partecipare alle spese. Non servirà specificare che, stranamente, tutti mi prendevano in giro.

Un luminoso giorno d'inverno, varcarono la porta dell'agenzia che allora seguiva Eros e, per quanto possibile, anche la sua febbrile moglietina, Franchino e Graziella. Chi erano costoro? Lui, Franco "Franchino" Tuzio, era stato per anni manager di Fiorello, al quale aveva messo addosso giacche sgargianti e modellato il codino a immagine e somiglianza del suo (sarà un caso, ma i capelli in questa storia c'entrano sempre...). Dotato di un irresistibile accento pugliese che ne ha fatto il "bersaglio" di molte imitazioni, Franchino è *il* talent scout per eccellenza: creativo, empatico, riesce a vedere l'artista dietro la persona prima degli altri e a piazzarlo esattamente dove dovrebbe stare per dare il massimo e sbocciare.

Per quanto mi è dato sapere, Graziella gli è accanto dall'alba dei tempi, con una fedeltà e una dedizione che raramente ho potuto osservare. Franchino può permettersi di essere tutto estro e intuito solo grazie alla sinergia con la sua amica e socia, la metà concreta e pratica della mela: i progetti di lui prendono corpo grazie a lei, che gestisce tutto, persino il suo conto in banca.

Il loro progetto era fondare un'agenzia: avevano le competenze e il nome (Notoria), ma non una sede. Eros offrì loro una stanza nei suoi uffici e un posto alla nostra tavola. Spesso Franchino si fermava a pranzo a Inverigo. Prendeva parte alle feste che organizzavamo. A Capodanno l'avevo visto ridere alle mie battute, mentre intrattenevo gli ospiti con il microfono in mano, come se fossi un'animatrice in un villaggio vacanze.

Più lo osservavo, più mi piaceva: era genuino, una bella persona, con un grande senso del talent scouting. Sapevo che nel passato aveva vissuto momenti difficili, e a maggior ragione pensavo che potesse capirmi, prima ancora che aiutarmi a esprimere il mio potenziale.

Fuori casa ero sempre stata preda di terribili complessi di inferiorità. Ero un'outsider infelicissima di esserlo. In casa mi ritenevo semplicemente inadeguata, per la mia incapacità di riparare la crepa che si stava aprendo tra i miei genitori. Per qualche strana ragione, i bambini sono convinti di essere la causa prima di qualsiasi cosa brutta capiti in famiglia, e di dovervi porre rimedio. Mio padre era alcolizzato, quando tornava a casa ubriaco spaccava tutto: di chi era la colpa se non mia? Nessuno mi aveva mai spiegato che il mio papà era malato, e non per mancanza di volontà: vedere l'alcolismo come la patologia che è richiede informazioni e strumenti che nessuno di noi allora aveva a disposizione. In più, fino agli anni Ottanta era socialmente accettato che gli uomini bevessero tanto la sera. Basta vedere un film di James Bond: se oggi un padre trangugiasse quella quantità di Martini agitati, non mescolati e champagne ci preoccuperemmo; all'epoca non succedeva. Mia madre, mio fratello e io eravamo convinti che per smettere di bere bastasse deciderlo ed enunciare il solenne proposito: «Questo è il mio ultimo bicchiere». Non avevamo mai letto Italo Svevo.

Nella mia testa di decenne, comunque, le cose

erano chiare. Mio padre amava l'alcol più di me, sua figlia: questa era la radice di tutti i mali. Se solo fossi riuscita a farmi amare abbastanza, lui sarebbe stato sempre sobrio, la persona meravigliosa che conoscevamo, sarebbe riuscito a tenersi un lavoro, la mamma avrebbe avuto più tempo a disposizione e saremmo stati felici. Purtroppo, non ci riuscivo. Doveva esserci qualcosa in me che mi rendeva indegna d'amore. Forse, in futuro, se fossi diventata qualcuno... Ma al tempo ero una bambina spilungona con una zazzera in testa: era solo colpa mia.

Credo che Franchino e io ci siamo in qualche modo riconosciuti proprio grazie alle ferite sommerse che cercavamo di rimarginare. Le sue fragilità me lo rendevano familiare. Come mio padre era un'anima nuda e sensibile: entrambi pieni di charme e talento, ma anche esposti, talvolta indifesi. Diversamente da mio padre, però, Frank aveva saputo rimettersi in piedi, rialzarsi, ricominciare. Non so se inconsciamente sperassi che questo potesse accadere anche al mio papà, sta di fatto che Franchino per me è stato dal primo momento un punto di riferimento fondamentale, una seconda figura paterna. E come tale si è preso cura di me.

Ricordo perfettamente il giorno in cui ci siamo adottati a vicenda. Era la primavera del 2000. Eros doveva tenere un concerto ma era senza voce da giorni. Aveva ingurgitato quintali di pastiglie per il mal di gola e fatto non so quanti gargarismi, ma continuava a essere rauco. Franchino gli propose di incontrare Clelia, la pranoterapeuta che l'aveva aiutato a uscire dal suo periodo nero. Ai suoi occhi era colei che gli aveva restituito la vita: non poteva offrirci di meglio. Seguendo la famosa legge di chi non sa più che pesci pigliare (cioè "male non può fare"), decidemmo di conoscerla.

Non c'era modo di immaginare che cosa sarebbe successo.

Clelia era di una bellezza signorile e materna al contempo. Una quarantina d'anni, lunghi capelli biondo cenere, emanava gioia, equilibrio, serenità. Era piccolina, appena più di un metro e sessanta. Aveva un sorriso aperto e dolce, mani morbide e ben curate, occhi ridenti e sagaci.

In tarda mattinata trattò Eros, quindi ci sedemmo tutti insieme a tavola. Molto timidamente, chiesi a Franchino di occuparsi della mia carriera. L'idea mi girava in testa da qualche tempo, ne avevo parlato con Eros, che si era detto d'accordo. Lui si illuminò, sembrava che non aspettasse altro. Sorrise e mi rispose: «Con grande piacere, Michelle, sono felicissimo». Entrambi al settimo cielo, cominciammo a sognare il futuro meraviglioso che ci aspettava: lui ripeteva che avevo una vena comica ancora inespressa, sulla quale avremmo dovuto puntare.

C'è chi ritiene che la penna abbia lo stesso potere della spada: concordo, ma non solo. Con la penna si può anche accarezzare, commuovere, non solo ferire. Così è per la risata: mi piace vederla come una tavola apparecchiata e invitante, sotto la quale i timidi si possono nascondere, e alla quale, invece, tutti possono (e anzi vogliono) sedersi. All'inizio della mia carriera qualcuno mi soprannominò "iena ridens", perché ho la risata facile. Ridere, però, è tutt'altro che da stupidi. Si ride per esorcizzare delusioni e sofferenze, si ride per attraversare indenni la tristezza o la malinconia. Charlie Chaplin, riuscendo a intravedere il buffo nel tragico, e raccontandolo, ha creato opere che sono pura poesia. Ridere insieme unisce, genera empatia, libera molta più energia del pianto. Infatti, quando siamo stanchi, se proviamo a ridere ci ricarichiamo. Sarà anche questione di endorfine e altre affascinanti molecole, ma riuscire a cogliere il lato comico delle situazioni e riderne per me è stata un'ancora di salvezza e, quando avevo poca voglia di far sapere agli altri come stavo, una potentissima maschera.

Per questo mi bevevo le parole di Franchino: niente mi avrebbe dato più soddisfazioni del far ridere la gente.

Dopo pranzo, Frank ed Eros si spostarono in salotto. Messa a letto Auri per il sonnellino pomeridiano, tornai a tavola per bere un caffè. Ne offrii uno anche a Clelia, che rimase lì con me. Bevuto il caffè, mentre scambiavamo due chiacchiere, tirai fuori il pacchetto di sigarette e ne accesi una.

Clelia mi guardò con riprovazione e disse: «Devi smettere». Non "dovresti", "devi". Era un ordine, ma non mi suonò inopportuno perché era stato enunciato in modo pacato, come se davvero non ci fosse altra opzione.

«Eh, lo so che dovrei» risposi, sottolineando bene il condizionale, «ma mi piace così tanto...» Non ricordo se fumare mi piacesse davvero, credevo di sì. In verità, le sigarette erano le vestigia dell'unico periodo turbolento che avessi mai attraversato. A sedici anni, appena trasferita in Italia, frequentavo una compagnia di gente fuori di testa: dai prati svizzeri ero precipitata al Cocoricò di Riccione, e le sigarette mi conferivano un'aura sufficientemente dannata per essere accolta nel gruppo.

«Sì, sì, dicono tutti così» tagliò corto Clelia. «Dammi il tuo pacchetto.»

Di nuovo. Non me lo chiese, mi ordinò di passarglielo, e io glielo allungai, forte dello scetticismo del fumatore, sicuro che niente e nessuno riuscirà a staccarlo dal suo vizio. (A parte, forse, la cura anti-fumo alle erbe che vendeva mia madre.)

Dentro c'erano tre sigarette. Clelia le prese, le avvolse nel palmo di una mano e ci soffiò sopra. Poi le rimise nel pacchetto.

Spalancai gli occhi per l'incredulità. «Che cos'hai fatto?» le domandai.

«Non voglio anticiparti niente. Fumale, poi mi dirai.»

Tentai una debole reazione: come si permetteva quella di toccacciare le mie sigarette? Per di più in casa mia! «Senti, che problema c'è se mi piace fumare...»

«Non devi più fumare, è per il tuo bene. Comunque, non preoccuparti. Accendile e fumale. Vedrai.»

Ero infastidita – nessun fumatore vuole davvero smettere, soprattutto se non è lui a decidere come e quando – ma anche molto curiosa. Pensavo: «Figuriamoci, cosa vuoi che succeda...». Volevo battere Clelia sul suo terreno, dimostrarle che avevo ragione, che il suo trucco con me non avrebbe funzionato.

È accaduto esattamente il contrario.

C'è un'arte nella quale all'epoca non ero affatto maestra, ovvero quella della conversazione. Ci sono persone in grado di chiacchierare con chiunque, indistintamente, rendendosi amabili e interessanti. Io appartengo al genere ridanciano-entusiasta: appena mi rendo conto che l'interlocutore è dotato di un minimo di senso dell'umorismo, comincio a sparare battute. È il mio modo di fare colpo. Appena i discorsi si facevano più profondi (e i duri cominciavano a giocare) battevo speditamente in ritirata, trincerandomi dietro l'ennesimo scherzo o qualche frase generica. Erano pochissime le persone con le quali aprirmi mi riusciva semplice, persino spontaneo. Clelia fu subito una di queste.

Dalle sigarette passammo a parlare di tutta la mia vita: i miei progetti futuri, la mia quotidianità, la fede. Mi ascoltava con la massima attenzione, voleva sapere come mi ero sentita in tutte le situazioni che citavo e, sempre, affermava di comprendere il mio stato d'animo. Era accogliente, al punto che decisi di confessarle il mio dramma del momento. Le dissi dell'alopecia, di tutti i tentativi fatti per curarla, delle macchie che mi sembravano enormi sebbene riuscissi a coprirle raccogliendo il resto dei capelli. Le dissi dei cuscini biondi e delle spazzole che diventavano gomitoli, e lei mi abbracciò. Mi prese la testa, se la portò sulla spalla, e mi accarezzò. Come una madre. Poi mi propose: «Se vuoi, domani posso provare a trattare anche te, vediamo che cosa succede».

Ce l'aveva presentata Franchino, Eros si era sottoposto a una terapia quella mattina: tentare mi sembrò una buona, buonissima idea. In verità, le avrei detto di sì anche se l'avessi conosciuta per caso, al cinema, alla fermata della metropolitana, al bar davanti a brioche e cappuccino. Come si fa a respingere chi ci dà esattamente ciò di cui abbiamo fame e sete, anche se non sappiamo nemmeno che cos'è?

La sera smisi di fumare. Non è una battuta, giuro. Accesi una delle sigarette sulle quali Clelia aveva soffiato e mi fece talmente schifo che avvertii l'istinto di vomitare. Non potevo crederci. Provai altre tre-quattro volte, anche nei giorni successivi. Comprai un nuovo pacchetto, scroccai agli amici: niente. La sensazione di disgusto era identica. Forse ero suggestionata, forse Clelia era capace di incantesimi sulle sigarette: qualsiasi sia la causa, da allora non ne tocco. Se non altro, questa cosa buona per me l'ha fatta.

Il giorno dopo tornò con un lettino. Lo montammo insieme nel seminterrato, dove c'era una sauna: era sempre spenta e l'ambiente era confortevole e tranquillo. Il posto perfetto.

Clelia provvide subito a creare un'atmosfera adatta alla guarigione: accese un paio di candele profumate, si strofinò un olio essenziale al gelsomino sulle mani, quindi mi chiese di sdraiarmi e cominciò a studiare il mio caso.

La pranoterapia si basa sullo studio del prana, o soffio vitale. Secondo alcune scuole di pensiero che solitamente associamo alle filosofie orientali, ogni essere umano dispone di tre corpi: il corpo fisico, il più denso in assoluto, soggetto a nascita e morte; il corpo sottile, o aura, un campo di energia che circonda il primo corpo e ha con esso una serie di corrispondenze; il corpo spirituale, che nella nostra tradizione siamo abituati a chiamare anima.

La pranoterapia lavora sul corpo sottile e, in particolare, si occupa di liberare la rete dei nadi (una sorta di vasi sanguigni energetici) attraverso i quali scorre il prana. Si può crederci oppure no, ma si tratta di una tecnica riconosciuta anche dalla legge: dal 1997, per poter esercitare, i pranoterapeuti devono aver superato un esame di abilitazione ed essere iscritti a un albo professionale.

Clelia mi passò le mani sul corpo, rimanendo prima a una distanza di dieci-quindici centimetri, poi appoggiandole su alcuni di quelli che – avrei scoperto più tardi – erano i chakra: sette punti disposti lungo la linea che collega il coccige con la sommità del capo cui corrispondono altrettanti centri energetici, dove risiederebbe, latente, l'energia divina. Prima mi mise le mani sulla pancia, il chakra ombelicale (collegato al desiderio di potere e di trovare il proprio posto nel mondo), poi sul chakra del cuore (associato all'amore e alla capacità di amare incondizionatamente). Infine si sedette alle mie spalle. Mi sollevò leggermente la testa, la prese fra le mani e appoggiò le dita all'altezza della nuca. Poi mi disse: «Raccontami».

Non mi sentivo così bene da tempo. Su quel lettino c'ero solo io, senza tutto il contorno di stress, capelli che cadevano, desiderio di indipendenza, bisogno d'amore: tutto si era come sciolto nei profumi e nella luce soffusa di quella stanza. Ero libera di arrivare all'essenza. Avrei potuto dirle tutto, e così ho fatto.

Condivisi con Clelia la mia storia più preziosa e intima, quella della mia ferita.

Le dissi che mio padre beveva. Il mio primo ricordo su questo tema, uno dei primi in assoluto, alla faccia mia e degli sforzi profusi per seppellirlo molto in fondo, decise di tornare alla luce proprio in quel momento.

Vivevamo a Berna, il papà era venuto a prendermi all'asilo. Mi aveva spiegato che, prima di tornare a casa, saremmo dovuti passare un minuto in hotel, perché doveva dire due parole a un amico. Quando non veniva cacciato a causa dell'alcolismo, lavorava come manager alberghiero: ristrutturava hotel in crisi, portandoli al successo. Era bravissimo ma detestava quel lavoro, anche per questo si rifugiava nell'alcol. Comunque, quella volta si era appena fatto cacciare, non ricordo se la mamma già lo sapesse. Arrivammo in albergo. Il bar era buio, tutto di legno. Mi chiese di rimanere buona e ferma a un tavolino e si sedette poco più in là con un uomo. Ho quest'immagine di me da piccola in una, dieci, cinquanta sale di bar, mentre combatto la noia facendo castelli di carta con i sottobicchieri di cartone e, attraverso i buchi, osservo mio padre bere con un amico.

Dopo un po' si alzò, farfugliò qualcosa, poi si girò verso di me e cominciò a barcollare. Inciampò nel gradino di una scala a chiocciola e cadde per terra battendo la testa sulla calotta di vetro dell'espositore per il pesce, che andò in frantumi. Qualcuno chiamò un'ambulanza. Mentre i paramedici lo portavano via in barella, tendeva la mano verso di me e biascicava: «Il mio amore... Non lasciate solo il mio amore...».

Di quello che è accaduto dopo non ricordo niente; solo che a mezzanotte la polizia lo riportò a casa.

Mia madre era terrorizzata: al tempo non c'erano i telefonini, probabilmente aveva a disposizione solo il mio racconto e quello confuso dell'amico con cui mio padre aveva bevuto.

Da allora e fino ai dodici anni, quando i miei genitori ordinavano da bere al ristorante mi avventavo sui bicchieri e cercavo di scolarne il contenuto prima che lo facessero loro, spaventata al pensiero che potesse succedere di nuovo qualcosa del genere. Oggi un genitore, di fronte a una scena simile, si interrogherebbe per ore, parlerebbe con la figlia, consulterebbe gli insegnanti e le mamme delle sue amiche, magari farebbe una telefonata a uno psicologo infantile. Ai tempi era tutto un po' diverso: l'unico risultato che ottenevo era rimediare uno schiaffone.

A Clelia spiegai che con mio padre non parlavo da anni perché mi aveva deluso. Aveva preferito l'alcol a me e io, per contraccambiare, l'avevo cancellato. Si era presentato leggermente ubriaco sia al mio matrimonio che in ospedale, dopo la nascita di Aurora. In entrambi i casi mi ero sentita ripetere da decine di persone che aveva sbagliato, si era comportato male, da persona immatura... Io avevo intuito che dietro c'era qualcosa d'altro, che poco e niente c'entrava con i sentimenti nei miei confronti, ma non mi ci ero soffermata.

La rabbia è una formidabile adulatrice. Niente fa sentire nel giusto allo stesso modo. Anche in quei casi, la bambina che non si era sentita amata aveva preso i ricordi del suo papà, quelli belli e quelli brutti, e li aveva messi via, in una qualche soffitta immaginaria. Perché perdere tempo con il passato quando nel presente hai un idillio da vivere? Pessima strategia, le direi adesso. Allora, mi sembrava l'unica scelta possibile.

Mentre aggiungevo che questi episodi non rendevano l'idea dell'uomo che era, le cose belle di lui vennero tutte a galla. Le favole della nanna ambientate nello spazio, il latte caldo con il miele che mi portava di nascosto dalla mamma prima di dormire, le panciate che prendeva d'estate in piscina solo per farmi ridere, le domeniche insieme nel bosco, in mezzo agli alberi e agli animali. Era un artista. Un giorno mi aveva detto: «Sai, amore, io il Paradiso me lo immagino così: un posto dove non fa mai caldo e non fa mai freddo, c'è sempre il tramonto e io posso dipingere tutti i quadri che voglio». Da che me lo ricordo, è sempre stato infelice. Un infelice molto affascinante. Quante volte mi guardava serio e affermava di essere bello al punto da rappresentare un pericolo pubblico, perché al suo passaggio le donne svenivano. Bello lo era davvero, in effetti: alto, capelli scuri, sorriso da "ganassa", in più sapeva far ridere.

I suoi genitori possedevano il ristorante più famoso di Lugano, il Gambrinus, dove si era svolto un capitolo della Dolce vita: aveva ospitato Sophia Loren e Carlo Ponti, Kim Novak, Vittorio De Sica con la famiglia. La leggenda narra che mia nonna, Yvonne, fosse la donna più fredda della Terra. Mio nonno, Adolf, non aveva tempo per il bambino, e comunque negli anni Cinquanta non usava che gli uomini si interessassero ai bisogni emotivi dei più piccoli: quello era un mestiere da mamme o, al limite, da matrigne (come riportato anche nella Bibbia del bambino infelice, ovvero *Cenerentola*). Quando, a otto anni, mio padre dipinse su un lenzuolo un'enorme Madonna, i miei nonni decisero che la sua passione per la pittura era poco consona al futuro direttore di un ristorante come il Gambrinus e, dunque, andava condannata e repressa. Lo iscrissero all'istituto alberghiero e chiusero entrambi gli occhi quando, a sedici anni, cominciò ad avere problemi di alcolismo. Nel frattempo, la fortuna della famiglia si era avviata verso un inesorabile declino: mio nonno amava un po' troppo frequentare il casinò di Montecarlo e nel 1969 decise di vendere il ristorante. Alla morte della nonna, finì per giocarsi (letteralmente) ogni cosa.

Mio padre e mia madre, che fino a quel momento avevano vagabondato per mezza Europa (lui lavorava in hotel rinomatissimi, lei come interprete), dovettero rientrare in Svizzera. La storia della famiglia Hunziker nella sua fase benestante finisce a questo punto, dove inizia il calvario di mio padre e mia madre, due ragazzi giovani e innamorati alle prese con problemi molto più grandi di loro. Lui si dedicò al mestiere che gli avevano insegnato, mia madre scoprì fortunatamente di avere una vocazione felice per la vendita, e fece il possibile per stargli accanto.

Con le mani calde di Clelia sulla nuca, mentre ricordi che credevo dimenticati riaffioravano alla mia coscienza, sentivo di non voler essere da nessuna altra parte. Quando Clelia mi chiese: «Ma tu hai mai detto al tuo papà che gli vuoi bene?», scoppiai in un pianto da bambina, di quelli che scuotono le spalle, con i lacrimoni.

«Nooo! Non gliel'ho mai detto!» esclamai.

«E perché non lo fai?» domandò lei, semplicemente.

Mi resi conto della stupidità di ciò che stavo dicendo nel momento stesso in cui, tirando su col naso, pronunciai le parole: «Non posso, non ci parliamo da quattro anni...». L'irrimediabilità di quella scelta mi sembrò a un tratto fasulla, un ostacolo inesistente.

«Cosa importa?» proseguì lei. «Vai a casa sua, suona il campanello e abbraccialo. Non conta quello che è stato né quello che sarà: ci saranno delle ragioni dietro le sue debolezze, ma per te è importante rivederlo, ritrovarlo, provare a capirlo.»

Era la prima persona con cui parlavo di mio padre da anni. Forse, se l'avessi fatto prima, con altri, avrei ricevuto lo stesso, ottimo consiglio. Invece è andata così: Clelia mi ha restituito mio padre, guadagnandosi la mia imperitura gratitudine.

Una seconda seduta la settimana successiva, e cominciarono a spuntarmi teneri e biondissimi capelli nuovi. Non so se fosse un blocco energetico nel corpo sottile, o piuttosto una questione di stress, ma in ogni caso il mio problema era psicosomatico.

Mi sentivo miracolata. Clelia era riuscita dove dottori e luminari avevano fallito e, in più, mi aveva dato lo stimolo giusto per ricontattare mio padre.

Pochi giorni dopo presi il treno e andai a Caslano, vicino a Lugano, lo stesso paesino dove avevo vissuto i primi tre anni della mia vita. Mio padre abitava lì. Suonai il campanello, lui aprì la porta e mi accarezzò con lo sguardo. Ci abbracciammo, ma di brutto. Rimanemmo stretti per non so quanto tempo. Lui piangeva, io piangevo, persa in un misto di sentimenti: gioia, rammarico, senso di colpa, ancora gioia, tutti insieme, mescolati dentro di me. Quando ci staccammo mi sentii morire nel vedere la sua casa: una stanza microscopica con bagno, dieci metri quadrati al massimo, piena di quadri. Le pareti erano un patchwork dei suoi paesaggi a olio e di tramonti spatolati; le tele erano ovunque, anche sul pavimento, contro i muri, accatastate una sull'altra per occupare il minor spazio possibile. I tre mobili avevano l'aria malandata, sembravano cadere a pezzi, come mio padre. Il Jean-Paul Belmondo in versione sbruffona che conoscevo, con la camicia sbottonata e lo sguardo charmant, aveva lasciato il posto a un signore emaciato, consumato dall'alcol. Aveva perso i capelli e il sorriso: in bocca gli rimanevano due soli denti, entrambi marci.

Dimenticai all'istante la rabbia che avevo covato nei suoi confronti. Volevo solo prendermi cura di lui. La sera, in treno, di ritorno alla mia villa di duemila metri quadrati con parco, cercai di accantonare l'idiozia della quale ero stata vittima per tutti quegli anni: non potendo perdonarmi per aver escluso mio padre dalla mia vita, mi concentrai su ciò che potevo fare per lui.

Primo: l'avevo reso nonno, gli avrei dato la gioia di esserlo. Fremevo per presentarlo ad Aurora e vederli giocare insieme. Se mio padre aveva un dono, era incantare i bambini. Ero certa che Auri si sarebbe innamorata di lui, proprio come era accaduto a me.

Secondo: l'avrei aiutato a ricostruire i denti. Il

giorno dopo gli presi appuntamento con il mio dentista. La telefonata con la quale mi disse che era felice perché stava finalmente addentando di nuovo le costine di maiale è una delle gioie più grandi della mia vita: non potevo cambiare il passato, ma se non altro ero riuscita a fare per lui qualcosa di buono, di giusto.

Mentre ricostruivo il rapporto con mio padre, continuavo naturalmente a frequentare Clelia. Dopo i primi trattamenti, smise di venire a Inverigo. Eros non smaniava per passare del tempo con lei: era sospettoso, preferiva tenerla a distanza. Io, invece, ero affascinata dalle sue conoscenze, le trovavo sbalorditive. La credevo una donna sapiente, che poteva aiutarmi a stare meglio, anche perché l'aveva già fatto: mi aveva spinto a smettere di fumare, a rivedere mio padre, in più aveva aiutato Franchino e messo Eros in condizione di cantare al suo concerto! Forse proprio per questo, lui non volle più essere toccato e decise che, meno l'avesse avuta intorno, meglio sarebbe stato.

Non ero mai stata in analisi, nemmeno per una sola seduta; non avevo alcuna familiarità con il linguaggio, gli strumenti e le tecniche della psicologia. Confrontarmi con una persona che sembrava capirmi nel profondo, conoscermi persino più di me stessa, e che era disponibile ad aiutarmi a tirare fuori questioni irrisolte e sepolte che mi causavano sofferenza mi sembrava un miracolo in sé. Durante i trattamenti, poi, continuavo a provare la sensazione di benessere e abbandono totale che avevo avvertito la prima volta.

Cominciai a telefonarle. All'inizio lo scopo era

prendere appuntamento, poi le comunicazioni travalicarono i confini di un normale rapporto terapeutico. Ci sentivamo anche sei volte al giorno. Qualche volta la chiamavo io, altre era lei a farlo. Le raccontavo tutto: ogni piccolo passo avanti, ogni microscopico dubbio, ogni incertezza, ogni disagio. E ne avevo, benché vivessi una vita apparentemente perfetta.

Un bellissimo vestito macchiato

Ero sommersa dalla realtà. Senza bussola, senza coordinate, senza punti di riferimento.

Faticavo ad ammettere di sentirmi così persa, pur vivendo quella che l'universo intero sembrava considerare una fiaba. Nessuno svela che cosa succede dopo il "vissero felici e contenti", così finiamo per avere aspettative decisamente troppo alte. Le mie erano vertiginose, all'altezza degli ultimi, incredibili anni.

Sono nata e cresciuta in Svizzera, girando tutti i Cantoni al seguito di mio padre e dei suoi traballanti incarichi professionali. Quando fu lampante che non sarebbe riuscito a mantenere più alcun posto, mia madre prese in mano la situazione: prima lavorò per due (se non per quattro), quando non ce la fece più si separò. Da Ostermundigen, vicino a Berna, finimmo a Zuchwil, nel Canton Soletta (sfido chiunque ad averlo sentito nominare!), poco più di ottomila abitanti in un agglomerato urbano ai piedi delle montagne. Aprivo la finestra della mia camera e vedevo i prati con le mucche al pascolo, i campi punteggiati dalle fattorie con gli animali. Ero sempre fuori in bicicletta: passavo i pomeriggi nei boschi con gli amici. Capivo di dover tornare quando sentivo rimbombare un grido soave: «Miiiicheeeeelleeeeeee!». Era mia madre che, dal balcone e senza megafono, riempiva la valle con la sola potenza dei suoi polmoni.

Quando avevo sedici anni, mia madre si innamorò di un signore italiano. Un giorno di maggio pronunciò la fatidica frase: «Dobbiamo parlare», ci sedemmo in salotto e mi spiegò che a settembre ci saremmo trasferite in Italia, vicino a Bologna, a Trebbo di Reno.

La presi malissimo. Non mi spaventava cambiare scuola (ne avrò frequentate otto, invece delle canoniche tre, quattro con l'asilo) né Paese: dell'Italia mi ero innamorata l'estate precedente. Piuttosto, ero terrorizzata dallo sgretolarsi delle poche certezze che mi ero faticosamente costruita.

Il sistema scolastico svizzero funziona diversamente da quello italiano: ogni studente viene indirizzato dai professori verso il percorso che più gli corrisponde già a tredici-quattordici anni, in base alle sue attitudini e alle sue capacità. Io parlavo correntemente quattro lingue (l'olandese imparato da mia madre, il tedesco, il francese e l'inglese studiati a scuola) e spiccicavo qualche parola nell'italiano di mio padre. Oltre che il mio talento, le lingue erano anche la mia passione: a sedici anni, fresca di diploma, non vedevo l'ora di iscrivermi all'istituto per diventare interprete. Era il mio sogno: ero sicura che mi avrebbe permesso di viaggiare e, magari, di arrivare fino alla Nasa. Ebbene sì: ho una curiosità maniacale per i viaggi interstellari, le distanze siderali, le ipotesi di altre forme di vita. Per qualche ragione ero convinta che, a forza di insistere, sarei riuscita a mettere piede in quello che ritenevo essere il tempio dei misteri spaziali.

Avevo anche un fidanzato, Giorgio. Carino, quattro anni più di me, frequentava una scuola d'élite e aveva persino la macchina! Ricordo la faccia delle mie compagne di classe quando ci avevano visti uscire insieme: ero l'ultima che avrebbero mai immaginato potesse fare colpo su un tipo del genere. Eppure...

Abbiamo vissuto una storia romanticissima, come dovrebbe essere sempre a quell'età. Mi corteggiò a lungo, ci scambiammo il primo bacio sotto la pioggia d'estate, veniva a prendermi fuori dalla scuola e mi portava in giro in automobile per farmi ascoltare le compilation che aveva preparato appositamente per me: Pino Daniele, Vasco Rossi, Raf, Eros Ramazzotti... Per un colpo di fortuna, mia madre era molto amica dei suoi genitori e, in agosto, lasciò che accompagnassi la sua famiglia in vacanza in Sicilia, a Militello, di dove era originaria. Era la prima volta che uscivo dalla Svizzera, e mi piacque da matti: dai prati freschi di rugiada, trapuntati di stelle alpine e genzianelle, finii in un paesino in provincia di Catania, con la nonna di Giorgio che era in lutto da vent'anni e, quando non stava in cucina, passava il tempo seduta in strada, davanti alla casa, tutta vestita di nero. Parlava solo dialetto siciliano, non capivo nulla di ciò che diceva. Dormivo con lei, nella stessa stanza: per prendere sonno accendeva la televisione e si addormentava lasciandola accesa; se di notte mi capitava di svegliarmi vedevo passare le pubblicità su fondo giallo dei numeri erotici che iniziavano per 144. In un mese ingrassai di almeno quattro chili: per colazione la nonna portava in tavola la ricotta col siero caldo, resa croccante dalle briciole di pane raffermo, poi uscivamo per una seconda colazione (granita con brioche), a pranzo pasta al forno con le melanzane, a cena un piatto di sarde... Avevo quindici anni e lunghi capelli: la sera, quando "facevo le vasche" per il centro del paese al braccio di Giorgio, suscitavo commenti esilaranti. I passanti, vedendomi bionda e angelica, si rivolgevano a lui e gli dicevano cose come: «Minchia Giò, ti sei preso la Mado-o-ooonna!».

Certa che il nostro amore sarebbe durato per sempre, il mio piano era ovviamente sposare Giorgio, fare un sacco di bambini siciliani e andare ogni anno in vacanza a Militello.

Tutto sfumò nel giro di una conversazione. Addio alla scuola per interpreti, benvenuto cuore spezzato: tutta la disperazione che riuscivo a sentire la trasformai in rancore all'indirizzo di mia madre. La sera prima di partire salutai Giorgio nella casa ormai vuota: seduti contro il muro, piangevamo tutti e due. Lui ripeteva: «Ce la faremo, vedrai! Verrò a trovarti appena posso, poi frequenterò l'università a Bologna». Fu un momento tragico. Per un anno accadde veramente, il tenerissimo Giorgio venne a trovarmi, al prezzo altissimo di una decina di ore di treno. Poi non ce la fece più e rimasi *alone in the dark* nella ridente Trebbo di Reno.

Trattasi di una frazione di Castel Maggiore, in provincia di Bologna. Conta meno di duemilacinquecento abitanti. Le prime settimane furono un incubo. Ricordo file chilometriche per il permesso di soggiorno che, essendo formalmente extracomunitarie, mia madre e io dovevamo richiedere: ogni volta mancava un documento, un timbro, una marca da bollo, che ci costringeva a ricominciare tutta la trafila daccapo. Poi, la terribile presa di coscienza che, non essendo in vigore tra Italia e Svizzera accordi di parificazione sul percorso di studi, i miei anni di scuola non valevano: erano come evaporati. Dopo un estenuante rimpallo tra preside del liceo linguistico che avrei voluto frequentare e uffici scolastici comunali e provinciali, si decise che la soluzione sarebbe stata iscrivermi al primo anno. Avevo quasi diciassette anni, i miei compagni fra i tredici e i quattordici. Ogni mattina aprivo gli occhi, speravo che fosse stato tutto un incubo, poi realizzavo che non era così, anzi... Meglio alzarsi e cominciare a correre: ero già in ritardo per prendere l'autobus che, in soli quarantacinque minuti, mi avrebbe portato a Bologna.

Di giorno ero disperata per la scuola, di notte per Giorgio. Come tutte le ragazzine che soffrono per amore adoravo torturarmi: passavo ore nella mia cameretta, al buio, piangendo e ascoltando a ripetizione *La solitudine* di Laura Pausini.

All'inizio di ottobre la situazione si era un po' stabilizzata: avevamo ottenuto il permesso di soggiorno e frequentavo il liceo Malpighi. Mi integrai facendo i compiti di tedesco e di francese per tutti. I miei compagni sapevano dire solo "Mein Name ist Michelle" o "Je suis italien", mentre io ero molto più avanti: il tedesco era la mia lingua madre, il francese lo studiavo da nove anni. In compenso, avevo enormi difficoltà con l'italiano: il mio lessico si componeva di quindici-venti parole, un dramma. Studiare la grammatica, imparare a coniugare i verbi, memorizzare i vocaboli impegnava quasi tutto il mio tempo. Per il resto, mi annoiavo a morte. Delle lezioni capivo poco, e decisi che quel poco non mi interessava davvero. Imparare mi era sempre piaciuto ma, in quella situazione, qualsiasi cosa i professori avessero provato a inculcarmi si sarebbe scontrata con l'agghiacciante prospettiva di altri cinque anni di quella routine: una visione talmente sconfortante da rendermi indifferenti anche gli argomenti più interessanti. Seduta nel mio banco dell'ultima fila, invece di sforzarmi di seguire le lezioni, facevo i conti: "Ho sedici anni, a gennaio ne compio diciassette, se tutto va bene mi diplomerò a ventuno". Un'eternità, mi sembrava di buttare via la mia vita. Cominciai a chiedermi se prendere il diploma fosse davvero quello che volevo. La risposta fu semplice: no, grazie. Mi dissi: "Parlare quattro lingue servirà pure a qualcosa", e iniziai a spedire curricula a tappeto, come se non ci fosse un domani. Le prime commesse arrivarono dalle agenzie interinali, per fare la hostess in occasione delle fiere. In pratica, stavo in piedi nello stand di questa o quell'azienda indossando una maglietta con il loro logo, sorridevo ai gentili visitatori, li invitavo a entrare, distribuivo volantini, a volte gadget.

I miei primi talent scout sono stati i bolognesi. L'idea di lavorare come modella non mi aveva mai nemmeno sfiorato: in Svizzera "la sfilata delle più belle" è un avvenimento che riguarda le mucche in discesa dagli alpeggi, con tanto di campanaccio al collo (lo giuro: si svolge a Grimentz, nella Val d'Anniviers, e si chiama proprio così), certo non le studentesse sedicenni che vogliono diventare interpreti. Diciamo che nel Canton Soletta non c'era molto spazio per moda e glam... e di conseguenza poco ce n'era nella mia testa. Sono stati i bolognesi a suggerirmi questa carriera, durante il Motor Show e le altre fiere di Bologna cui ho preso parte, con i loro innumerevoli: "Mo' scei bella, mo' scei bionda, perché non fai la modella!".

Era solo una sensazione, ma positiva. Questa volta fui io a convocare mia madre con un "Dobbiamo parlare" e a comunicarle il nuovo programma che stava prendendo forma nella mia testa. Volevo partire per Milano, individuare un posto dove stare, partecipare a tutti i casting possibili e lavorare, lavorare, lavorare.

Volevo essere autonoma dal punto di vista economico: dipendere da qualcuno, sebbene si trattasse di lei, cominciava a sembrarmi riprovevole. Avevo visto il bell'effetto che la mancanza di denaro aveva avuto su mio padre e sulla nostra famiglia. A me non era mai mancato niente di significativo, ma i soldi nella mia vita avevano sempre costituito un problema, per la soluzione del quale venivano spese ore a fare i conti e altrettante a riflettere sul come farli quadrare. Una notte, ero ancora bambina, ero riuscita a addormentarmi solo dopo essermi solennemente promessa che mai e poi mai sarei dipesa da altri. Nella mia testa continuare a vivere in quella casa significava anche questo: dipendere da mia madre in un periodo in cui – avevo avuto modo di constatare – potevo tranquillamente provvedere a me stessa. Sapevo che su di lei avrei sempre potuto contare, ma l'idea di non farlo mi elettrizzava, mi faceva sentire adulta, oltre che una figlia responsabile.

Non mi interessava diventare famosa, essere riconosciuta per strada, entrare a far parte del jet-set: smaniavo per partire, per costruirmi la mia strada. Il pensiero di continuare a frequentare il liceo in quelle condizioni mi dava la claustrofobia: avevo l'impressione che, se avessi acconsentito a vivere a quel ritmo – anno scolastico dopo anno scolastico, in attesa delle vacanze, delle domeniche e del sospirato diploma – avrei contribuito a inchiodarmi i piedi ai blocchi di partenza. A opera terminata non mi sarei più mossa, e in parte sarebbe stata responsabilità mia.

Non avevo idea di che cosa Milano mi avrebbe riservato: più che altro mi dava i brividi, non saprei se di eccitazione o di paura. Probabilmente entrambe. Ero sempre vissuta in cittadine microscopiche, dove tutti conoscono tutti e ci si muove a piedi o in mountain bike: rispetto a Zuchwil o Ostermundigen, dove sono nata, ma anche a Trebbo di Reno, a Bologna respiravo già l'aria galvanizzante delle metropoli. Milano era tutt'altra cosa: era il futuro, il cuore pulsante d'Italia. C'erano i grattacieli, la metropolitana, viali larghi come un isolato intero dei miei paesini, fiumi di persone sconosciute ai semafori. Tutte le maison d'alta moda erano presenti con uno show room, una boutique, un ufficio. Se volevo una possibilità, era lì che dovevo andare a prendermela.

Parte della mia fortuna è dovuta al fatto di essere figlia di una donna olandese. Mia madre, Ineke, non ha avuto una vita semplice. Nata in una famiglia di albergatori e ristoratori, ha perso il suo diritto all'infanzia per cause di forza maggiore. La sua famiglia viveva nelle vicinanze di un campo di concentramento: mio nonno aveva aiutato alcuni ebrei a evadere e, per questo, era stato internato a sua volta. Nel 1945 aveva fatto ritorno a casa, ma l'uomo che era stato prima della guerra non c'era più. Mia madre è stata bambina negli anni in cui i sopravvissuti furono chiamati allo sforzo titanico di ricostruire ciò che era andato distrutto. Non parla volentieri di quel periodo, quindi non so se sia stata questa esperienza a indurire i cuori di tutti o se ai tempi, semplicemente, l'anaffettività fosse una sorta di legge non scritta per tutte le famiglie. È cresciuta nella solitudine della peggior specie, quella che si prova pur essendo circondati da altri, e a diciotto anni, appena racimolati soldi a sufficienza, è scappata in Svizzera, dove ha conosciuto mio padre.

È una donna con le spine, forgiata da esperienze logoranti e da una cultura, quella nordica, che premia la capacità dei genitori di far sì che i figli imparino presto a camminare con le proprie gambe. Il che non significa abbandonarli a loro stessi, ma lasciare che sviluppino i propri strumenti per muoversi nel mondo, che si buttino, che imparino, che trovino soluzioni per conto loro. Lei mi ha educato così: a essere libera, indipendente, ma anche responsabile e attenta.

Quando le esposi le mie intenzioni, mi capì e mi sostenne. Accettò di accompagnarmi a Milano in cerca di un appartamento decente alla portata delle mie smunte tasche, che contenevano i quattro soldi guadagnati lavorando alle fiere, ma a una condizione: avrei dovuto prima trovarmi un lavoro. Non rimaneva che dirlo alla preside. Per evitare discussioni, le raccontai una bugia, cioè che sarei ripartita per la Svizzera: non so fino a che punto mi credette, ma almeno non mi trovai il Provveditorato alle calcagna.

Cominciai a muovermi in treno sulla direttrice Bologna-Milano, partendo all'alba e tornando a notte fonda. Avevo cercato sull'elenco del telefono e religiosamente trascritto su un taccuino nomi, indirizzi e numeri di telefono di svariate agenzie di modelle. Bussai a tutte, prendendomi un numero infinito di porte in faccia. Mi sentii rispedire al mittente in una varietà di modi diversi: "Troppo bassa", "Polpacci grossi", altri si limitavano a scuotere la testa. Alcuni semplicemente ridevano. Un noto talent scout mi squadrò, poi mi sorrise e mi chiese: «Ma dove vuoi andare?». Sembrava sincero. D'altra parte erano gli anni Novanta, il momento delle spilungone secche e con poco seno, uno standard al quale corrispondevo in minima parte.

Non so perché non mi arresi. Forse perché all'asilo non mi ero lasciata sconfiggere dalle botte, ma le avevo sfruttate per aumentare la mia motivazione. Oppure perché una parte di me era certa che, anche quella volta, se solo avessi atteso abbastanza, avrei incontrato un angelo. Nei momenti di crisi, sulla mia strada appare sempre una persona generosa che mi aiuta a superare l'ostacolo e a ribaltare la situazione. Per mia fortuna, sono sempre stata brava nell'identificarla. Mi era già accaduto con il signor Paschung, un insegnante svizzero tedesco con la testa piena di ricci che mi aveva preso sotto la sua ala dopo la separazione dei miei genitori: i miei voti erano in caduta libera, lui mi diede lezioni e mi aiutò a ricostruire la mia autostima, impedendomi di perdere l'anno. Avevo bisogno di qualcuno che credesse in me, il signor Paschung mi offrì il suo aiuto e io non solo fui promossa, ma passai da quasi bocciata a regina delle secchione: diventai una vera nerd (pronunciato rigorosamente con accento svizzero: "nrd").

Allora, a credere in me fu Riccardo Gay. Il primo e unico (ma ne basta uno). Più che considerarmi adatta al mestiere di modella, credo che ebbe pietà di me: mi presentai nei suoi uffici con tanto di valigetta in mano, perché la sera mi sarei fermata a dormire a Milano. Facevo tenerezza: avevo diciassette anni, motivazione da vendere, ma ero visibilmente a un passo dallo sconforto. Credo di aver sdrammatizzato l'attesa dell'ennesima sentenza negativa con una battuta, e lui se ne uscì con la frase che più di ogni altra volevo sentire: «D'accordo, proviamo. All'inizio ti pagherò io l'affitto, mi ripagherai nel tempo. Non so se sto facendo un affare, ma sei troppo simpatica». Non disse che ero bella, ma simpatica. E mi prese.

Due giorni e un tour de force per mini-appartamenti dopo ero installata nella mia reggia di quarantuno metri quadrati. Era al piano terra di un caseggiato di fianco a un cinema porno. Oggi viale Premuda è una zona residenziale molto gettonata, al tempo sarebbe stato meglio non uscire la sera. Per appena un milione di lire al mese avevo a mia disposizione una sola finestra, che dava sulla strada, e due stanze: il bagno e un altro spazio multiuso (cioè soggiorno, camera da letto, cucina: tutto, in pratica). Il trasloco fu semplicissimo: presi le cianfrusaglie che avevo nella cameretta di Trebbo e le spostai a Milano.

Uscivo prestissimo, con una mappa della città, scarpe da ginnastica e le indicazioni dell'agenzia per presentarmi ai casting. Se ripenso a come vengono trattate le modelle mi vengono i brividi. Non capisco il perché dell'atteggiamento derisorio nei loro confronti: è un cliché che dovrebbe essere superato. Ho ancora gli incubi se sento la parola "next"... Arrivavo, mi mettevo in fila con altre centinaia di ragazze, quando finalmente raggiungevo il tavolo di chi doveva selezionarci allungavo il mio book. Spesso nemmeno lo guardavano, né guardavano me. Figuriamoci osare un cenno di saluto. Si limitavano a dire "next", "la prossima". Se catturavo l'attenzione di qualcuno mi sentivo dire: "Walk", cammina. Muovevo quattro passi avanti e quattro indietro, rimediando di solito commenti tipo: "Ma fai cagare!", "Troppo grassa", "È una presa in giro?", "Gambe grosse" o l'ennesima risata.

La sera tornavo nel micro-appartamento di viale Premuda. Uscivo poco perché, le volte che mi era capitato, avevo incontrato solo persone sbagliate: gente che si drogava, sedicenti manager che mi avrebbero aiutato a sfondare se solo avessi accettato di lavorare come ragazza immagine in discoteca per qualche serata, "e poi da cosa nasce cosa...".

Non mi era andata meglio con le colleghe. La

mia indole da buona samaritana mi rendeva un obiettivo facilissimo. Un giorno incontrai Svetlana, una ragazza dell'Est europeo: sembrava disperata perché il suo ragazzo l'aveva lasciata e non sapeva dove dormire. Parlava l'italiano peggio di me: mi commosse. Vuoi non offrirti di ospitarla? La portai a casa mia, uscii per partecipare a un casting. Nel frattempo, lei spazzolò tutto quello che c'era nel frigo e scappò, rubandomi i tre vestiti da combattimento che avevo e, soprattutto, l'affitto del mese. Il giorno dopo chiesi sue notizie in agenzia: «Sapete che fine ha fatto Svetlana?».

«Ha detto di essere tornata in Russia...»

Peccato che ci fosse tornata con il mio affitto!

Non contenta, lo feci di nuovo. La settimana successiva ospitai un'altra ragazza, questa volta slovacca. Credo che per loro fosse questione di sopravvivenza, altrimenti non mi avrebbero derubato. Però cominciavo a pensare che, forse, se quello era il mare in cui avrei dovuto galleggiare, non ero così portata per fare la modella...

Fu allora che Riccardo Gay mi spedì a fare l'ennesimo casting, senza darmi particolari anticipazioni. «Vai, vai, vai, è una cosa importante» e *clic*, riattaccarono. Benissimo. Partii con la mia mappa di Milano e arrivai in questo enorme studio fotografico. Aprii la porta e vidi almeno trecento sederi al vento. Incredula, richiusi la porta e chiamai l'agenzia. Sembrava una scena di *La pazza storia del mondo*. «Ciao, ancora Michelle. Mi chiedevo... Dove mi avete mandato? È un casting per un film di Tinto Brass?»

La ragazza all'altro capo del telefono si mise a

ridere: «Ma no, tranquilla… È una campagna di intimo importante, Roberta è un marchio famosissimo. Se ti prendono lavori di brutto!».

Leggermente rassicurata, tornai nello studio e mi misi in fila con le altre trecento paia di chiappe. I selezionatori mi chiesero di ruotare su me stessa, un po' a destra, un po' a sinistra, e – miracolo! – mi scelsero. Prima di tornarmene a casa, mi diedero indicazioni sulla manutenzione della parte da fotografare: «Mi raccomando, fino allo shooting, tutte le mattine e tutte le sere Nivea a palla sul culo. Per favore, tienilo idratato». Al tempo l'uso di Photoshop non era così diffuso, quindi per ridurre le imperfezioni era più veloce e pratico spalmare crema che applicare un filtro a foto fatta.

Il giorno X mi presentai sul set con il sedere idratatissimo. Avrebbero inquadrato solo quello, perché vedevo una truccatrice? «E tu che cosa ci fai qua?» le chiesi. «Scattate anche altre foto?» Povera, ingenua me: la truccatrice si sarebbe ovviamente occupata delle mie chiappette! Mi fecero appoggiare a una sbarra di quelle da danza classica e mi impomatarono il lato B con correttore e fondotinta appositi, dei quali nemmeno sospettavo l'esistenza. Dopo un'ora e mezza, finalmente mi fecero infilare le mutandine e il reggiseno della campagna, e cominciarono a scattare. Sei ore di foto. Alla fine ero tutt'uno con la sbarra. Alle mie spalle stava il fotografo e, dietro di lui, almeno cinquanta persone con le braccia conserte, tutte intente a darmi indicazioni: "Ruota qualche centimetro a destra", "Ora contrai la chiappa sinistra", "Sporgiti appena in avanti", "Stai più dritta per cortesia"…

La sera, mentre tornavo a casa, ero esaltata: mi avrebbero dato cinque milioni di lire, una cifra esorbitante! Non avevo mai guadagnato tanto in vita mia. Cinque milioni erano cinque mesi d'affitto! Altro motivo di gioia era che nella foto non si sarebbe vista la faccia: si vedeva il sedere, d'accordo, ma nessuno avrebbe saputo che ero io! In compenso, il mio nome sarebbe circolato tra gli addetti ai lavori, se quella era una pubblicità importante come sosteneva l'agenzia.

Il mio desiderio di anonimato fece una pessima fine: la campagna, appena uscì, ebbe un tale e inatteso successo che dovettero rimuovere i manifesti dalle autostrade e dagli svincoli, perché la gente alla guida si distraeva... Quasi nessuno ricorda che alla foto era abbinata una frase: "Per stare bene davanti bisogna avere una storia dietro". Passai dal non avere lavoro agli agguati delle telecamere in agenzia, che volevano sapere chi fosse la faccia dietro il sedere. Dopo qualche intervista, la gente cominciò a fermarmi per strada: «Sei tu quella della Roberta?». E io: «Sì!». «Ah, non me la immaginavo così la faccia!» Ero l'unica persona che non veniva riconosciuta quando entrava in un locale, ma quando usciva.

Comunque, ci sono artisti che cominciano la carriera recitando Shakespeare o Tennessee Williams, io sono partita così. Dopo la campagna per Roberta, per un anno ho lavorato a più non posso: le foto pubblicitarie si sono moltiplicate e sono arrivate le prime occasioni in televisione. Riccardo Gay avviò proprio allora un settore dedicato e mi spedì a fare un provino con Gianna Tani, talent scout di

Canale 5. L'impietosa registrazione ancora circola su Internet. Da brava svizzerotta mi ero presentata vestitissima, con un gonnellino e una maglietta palesemente inadeguati: le altre erano in costume da bagno! Gentilmente, una ragazza brasiliana mi prestò il suo, argentato e sgambatissimo. Mi chiesero di dire due parole («Mi chiamo Michelle Hunziker, vivo un po' a Milano, un po' a Bologna... Cos'altro posso dire?»), di camminare e di ballare. Terribile. Eppure, Gianna Tani in me vide qualcosa: cominciai così a bazzicare le reti Mediaset. Prima feci un paio di comparsate a "Mai dire gol" – una volta come assistente di Antonio Albanese (che vestiva i panni di Epifanio), un'altra sbucai da una torta di compleanno destinata a Teo Teocoli –, poi finii nella rosa delle selezionate per Miss Buona Domenica, che vinsi, presentato da Gerry Scotti. Nello stesso periodo, facevo anche la barista con i pattini a rotelle su Italia 7: portavo le bibite agli ospiti di una trasmissione sportiva.

In tre parole: gavetta à gogo. Bellissimo. In compenso, la mia vita privata era un disastro. Archiviato da tempo l'amore disperato con il bel Giorgio, passavo le serate da sola in viale Premuda. Mia madre viveva a Trebbo di Reno, mio fratello e mio padre in Svizzera, la mia migliore amica faceva la commessa e abitava a Bologna: non avevo nessun altro.

Una sera, rincasando dal lavoro abbastanza tardi, incontrai sotto casa un figuro con stuzzicadenti e canottiera, appena uscito dal cinema porno. Come mi vide, cominciò a chiamarmi, spiattellando un insulto dietro l'altro. Spaventatissima, mi infilai in casa e sprangai la porta. Il tizio si avventò sulla mia unica finestra, fortunatamente chiusa, dalla quale filtrava la luce che avevo appena acceso. Cominciò a grattare e a prendere a cazzotti le tapparelle, urlando: «Apri! Maiala, apri! Baldracca! Ti prendo, tanto ti prendo! Prima o poi dovrai uscire da quel buco!». Terrorizzata, agguantai il telefonino per chiamare aiuto: ovviamente non prendeva la linea, nonostante l'antenna telescopica lunga quanto uno spaghetto. Impugnai un coltello da cucina e mi sedetti sul letto, con il cellulare muto e inutile accanto, tremando di paura e ripetendomi: «Se entra, qualcosa farò, qualcosa farò...». Dopo tre ore il gentile signore si arrese. Appurato che non fosse appostato nelle vicinanze, infilai tre vestiti in croce in una valigia e volai a Cervia (senza abbandonare il coltello da cucina, non si sa mai...), dove mia madre era in vacanza con mio fratello Harold e sua moglie.

Il fato volle che, mentre ero in viaggio, mio fratello litigasse con la moglie. Appena arrivata gli feci notare che non eravamo mai stati insieme in discoteca: «Harold, fatti coraggio: è la sera giusta, a ballare non mi hai mai portato... è il momento».

Partimmo con destinazione Pineta. In macchina mi fece ascoltare il suo nuovo acquisto: l'ultimo disco di Eros Ramazzotti, che mi piaceva da matti. Ho foto di me a otto-nove anni, in piedi sulla scrivania, che canto le sue canzoni a squarciagola. Quello che gli scatti non dicono è che, appena finito di esibirmi, limonavo con il poster come avevo visto fare nei film: ero sicura che prima o poi quell'uomo sarebbe stato mio e, data la notevole differenza d'età, volevo prepararmi...

Arrivammo in discoteca a un orario vergognoso. Saranno state le dieci e mezza, non c'era nessuno, così ci accaparrammo un divanetto nel privé. Dopo un'oretta, una montagna umana vestita di nero ci invitò a sgomberare: stava arrivando la persona che aveva prenotato il tavolo. «Ma certo, ma perbacco...» Feci per alzarmi e mi ritrovai Eros a dieci centimetri. Non era un poster perché parlò, invitandoci a rimanere: «Tranquilli, restate, non c'è problema...».

Non avendo la più pallida idea di come fosse sensato e sensuale comportarmi in una situazione del genere (l'uomo che sognavo a dieci centimetri da me, santo cielo, e la serata non era ancora iniziata!) declinai l'invito: «Non disturbarti, non devi...». Gli sorrisi e andai a piazzarmi un po' più in là, vicino al bar. Accanto al bancone, con un drink in mano, scolpita in una posa plastica che mi rendesse il più attraente possibile, cominciai a cercarlo con gli occhi. Io lo guardavo, lui mi guardava, io lo guardavo, lui mi guardava, poi in tutta la discoteca cominciarono a sparare con delle pistole ad acqua. Uno dei drammi degli anni Novanta: chissà quanti corteggiamenti sono finiti in niente a causa di serate così...

Mio fratello, benché sia un uomo molto paziente e mi adori, decise che le pistole ad acqua erano un limite invalicabile, un chiaro segnale che la serata doveva volgere al termine, almeno per noi, e mi trascinò fuori dal Pineta. Voleva bere ancora qualcosa, quindi ci sedemmo a un tavolino di un locale poco più in là. Cinque minuti, e il destino decise di far venire un'incontenibile sete anche a Eros, che venne a bersi un drink proprio in quel locale. Al "ciao" ero già cotta. Chiacchierammo, ci scambiammo i numeri di telefono e cominciammo a sentirci. Mi piaceva talmente tanto che misi in atto la madre di tutte le strategie: mi negai per due settimane.

Poi ci rivedemmo e partimmo subito dopo, via da tutto, solo noi due. Al ritorno, andammo a vivere insieme. Non rimisi più piede nell'appartamento di viale Premuda (per fortuna). Un giorno mi trovai in casa le valigie fatte, con dentro le tre cose che avevo lasciato là e uno spazio vuoto nell'armadio della villa di Inverigo. Eros mi disse: «Questo è il tuo posto, vorrei che stessi qua».

Ci siamo conosciuti nell'estate del 1995, a febbraio dell'anno successivo, a diciannove anni appena compiuti, ero incinta di Aurora. Spero che Auri senta dentro di sé di essere nata da un amore incredibile, perché è così: è stata cercata, voluta, desiderata.

La maternità per me è una benedizione: quando vedo una donna con la pancia non posso fare a meno di commuovermi. La gravidanza e la sua nascita sono state magiche. Ero al settimo cielo. Eravamo al settimo cielo. Leggevo un libro per seguire lo sviluppo del bimbo settimana per settimana: non vedevo l'ora che Aurora venisse al mondo per poterla stringere tra le braccia.

Contro il parere di manager e consulenti, convinti che la notizia avrebbe influito negativamente sulla promozione del nuovo disco, durante una delle presentazioni di *Dove c'è musica* Eros svelò che ero incinta. Ero al terzo mese, piangevo per niente.

Quando disse a tutto il mondo che avrebbe dedicato la canzone che stava per cantare alla sua futura figlia mi sciolsi in lacrime. Non sapevamo nemmeno se sarebbe stata femmina, ma lui era sicuro, e le dedicò *L'aurora*.

Auri arrivò il 5 dicembre, dopo ventuno ore di travaglio. La sera prima giocava la Juve, suo padre si era fatto installare nella stanza uno schermo per poter vedere la partita: urlavamo tutti e due, io per le doglie, lui per i goal. Passai la notte rimbalzando avanti e indietro nel corridoio su una di quelle palle per saltare: l'ostetrica era certa che avrebbe accelerato la nascita della bambina. Non so se la palla abbia in qualche modo aiutato, ma Auri venne al mondo la mattina dopo, alle 10.26. Mia madre assistette alla nascita, me l'ha confessato qualche anno fa: ero così stordita da non essermi accorta che si era infilata in sala parto. In camera, ad aspettarci, c'era mezza Roma: i parenti avevano riempito ogni angolo a disposizione. È stata una grande, splendida festa.

L'ospedale era presidiato giorno e notte da paparazzi con i teleobiettivi spianati. Uno di loro, con una mossa *very old school*, entrò in reparto fingendosi un visitatore, si intrufolò nello studio di un medico e gli rubò il camice: quando Eros uscì dalla sala parto reggendo la culla di Aurora, puntò l'obiettivo e scattò. Il giorno dopo la foto era su tutti i giornali.

Non mi concentrai più di tanto su questi episodi, però: ero inglobata nel meraviglioso mondo delle neo-mamme. Per sei mesi la mia vita fu Aurora, Aurora e ancora Aurora. Poi Antonio Ricci si ricordò di me e mi offrì l'Occasione. Parlavo italiano piuttosto male, ero una sprovveduta, ma decise lo stesso di credere in me. Ero più che conscia dei miei limiti, meno delle mie possibilità, ma lui mi tranquillizzò: «Il mestiere arriva con il tempo» mi spiegò. «Tu hai il sorriso, buchi lo schermo: lavoriamo su questo.»

Nel maggio del 1997 condussi "Paperissima Sprint". Nell'autunno arrivò "Colpo di fulmine". Ero seguita dal management di Eros, che si occupava per lo più di musica e, giustamente, era concentrato sulla carriera della star, più che su quella della sua giovane compagna, quindi i due anni successivi lavorai pochino: a parte la seconda edizione di "Colpo di fulmine", presentai qualche premio e girai una miniserie. Pur di farmi le ossa sarei stata felice di lavorare sulle navi da crociera, ma non era una professione che si addicesse alla moglie di una popstar internazionale. Per la stessa ragione dovetti declinare diverse opportunità: oggi le donne hanno tante possibilità, forse ci sono addirittura più conduttrici che conduttori, ma al tempo sembrava inevitabile che una creatura di sesso femminile comparisse in televisione con il solo scopo di spogliarsi. Era l'eredità di "Colpo grosso" e di "Indietro tutta!", finiti da qualche anno ma ancora molto presenti nell'immaginario collettivo – compreso quello degli autori televisivi. Sognavo di fare programmi divertenti, che potessero essere visti anche dai bambini, un settore che ancora non esisteva: era tutto da inventare. Invece, ricevevo molte proposte per replicare la campagna di Roberta sul piccolo e sul grande schermo: un anno mi fu sottoposta persino una sceneggiatura di Tinto Brass, *La bella gondoliera*! Alla lettura del titolo risi fino alle lacrime. Ricevetti un'offerta anche dall'edizione tedesca di "Playboy" per scattare una manciata di foto: rifiutai faticando a capacitarmi della quantità di denaro che mi avevano proposto.

Con il passare dei mesi, mi diventava sempre più chiaro che avrei dovuto fare di più. La domanda "Va bene fare di più, ma cosa?" divenne un refrain: me la ponevo da sola, me la sentivo ripetere dagli amici, dai parenti, da mia madre.

Ero consapevole del fatto che la mia carriera stentasse un po' a decollare, ma prendevo tempo, sforzandomi di non considerarla una priorità. Il fatto è che ciascuno di noi ha dentro alcune convinzioni fondamentali che gli è impossibile scalfire: essere indipendente, autonoma, realizzarmi come donna e diventare un esempio per mia figlia erano tra queste. Potevo nasconderle, impegnarmi tantissimo per ignorarle, ma la mia testa continuava a riportarmi lì. Fermare il flusso dei pensieri non era semplice, anche perché spesso mi trovavo sola con Auri: Eros quell'anno fece un tour internazionale di ottantasette date. Ogni tanto lo raggiungevo, ma eravamo d'accordo nel ritenere prioritario il bisogno di stabilità di Aurora.

Se volevo far collimare le esigenze di tutti, dovevo tirare fuori un po' di creatività. In inverno, mentre Eros era in tour, frequentai per tre mesi una scuola di recitazione a Los Angeles. Al mattino portavo Auri all'asilo locale (scelta che ha influito ottimamente sul suo inglese), poi, insieme ad altri colleghi italiani, partecipavo alle lezioni di Belita Moreno, coach di film come *Jerry Maguire* o

The Family Man. Belita ci insegnava l'arte dell'improvvisazione e a prepararci sui copioni, con il dichiarato scopo di sostenere dei provini.

Dopo un paio di mesi, spuntò un'opportunità golosissima: non ero pronta, ma sembrava caduta dal cielo appositamente per me. Belita mi disse: «Michelle, hai appena iniziato, è presto, ma la Paramount sta mettendo insieme il cast del remake di *Rollerball*, lo conosci?».

Lo conoscevo: raccontava un mondo distopico governato da un'unione di corporazioni; i cittadini si cimentavano in uno sport pericolosissimo, il rollerball, in cui si confrontavano due squadre su pattini a rotelle e motociclette. Nel 1975 era stato un grande successo e l'interpretazione di James Caan aveva fatto storia.

«La protagonista del remake si chiama Aurora» mi spiegò Belita «come tua figlia: io credo nei segni, e secondo me questo lo è. Te la senti di sostenere il provino? Il regista è John McTiernan, quello che ha girato *Die Hard* e *Caccia a Ottobre Rosso*.»

Studiai il copione giorno e notte, mancava poco che ripetessi le battute anche nel sonno. Mentre varcavo la soglia dei Paramount Pictures Studios una parte di me già si vedeva sul tappeto rosso, alla prima del film, l'altra sapeva di essere senza speranze: ero inesperta, quando riuscivo a contenere l'accento tedesco spuntava quello italiano. Per questo rimasi senza parole quando Belita, qualche tempo dopo, venne da me urlando: «È un miracolo, è un miracolo! Ti vogliono rivedere!». Wow! Che avesse ragione lei? Forse che il nome della protagonista fosse Aurora non era una semplice coincidenza...

Partii per Montreal, dove stavano girando alcune scene con il protagonista maschile, Chris Klein. Il regista voleva osservare la dinamica tra lui e una rosa di attrici papabili, nella quale rientravo. Non credo di aver fatto una figura barbina, perché nelle settimane seguenti fui chiamata a sostenere altri provini, uno dietro l'altro. Non girai *Rollerball* (alla fine persi miseramente il confronto con Rebecca Romijn, la Mystica degli *X-Men*), in compenso era tutto molto entusiasmante, molto "americano": ogni giorno spuntava una nuova possibilità. Ero gasatissima e chiaramente mi convinsi che la mia strada fosse quella: provare a recitare negli Stati Uniti. Al termine dei tre mesi di scuola tornai in Italia, con l'intenzione di ripartire appena si fosse presentata l'opportunità giusta.

Eros non era entusiasta dei miei sogni di gloria oltreoceano: mi sosteneva, era felice che fossi appagata da ciò che facevo, ma intuivo che avrebbe preferito sapere me e la bambina a Inverigo, o quanto meno nello stesso Stato in cui viveva anche lui.

L'anno successivo, era il 2000, Belita mi propose di tornare a Los Angeles per una serie di provini, tra i quali quello per *Matrix Reloaded*. Sgranai gli occhi: *Matrix*! Il primo capitolo della trilogia era uscito l'anno prima, ed era stato un successo planetario! Nell'irreale caso in cui mi avessero selezionato avrei sempre potuto dire di no, ma perché non tentare nemmeno? In fondo, sarebbe stato solo per un paio di settimane… Il giorno dopo contattai l'agenzia di viaggi e prenotai due biglietti, uno per me e uno per Auri.

Aspettavo di partire quando chiesi a Franchino

di diventare il mio manager, lui accettò e mi spedì in televisione a fare quello che sapevo fare meglio: ridere. In un locale al 144 di viale Monza, lo Zelig, si teneva un laboratorio di comicità. Dal 1997, Gino e Michele erano riusciti a portarlo in televisione, con il titolo "Facciamo cabaret". Dario Vergassola, nel suo stile caustico ed esilarante, intervistava show-girl e altri personaggi: Franchino trovò il modo di inserire anche me, e così facendo lanciò la mia carriera. Gino, Michele e Claudio Bisio mi videro, mi apprezzarono, e mi proposero di co-condurre con Claudio. «È perfetto per te, un'ottima idea: devi accettare» chiosò Franchino.

Guardai i biglietti aerei con destinazione Los Angeles e mi dissi: "Ma dài, *Matrix Reloaded*? Non ti sembra di volare un po' troppo alto?". E scelsi lo Zelig.

Che roba, eh? Losanna, la giornalista svizzera che ho interpretato a "Striscia la Notizia", direbbe: "Vaca lögia!". Quanto a infanzia travagliata non mi ero fatta mancare niente, ma mi sembrava tutto talmente distante… A volte non ero nemmeno certa di essere la stessa persona. Certe notti, dopo gli incontri con Clelia, mi sorprendevo a cercare di calarmi nei panni della ragazza che ero stata e nel ritrovarne le tracce dentro di me. Non ho una memoria di ferro: il mio cervello cancella episodi e aneddoti senza troppi rimpianti, soprattutto quando sono dolorosi; i pochi sopravvissuti sono fuori fuoco, privi di dettagli e di colori. Non era tutto rose e fiori, ma negli ultimi cinque anni avevo costruito una vita praticamente perfetta.

Com'è possibile che sia cascata nel tranello del maestro di una setta? Che abbia accettato di farmi gestire la vita e la carriera prima da lei, poi dai capi della sua organizzazione? Che abbia ubbidito a ordini a volte assurdi? Che abbia rispettato regole ferree, che richiedevano costanza e sacrificio? Che mi sia ritrovata a credere che Clelia fosse una sorta di Messia e di essere io stessa la reincarnazione della sorella di Gesù, una donna macchiata da peccati ancestrali talmente gravi da meritare, se mi fossi allontanata dalla setta, la morte dell'anima, oltre che quella del corpo? Che abbia tremato e sofferto per le punizioni, le minacce, gli anatemi?

Perché può succedere a tutti. Anche a te che stai leggendo, a tuo figlio, a tua figlia, al tuo partner, ai tuoi genitori. La giovane età non basta a giustificarlo. Il punto è che tutti abbiamo le nostre fragilità, i nostri punti deboli, i nostri bisogni inespressi, le nostre paure. Non è questione di testa, di raziocinio, di logica. Non si può pretendere di spiegare a un adepto perché è sbagliato stare in una setta: l'accettazione razionale del fatto che quella situazione per lui è negativa non basterà a liberarlo. La setta lo tiene in pugno perché conosce le sue fragilità, i suoi punti deboli, i suoi bisogni inespressi e le sue paure meglio di lui; acquisisce potere aiutandolo ad affrontarli, a passarci attraverso, talvolta a superarli. In ogni caso, avoca a sé la gestione del problema: l'adepto finisce per "appaltare" le proprie sofferenze ad altri, persone apparentemente generose, interessate a lui e che egli ritiene più elevate, più mature, più esperte. Una grande fortuna, no?

Non è una questione di intelligenza, è una questione di anima. E non uso questa parola a caso: credo in Dio, nel Paradiso, nell'Inferno, nel Bene e nel Male. Come Belita, la mia insegnante di recitazione, credo anche nei segni. Ci credevo prima di conoscere Clelia, ci credo adesso. Rispetto all'inizio degli anni Duemila, però, l'esperienza mi ha insegnato che è saggio rifiutare i dogmi, le regole stabilite per il gusto dell'imposizione e del controllo, vuote di significato, che provocano sofferenza.

La mia anima era come un bellissimo vestito macchiato. Prima di conoscere Clelia non ne avevo la minima consapevolezza. Lei è stata la prima ad accorgersene e a offrirsi di aiutarmi a ripulire.

Non ho parole per trasmettere appieno il senso di meraviglia e di sollievo che provavo mentre Clelia mi spiegava come stavo: nessuno si era mai interessato a tal punto ai miei sentimenti, ai meccanismi consci e inconsci che mettevo in atto, al mio passato, ai minuscoli episodi dolorosi della mia vita e alle tracce che avevano lasciato. Nemmeno io. Eppure, era proprio ciò di cui avvertivo il bisogno.

L'angelo che guida

Inizialmente si trattava di sedute di pranoterapia, una volta la settimana. Le prime due a Inverigo, quindi a casa di Clelia, a Milano. Il pianto liberatorio della prima sessione esercitò su di me un effetto simile a quello di un semaforo verde sugli automobilisti impazienti: non vedevo l'ora di incontrarla per raccontarle ancora di me. Non la smettevo più di parlare. Avevo l'impressione di rimettere finalmente a posto le cose, di incastrare tutti gli elementi in un unico, grande puzzle: peccato che fosse distorto. La "verità" che ricostruivo insieme a lei non era una fotografia realistica, ma una lettura possibile di ciò che mi era successo: il problema era che a me sembrava inoppugnabile, al punto che non la rifiutavo in nessuna parte, nemmeno in quelle che mi causavano sofferenza. Nel mio mondo in bianco e nero, ero certa che di verità ce ne fosse una sola, e che fosse proprio quella.

Man mano che passavano le settimane, i mesi, man mano che scopriva i miei punti deboli, Clelia depositava il seme del dubbio dove il terreno era più fertile. Impassibile, dipingeva un quadro chiaro, logico, ricchissimo di dettagli, nel quale tutto tornava. Una sorta di diagramma con le frecce che spiegava in pochi, semplici passaggi quanto tutte le persone che avevo intorno – a parte lei, naturalmente – non mi amassero. Setacciai il mio passato e il mio presente: ero convinta di andare alla ricerca di segni, delle ragioni profonde del mio agire, mentre lei puntava alle informazioni che potessero aiutarla, al momento opportuno, a dimostrarmi "con i fatti" quanto le persone a me vicine fossero in realtà subdole e crudeli. Perché mia madre e il padre di Aurora non mi amavano? Perché mi consideravano niente più che uno strumento per raggiungere i loro obiettivi. Non avevano alcuna motivazione per sostenermi nella mia crescita. Secondo Clelia mia madre era troppo attaccata al denaro e, pur di non rinunciarvi, sarebbe stata disposta a tutto; Eros, invece, era un perverso: mi usava per costruirsi un'immagine da rispettabile padre di famiglia mentre, in realtà, chissà come passava le serate dopo i concerti.

Gutta cavat lapidem, dicevano i latini. Non ho creduto che Clelia dicesse il vero da un giorno all'altro. Non mi sono addormentata una sera convinta che fosse tutto a posto per svegliarmi la mattina dopo decisa a ristrutturare la mia vita dalle fondamenta. Non sono impazzita. Volevo bene a mia madre, amavo il padre di Aurora. Clelia, però, era così convincente, così suadente, così presente: vedevo lei più degli altri due messi insieme.

I reclutatori delle sette hanno successo non solo perché sono affascinanti; soprattutto, credo, perché sono pazienti. "La pazienza è la virtù dei forti" si diceva una volta: di certo era una virtù di

Clelia. Se mi avesse palesato il suo disegno dopo la prima seduta, non avrei più accettato di rivederla. Invece mi ha preparato a digerirlo, a ritenerlo credibile e sensato, e l'ha fatto giorno dopo giorno, chiamata dopo chiamata. Così, mi ha portato esattamente dove voleva. Proprio come era successo con le sigarette.

Le ho dato credito e l'ho seguita perché la sua versione dei fatti si incastrava divinamente con la mia scarsa autostima e rispecchiava la mia paura più acuta: non essere amata. Se così era, sarei stata abbandonata e sarei rimasta sola: e questo era inevitabile, perché non meritavo l'affetto degli altri. Un ragionamento che si mordeva la coda. Volevo disperatamente amore, ma non credevo di valere abbastanza perché qualcuno fosse disponibile a donarmelo. Ero sempre stata "diversa": a scuola ero quella goffa, bullizzata, fuori dal cerchio; a casa ero la figlia che il padre portava nei bar, che la madre non ricopriva mai di baci.

Per smontare convinzioni del genere mi sarebbe servito l'aiuto di uno psicologo, invece ho trovato Clelia. «Vedi?» mi diceva. «Guarda come si comportano... È evidente, non ti amano», e nel frattempo mi dimostrava che lei, al contrario degli altri, a me ci teneva. Mi telefonava mille volte al giorno, mi ascoltava, mi massaggiava il collo, mi accarezzava la testa, mi ripeteva: «Non devi preoccuparti, ci sono io, sono io la tua nuova famiglia».

Come si definisce che cosa è "vero" e che cosa non lo è, nell'ambito dei rapporti umani? È vero che Clelia era il capo di una setta, ma è anche vero che mi ha dato alcuni buoni consigli: mi ha suggerito di andare a bussare alla porta di mio padre, per esempio. È vero che mia madre non manifestava il suo affetto abbracciandomi e chiamandomi tre volte al giorno per chiedermi "Come stai, amore?", ma ciò non significa che non mi volesse bene.

Aveva messo tutta se stessa nel crescermi e mi aveva accompagnata fin sulla soglia della chiesa, poi mi aveva osservata sposarmi e andare incontro a un futuro che non aveva nemmeno osato sognare. Ero giovane, bella, innamorata, avevo una bambina, il tempo e i mezzi per inseguire e realizzare i miei progetti. Mia madre adorava Eros, non poteva credere che mi avesse scelta tra il miliardo di donne che aveva conosciuto e, in qualche modo, "salvata" dai personaggi un po' loschi che circolavano nel mondo della moda. Considerava gli anni che ci separavano un dono: essendo più grande, credeva che lui sarebbe stato in grado di gestire anche i miei lati più ribelli. Era sicura che vivessi una vita splendida, non c'erano ragioni per pensarla diversamente. Avevo raggiunto l'età adulta, poteva lasciarmi andare.

Clelia approfittò di quel momento per schiudermi un mondo, quello interiore, che fino ad allora avevo frequentato il meno possibile. A quel tempo soffrivo con le stesse modalità con cui perdevo i capelli: senza sapere perché e tentando di curarmi con lo shampoo. Non so se chiunque scelga di affrontare un percorso psicologico o spirituale lo faccia a partire da un segnale fisico, come è stata per me l'alopecia, o perché avverte che qualcosa di più profondo non va. Nel mio caso, questo non sarebbe stato possibile. L'introspezione non è mai stata il mio forte: l'istinto mi suggeriva di non abbandonarmi ai sentimenti negativi, ma di combatterli, e così facevo. Contrastavo il dolore con la rabbia, la tristezza con l'ironia.

Ciascuno di noi agisce con gli strumenti che ha, in base alle circostanze che la vita gli mette davanti. Che mia madre sia stata un'eroina l'ho capito più tardi. Allora non tenevo in minimo conto il fatto che avesse vissuto per ventisette anni accanto a un uomo alcolizzato. Aveva fatto tutto ciò che era in suo potere per salvare lui e tutelare me: ero troppo giovane e ferita per capire, la giudicavo, senza sforzarmi di comprenderla.

Mio padre era come Dr Jekyll e Mr Hyde: un uomo gentile, buono, ma quando beveva diventava aggressivo. Un giorno, avrò avuto sette anni, tornò a casa ubriaco e convinto di dovermi proteggere da chissà quale pericolo immaginario. Mi prese e mi portò con sé nella mia cameretta, chiuse la porta e buttò la chiave dalla finestra. Mia madre ci aveva inseguiti ma rimase bloccata fuori, in corridoio. Cominciò a urlare: «Rudy, apri! Rudy, apri!», scuotendo la maniglia. Al terzo «Rudy, apri!» senza risposta, vidi un tacco 12 perforare la porta. Due minuti d'orologio, e mio fratello la sfondò. Questi episodi divennero sempre più frequenti: al termine delle elementari ero in grado di capire se aveva bevuto dal modo di camminare, dal colore della pelle, da un movimento delle spalle o delle mani. Se mi accorgevo che era ubriaco, scappavo di casa. Mia madre sapeva che sarei andata dai vicini e non si preoccupava. Anzi, forse preferiva che mi risparmiassi quello spettacolo.

Concluse le sue sfuriate, mio padre si accasciava sfinito sul divano. Il giorno dopo era capace di alzarsi, di venire a svegliarmi e di portarmi con sé a passeggiare nel bosco, come se niente fosse. Conosceva i nomi di ogni fiore, ogni albero. Mi raccontava le storie degli gnomi che vivevano nel sottobosco, raccoglievamo enormi cestini di funghi: fingeva di essere esperto e, una volta a casa, dovevamo buttarne via tre quarti, soprattutto quelli rossi a pallini. Avevamo i nostri posti speciali, dove andavamo quasi tutte le domeniche, dopo la messa. Mia madre è protestante, io sono cattolica come gli Hunziker. Durante la settimana aspettavo la domenica con ansia, non solo perché l'avrei passata sola con il papà, ma anche perché non vedevo l'ora di andare in chiesa. Strano a dirsi ma, in piedi sull'inginocchiatoio del nostro banco per sembrare più alta, mi divertivo come una matta: il celebrante teneva dei comizi più che delle prediche e noi lo prendevamo bonariamente in giro, facendo delle smorfie esilaranti. Dio per me era gioia: era nel legame intriso di complicità che avevo con mio padre, era nella natura che lui mi portava a scoprire.

I miei genitori si separarono che avevo dodici anni. Dopo ventisette anni di matrimonio e innumerevoli tentativi di ricostruire, con il cuore a pezzi mia madre lo lasciò perché proprio non poteva fare altro.

Non ho mai visto nessuno amare come lei. Non è una donna tenera, mia madre, ma per anni si è presa cura del malessere di mio padre e ha creduto strenuamente nel fatto che un giorno sarebbe tornato a essere l'uomo nobile e sensibile del quale si era innamorata.

In Svizzera il sistema giudiziario esige che sia il bambino a decidere con quale genitore vuole vivere: di quel giorno ho ancora addosso la sensazione di venire tagliata a metà. Ero in piedi di fronte al giudice, il papà da una parte e la mamma dall'altra. Scelsi di andare dove mi sentivo più al sicuro, con la consapevolezza che da quel momento la famiglia di mio padre sarei stata solo io – e io lo stavo abbandonando.

Amare e odiare contemporaneamente è estenuante, uno struggimento senza sospensione: quando non c'è l'uno, è presente il suo contrario. In forme più o meno accese, ho a lungo provato questo amalgama di sentimenti per entrambi i miei genitori – una vera manna dal cielo per Clelia – e me lo sono portato dietro fino ai ventotto anni, quando finalmente sono uscita dalla setta e ho ritrovato mia madre. Allora si è sciolto, letteralmente, come la neve che scompare nutrendo la terra sottostante. Perdonarmi per aver passato anni a processare tutti, ripetendomi nella testa le parole di Clelia ("Tu sei nel giusto, sono gli altri a non volerti bene"), è stata durissima. Credo che sia successo perché, benché avessi l'età e vivessi le esperienze di una persona adulta, la dodicenne ferita che ero stata era ancora ben viva e presente dentro di me. Mi sforzavo di ignorarla, ma quella bambina c'era e stava malissimo.

Ero incapace di associare le due facce di mio padre, così mi limitavo ad amarlo per la persona stupenda che era da sobrio e per il lato romantico del nostro rapporto. Lo amavo anche per le sue debolezze: quando lo vedevo crollare dopo l'esplosione, sconfitto dalla rabbia e dal senso di colpa, sentivo un'incommensurabile tenerezza. Avrei voluto sollevarlo e stringerlo, essere grande abbastanza per salvarlo, per dirgli che sarebbe andato tutto bene. Invece tacevo, rimanevo in piedi davanti al suo corpo addormentato poi correvo via, dietro il primo stipite che trovavo, a guardarlo da lontano. Lo odiavo perché mi faceva mancare il fiato la sera di Natale, quando mi chiamava piangendo, dicendo che si sentiva solo e io ero lontana. Lo odiavo perché, quando avrebbe dovuto venire a prendermi, mi lasciava ad aspettare ore e ore seduta sul gradino di fronte a casa o a scuola. Dimenticati una, due, dieci, venti volte, avevo cominciato a difendermi: "Ok, se non mi vuoi, nemmeno io ti voglio", e l'avevo tagliato fuori, smettendo di parlargli, il che mi faceva sentire ancora peggio. Mia madre, vedendomi stare così, se la prendeva con lui. Come succede a tanti, le scappava di parlarne male.

La verità è che eravamo tutti in difficoltà, e abbiamo fatto quel che potevamo. La mia mamma non aveva sponde o supporti che la aiutassero a elaborare il dolore e la delusione per il fallimento del suo matrimonio. Era stanchissima, e non solo per il lavoro, ma per tutto ciò che mio padre le aveva fatto passare. Innumerevoli volte l'aveva visto sparire, aveva passato giorni interi senza avere sue notizie, senza sapere se fosse vivo o morto, svenuto da qualche parte o seduto al bancone di un bar. Cercava di indagare, chiedeva in giro e, quando scopriva dov'era, partiva in macchina e andava a recuperarlo, da sola. Quando, dopo la separazione, mi vedeva piangere perché volevo il papà, perdeva le staffe: non poteva credere che si comportasse in modo così inaffidabile anche con me, la persona che più amava al mondo, e cercava di lenire come poteva le mie sofferenze. La versione della me dodicenne era: "Mia madre parla male di mio padre: sono entrambi senza cuore". Oggi la capisco più di allora, ma so anche che il tentativo di aiutare un figlio a dimenticare suo padre non porta buoni frutti. Era quello che facevo, ma a che prezzo... Il rapporto tra mia madre e mio padre aveva funzionato così a lungo anche perché si compensavano: lui era quello sensibile, dolce, empatico, lei era un generale, buono, ma pur sempre un generale. La nostalgia per il legame profondo ed esclusivo che avevo costruito con lui mi pungeva tutte le mattine appena aprivo gli occhi e realizzavo che un altro giorno sarebbe trascorso senza che lo vedessi. Come capita quando ci si sente impotenti, ho reagito con la rabbia, tirando su i miei ponti levatoi e chiudendomi in me stessa.

Raccontare a Clelia la storia della mia infanzia mi faceva sentire leggera: avevo l'impressione di avere preso in mano il bandolo della matassa e di avere cominciato a curarmi. Era o no psicosomatico il problema che mi aveva condotta da lei? Valeva la pena scavare più a fondo.

Le illustravo quelli che, secondo me, erano i fatti. Inevitabilmente, però, la mia narrazione era intrisa di risentimento, delusione, rimpianto, amore. E lei, invece di comportarsi in modo responsabile e di sottolineare che mia madre doveva per forza aver avuto delle ragioni per agire come aveva agito, insisteva nel sostenere che fosse una donna arida, interessata solo ai soldi – «Difatti, ha lasciato tuo padre perché non ne aveva». Di me non le importava un bel niente – «Difatti, ti ha allontanato da tuo padre». Secondo Clelia, mia madre non mi aveva mai amato e non mi amava allora: «Non lo vedi che non ti cerca, che non le interessa sapere come stai e cosa ti capita? Che non ti comprende fino in fondo?».

Mia madre e io non abbiamo mai avuto un rapporto simbiotico. Oggi Aurora ha più o meno l'età che avevo io allora. Mi racconta tutto, pene d'amore comprese. Io, al contrario, ero la regina dell'inespresso. Avrei voluto sentirla più vicina, ma, invece di prendere il telefono e chiamarla, oppure di andare a trovarla e dirglielo, per qualche motivo ignoto pretendevo che intuisse il mio malessere e venisse lei da me. A quel punto, avrei valutato cosa condividere e cosa no. Chi va in cerca d'amore come ho fatto io commette alcuni errori basilari: per paura di soffrire alza barriere così alte e impenetrabili da renderlo un egoista.

Non vedevo più in là del mio naso. Mia madre era in crisi con il compagno, aveva sulle spalle tre nuovi inizi in tre Stati diversi, un numero imprecisato di traslochi, migliaia di ore di lavoro, trent'anni di matrimonio con un uomo malato. Avrebbe avuto bisogno lei del mio supporto. Non avendo una palla di vetro, non poteva percepire il disagio che provavo, perché lo nascondevo abilmente, dietro una scintillante facciata. Veniva spesso a trovare me e Aurora, a un certo punto si trasferì addirittura in un paese vicino a Inverigo per poterci raggiungere con maggiore comodità, ma durante i nostri incontri stavo sempre sul chi vive. Non le aprivo il mio cuore, non veramente. Eppure, pretendevo che mi capisse al volo.

Aurora mi prende in giro perché ripeto fino alla noia una frase: «Prima accettiamo di diventare genitori dei nostri genitori, prima saremo felici». Forse l'effetto che ottengo è quello di sembrare un'anziana signora che ha perso la memoria e trova conforto nei detti popolari, ma l'esperienza mi ha insegnato che, appena i figli capiscono che la mamma non è Wonder Woman né il papà Capitan America, si aprono per tutti fantastiche prospettive di felicità. Nella comprensione reciproca, nell'amore. È esattamente ciò che mi sarebbe servito sapere allora, per questo asfissio le mie figlie: chissà che loro, un domani, possano evitare di commettere lo stesso errore.

Dopo una seduta – non era passato moltissimo tempo da quando avevamo iniziato a vederci – Clelia mi disse: «Ora sei pronta, devo mostrarti una cosa». Si mise in piedi in fondo al lettino, contro una parete bianca, e mi chiese di fissare per cinque minuti d'orologio un punto sulla sua fronte. Aveva una sorta di macchia di melanina, un'ombra leggermente più scura del resto della pelle del volto. «Vedi?» mi chiese. «Vedi la luce attorno alla mia testa?»

Non avevo mai fissato una persona per cinque minuti consecutivi. Puntai lo sguardo al centro della sua fronte e rimasi in attesa. A un certo punto, ebbene sì, vidi ciò che voleva: la sua testa circonfusa da una sorta di alone lattiginoso e trasparente.

Bisogna provare. Una volta lasciata la setta ho ripetuto questo test molte volte, con persone diverse, e attorno a ciascuna ho intravisto una luce analoga a quella. Chi crede nell'aura pensa che in questo modo anche i non esperti possano riuscire a vederla; chi non ci crede bolla il tutto come un effetto ottico: l'occhio sfoca i margini quando si concentra su un dettaglio specifico.

«È l'angelo che mi guida durante le terapie» mi spiegò Clelia. «Non sono io che curo: io sono solo un canale per la corrente universale della vita. È lei a proporre al corpo la guarigione. Continua a guardarmi: il contatto con l'energia ti darà serenità.»

Mentre la fissavo, pensavo: "È incredibile, ha ragione". Stavo bene: la sua compagnia mi tranquillizzava, e così concentrarmi sulla luce bianca che percepivo attorno alla sua testa.

In base alla convinzione secondo cui i mali fisici sono generati sempre e solo dalle emanazioni del cuore e dell'anima, mi diagnosticò un blocco energetico. L'energia vitale che dovrebbe percorrere il corpo sottile di ciascuno di noi, nel mio caso, non poteva circolare liberamente. Il motivo "medico" era di facile diagnosi: durante la mia storia passata avevo generato delle scorie psichiche che si erano depositate nei nadi, impedendo al prana di percorrerli. Le ragioni emotive del blocco gliele fornivo io, e in abbondanza, ogni volta che la chiamavo per chiederle consiglio e supporto, per confidarle che mi sentivo insicura nel rapporto con il padre di Aurora, con mia madre, nella mia professione.

Quasi subito decise che avevo un problema con il femminile.

Il fatto che in ciascuno di noi convivano tratti maschili e femminili (possiamo definirli energie, ma anche attitudini, per esempio) non è un'invenzione di Clelia. Yin e Yang, Sole e Luna: questo tipo di dualismi è alla base di tante culture e credenze, compresa la nostra, che attribuisce ruoli differenti a padre e madre, riconoscendo come condizione ideale l'equilibrio delle due istanze.

Nella visione di Clelia, il maschile era materico, concreto, era potenza, ragione, ma anche il nostro lato animale, mentre il femminile era l'intelligenza del cuore, era accoglienza, tenerezza, sensibilità, luce, la capacità di comprendere e accudire. Le mie esperienze, secondo lei, mi avevano portato a confondere queste due energie: a causa delle debolezze di mio padre, credevo che forza, determinazione e indipendenza fossero strettamente connesse al femminile. Questo mi aveva indotto a sviluppare un eccesso di maschile e a compromettere la mia femminilità. Le prove? La mia storia clinica! Tra i numerosi problemi fisici che mi avevano afflitto da bambina c'era una sindrome del tunnel carpale, che aveva richiesto un'operazione: non per niente, si era trattato del polso destro – il lato maschile. Il mio corpo aveva provato ad avvertirmi, a riequilibrare le energie: se solo l'avessi ascoltato avrei risolto; invece, avevo continuato a reprimere il mio femminile. Clelia non credeva che fosse colpa mia: ero solo una bambina. Come avrei potuto compiere intenzionalmente una simile scelta? Mi ero limitata a espandere l'energia che, credevo, meglio mi avrebbe consentito di sopravvivere. Ora, però, grazie al suo aiuto ero in possesso delle conoscenze giuste per decidere: mi veniva data l'opportunità di riportare in equilibrio ciò che era sbilanciato, di elevarmi e di procedere su un cammino di luce. Stava a me scegliere se andare avanti oppure rimanere al punto in cui ero. Questa domanda era al centro di ogni seduta; quella che davvero mi ponevo – e Clelia ne era consapevolissima – era invece: "Vuoi continuare a frequentare questa donna?". La risposta era sì, senza neanche un dubbio.

Riceveva me e gli altri adepti in casa sua. Inizialmente, solo per le terapie.

L'aria profumava di rosa, una fragranza armonizzante, che apre il cuore e stimola la tenerezza, la devozione e la pazienza.

La casa era tutta bianca, pulita a livelli maniacali. Gli ambienti erano illuminati dalla luce naturale, che filtrava delicata attraverso tende sottilissime, quasi impalpabili. Era perfetta, né troppo forte né troppo debole. In alcuni punti strategici erano posizionate delle candele accese, naturalmente bianche. I fiori erano sempre freschi: calle, le sue preferite, oppure rose bianche. Era un luogo accogliente, essenziale ma non asettico. Potevamo entrare uno per volta, quindi spesso occorreva attendere sul pianerottolo la fine della seduta precedente. Capitava di aspettare anche un'ora, un'ora e mezza. Mi stufavo? Giravo i tacchi e me ne andavo? Macché: avevo intrapreso un percorso spirituale, che cos'era un'ora di attesa, se paragonata all'eternità che mi si sarebbe dischiusa durante la seduta con Clelia?

Prima di mettere piede in casa, bisognava togliere le scarpe; appena entrati, correre a lavarsi le mani. Solo dopo si poteva procedere fino al salone, dove c'erano lei e il lettino. Era sempre elegantissima: indossava solo tessuti naturali, come seta, lino, cachemire, nella gamma dei beige, dei grigi pallidi e dei bianchi, da quello ottico al crema. Il tono più scuro che le ho visto indossare sarà stato un tortora. C'era un motivo: il bianco contiene tutti i colori dello spettro elettromagnetico eppure è acromatico, senza tinta. È tutta luce, sola energia: l'ideale per irradiare purezza e serenità. Non mi obbligava a vestirmi di chiaro, almeno non nei primi tempi, ma certamente mostrava di gradire che mi presentassi rimandando un'immagine cristallina – la stessa che, con tanta cura, ricercava per sé.

"Purezza" è una parola chiave in questa storia. Significa pulito, in senso fisico (le mani appena lavate o la doccia appena fatta) ma anche in senso emotivo (assenza di scorie psichiche, distanza dai più bassi istinti o da sentimenti troppo travolgenti) e spirituale. Unicamente la purezza spirituale consente ai terapeuti (e non solo a loro) di entrare in contatto con le energie più elevate.

Clelia era purissima: la sua immagine era costruita per rimandare questa impressione. Aveva capelli sempre profumati e fluenti, la pelle meravigliosamente idratata con oli essenziali, portava vestiti raffinati. La sua casa era arredata con un gusto talmente ricercato da sembrare un paesaggio.

Avrei scoperto dopo che, secondo antiche correnti di pensiero, l'abito del terapeuta e il setting nel quale svolge le sue sedute sono considerati di vitale importanza. Clelia faceva di tutto per convincerci del contrario ma, come tutti, anche lei indossava una maschera: quella del guru nobile e saggio al punto da comportarsi con modestia e umiltà. Ogni sua scelta in materia di apparenza era volta a rafforzare questo messaggio. Funzionò: il fatto che lei fosse così sorridente, bella, e che così gradevole fosse frequentare la sua casa, contribuì a indurmi ad accogliere il suo pensiero e la sua azione terapeutica, almeno inconsciamente.

Aveva capito di avere "il dono", così lo chiamava, qualche anno prima. Aveva lavorato a lungo in un'agenzia di pubblicità, ma aveva smesso per approfondire le sue conoscenze sul mondo sottile – quello, cioè, delle energie extracorporee. Lavorava come pranoterapeuta e teneva molto alla correttezza formale e fiscale: anni dopo Antonio Ricci mi confessò di averle piazzato alle calcagna i più abili tra gli inviati di "Striscia la notizia", e niente... era troppo brava: tutto risultava perfettamente in regola.

Il marito con cui Clelia viveva prima di scoprire di avere il dono la lasciò, ritenendo il percorso che lei intendeva intraprendere troppo impegnativo. I due figli, Pietro e Giovanni, rimasero invece al suo fianco. A quel punto, Clelia era andata incontro al disegno che il destino le aveva evidentemente riservato. Il suo primo maestro spirituale era stato un rabbino, che l'aveva iniziata alla Cabala e alla dimensione esoterica della religione ebraica.

Il dono consisteva nel percepire i problemi degli altri a livello sottile: quando Clelia incontrava qualcuno che non stava bene, avvertiva subito calore nelle mani e il desiderio di avvicinarsi e guarirlo. All'inizio era stato niente di più di un senso di intorpidimento, che poi si era tramutato in una vera e propria perdita di controllo: le mani si scaldavano ed emettevano energie a lei prima sconosciute. Nessuno può svegliarsi un giorno e decidere di diventare pranoterapeuta, mi spiegava, perché la coscienza del terapeuta perde ogni importanza, durante le sessioni: è il corpo a essere posto al servizio di una potenza superiore, che lo trascende, sulla base della purezza d'animo della persona. Più puro è il terapeuta, più alta sarà l'energia che se ne servirà come canale di guarigione. Da questo discende la dimensione spirituale (per non dire "sacra") delle cure.

Un giorno mi raccontò che alcune persone, durante le terapie, facevano esperienza di regressioni nelle vite passate o di viaggi astrali. Altri, invece, appena poggiava loro le mani dietro la nuca, canalizzavano energie potentissime, cambiando voce e tono, e le mandavano dei messaggi.

Ero affascinata da tutto questo, ma per me lei, in quel momento, era soprattutto un'amica, figura della quale sentivo quanto mai il bisogno, incapace com'ero di comunicare in modo diretto e profondo con mia madre. Era la sorella maggiore che mi aiutava ad analizzare gli eventi della mia vita e a tenere dritto il timone nelle acque agitate che stavo attraversando.

Non c'è un episodio che ha segnato l'inizio della crisi con il padre di Aurora. Ci amavano, tantissimo, ma l'amore non basta, non sempre.

Col senno di poi credo che tante delle tensioni tra noi sarebbero state risolvibili nella maniera più semplice: mettendoci a un tavolo, magari con una bella tazza di tè in mano, e parlandone. Invece ci siamo chiusi fuori a vicenda, e questa mancanza di comunicazione ci ha reso difficile capirci.

Il fatto che io fossi molto giovane e irruente non ha aiutato. Non avevo la maturità per capire che, a volte, il modo migliore per supportare un uomo è attendere, rimanendo al suo fianco in silenzio, per tentare un intervento solo quando avrà preso un minimo di distanza da ciò che lo affligge. Quando distribuivano la calma dovevo essere in coda per le costole: ne ho due in più del necessario, e zero sangue freddo. Per me la vita va bruciata, divorata. Se non lo faccio, ho l'impressione di perdere tempo, di non rendere giustizia all'esistenza. Temporeggiare e, intanto, analizzare la situazione è una strategia che non mi corrisponde per niente, nemmeno oggi che ho quarant'anni. Se domani mattina mi svegliassi e avessi la sensazione che con mio marito c'è qualcosa che non va, gliene parlerei senza tregua, fino a mettere a fuoco il problema. Uno dei lati spettacolari del nostro rapporto è che Tomaso e io, sotto questo aspetto, siamo identici: se gli metto il muso per qualsiasi ragione, lui non attende che mi passi, ma mi insegue finché non ha capito cos'ho che non va. E viceversa. Ci sono però situazioni e contesti in cui comportarsi così, banalmente, non è possibile. Non ha senso. Anche perché l'amore non è sempre l'assoluto protagonista: spesso, sulla scena, c'è anche molto altro.

In quel caso, di elefanti nella stanza ce n'erano parecchi. Troppi, probabilmente.

Alla fine degli anni Novanta Eros si rese conto che la persona alla quale aveva affidato la gestione del suo patrimonio aveva agito in modo a dir poco leggero. Proviene da un contesto anche più squattrinato del mio: lo canta in *Adesso tu*, contenuta nel suo secondo album. Quel brano è una sorta di manifesto della sua poetica, ma anche della persona che è: fiero delle sue origini, volitivo e capace di trasformare la frustrazione in motore. Consapevole di non essere la persona più indicata per discettare di investimenti e tassi di interesse, aveva chiesto la consulenza di uno specialista. Quest'uomo e i suoi collaboratori si erano comportati scorrettamente sotto diversi aspetti; soprattutto, però, avevano omesso per anni di metterlo al corrente della situazione. Si erano limitati ad avallare ogni suo desiderio, senza porre alcun limite. Finché non aveva cominciato ad avere successo, Eros non aveva letteralmente mai avuto niente: convinto di poterselo permettere, non si è negato nulla, finché non ha realizzato che stavamo vivendo al di sopra delle nostre possibilità. Nessuna tragedia, per carità, ma un idealista come lui faticò non poco a digerire di aver preso un simile abbaglio. Onesto, franco, rispettoso, non poteva credere che persone che si definivano professionisti e suoi amici si fossero comportate così alle sue spalle.

Se fosse successo a me, gli avrei fatto gli zebedei quadrati a forza di parlarne. Per come lo conoscevo, era fatto diversamente: aveva bisogno di lasciar decantare i problemi per conto suo. Con l'età e le esperienze di allora, non so che tipo di aiuto avrei potuto dargli, forse nullo: la cifra più alta che avevo mai visto tutta insieme erano i cinque milioni guadagnati con la campagna per Roberta, non avevo idea di come si gestisse il denaro. Né dell'effetto che perdere una grossa somma potesse avere su di un uomo con il suo passato, il suo orgoglio, il suo carattere.

Credo che si sentisse perso. Io lo ero altrettanto.

Eros non mi parlava delle sue preoccupazioni, non condivideva il suo sdegno. Forse voleva proteggermi. E scelse il silenzio. Scatenando in me un'ansia incontenibile: se non si confidava, chissà cosa stava succedendo. Forse non mi amava più? Per cercare di togliermi il dubbio, lo incalzavo continuamente: «Che cos'hai? Come stai? Perché non mi parli?».

Tornavo a casa la sera dopo "Zelig" e lo trovavo, scuro e silenzioso, talmente sprofondato nella sua poltrona da toccare quasi terra, davanti a Italia 1. "Mi ha guardato e non gli sono piaciuta" mi dicevo subito. Con ogni probabilità aveva altri pensieri per la testa, ma nella mia lui era sempre il primo: mi sembrava assurdo che la sua potesse funzionare in altro modo. Eravamo o no anime gemelle? E allora...! Riportavo al centro della discussione l'amore, e venivo respinta. Punta sul vivo, resa fragile dalle mie insicurezze, reagivo rincarando la dose di insistenza e ottenendo l'effetto opposto a quello che speravo: finivamo per litigare.

Distrutta dal dispiacere, consapevole della mia inadeguatezza a gestire una situazione così stratificata e complessa, telefonavo a Clelia. E lei, melliflua, mi faceva notare che lui si era adombrato durante la puntata di "Zelig", mentre io lavoravo. «Lo vedi? Non vuole che ti realizzi. Vuole che tu stia a casa a fare la mamma e la moglie.»

Eros non faceva i salti di gioia all'idea che avessi trovato la mia "casa artistica" in un locale di comici, al 99 per cento maschi, che talvolta (ma per ridere!) mi toccavano (ma appena appena!) il sedere. Una volta si presentò rombando in viale Monza in sella alla sua moto e sfidò Bisio: «Tu non devi toccare il culo di mia moglie!» gli urlò. Claudio, terrorizzato, si trincerò in camerino. Ovviamente, ero estasiata: che duro, che uomo avevo sposato!

Pur comprendendo che l'alchimia cabarettistica tra me e Claudio potesse essere fonte di fastidi nelle nostre rispettive famiglie, non c'era e non c'è mai stato nulla di neanche lontanamente sessuale in quei contatti: c'era, invece, l'invenzione di un nuovo modo di fare televisione, una ridefinizione dei rapporti tra uomo e donna sul piccolo schermo. Su quel palco non mi veniva chiesto di recitare il ruolo della valletta, benché fisicamente corrispondessi al cliché della bionda formosa: ero una co-conduttrice a tutti gli effetti, che si comportava come la sorella scema del gruppo. Potevo permettermi di essere svizzera e sguaiata come sono nella vita. È vero che Bisio talvolta (ma per ridere! e appena appena!) mi toccava le chiappette, oppure mi prendeva in giro, ma è pur vero che la nostra interazione non finiva lì: a mia volta lo prendevo in giro, gli rifilavo calci nel sedere, lo torturavo... Il nostro modo di improvvisare era ritenuto anti-televisivo, eppure funzionava alla grande.

Franchino, per mia fortuna, l'aveva capito prima di tutti. Il mio contratto non copriva l'intera stagione di "Zelig", ma prevedeva che venissi confermata di puntata in puntata. Era il 2000, i social network non esistevano, ma le e-mail sì: ogni venerdì sera la redazione veniva inondata di messaggi su quanto gli spettatori si fossero divertiti, sulla coppia pazzesca che eravamo, sulla modernità del nostro lavoro. Nel giro di poche settimane gli ascolti (che mediamente si aggiravano attorno all'11 per cento) volarono al 25 per cento: si impennò talmente tanto che mi chiesero di fare coppia fissa con Bisio, confermandomi per tutta la stagione successiva. Nel 2001 spostarono il programma in prima serata, poi su Canale 5, perché gli sponsor si sfidavano a duello per aggiudicarsi gli spazi pubblicitari durante "Zelig".

Eros un po' pativa le mie ambizioni. Credeva in me come professionista, non mi ha mai impedito o scoraggiato dal fare nulla, ma magari avrebbe preferito sapermi in contesti più istituzionali. Può darsi che si rabbuiasse perché subodorava lo stesso disallineamento che avvertivo io. Vedendomi ridere e scherzare in televisione, forse finì col credere che le mie priorità fossero altre. Forse pensò che gli stessi sfuggendo di mano e, proprio come me, si spaventò.

Ero terrorizzata al pensiero di perderlo. Ecco perché continuavo a ricondurre ogni momento di confronto all'amore, che però c'entrava poco e niente, perché c'era: problema risolto.

Con grande sapienza, Clelia mi aiutava a far deflagrare le nostre incomprensioni: cominciò allora a dirmi che secondo lei dovevo staccarmi dal padre di Auri. I risultati che stavo ottenendo a livello professionale erano dovuti al suo aiuto, alla pranoterapia. "Guarda, amore, che cosa stai ottenendo grazie al lavoro sulla tua anima!" Siccome la mia autostima occupava lo spazio di un ditale, ci credevo. Non sarei mai riuscita a dirmi: "Brava Michelle, hai delle qualità! Funzioni in televisione!". Mi pesavo sulla base delle opinioni altrui, e secondo Clelia valevo moltissimo – benché necessitassi del suo aiuto e della sua guida per riuscire appieno.

Era una manipolatrice sopraffina, troppo intelligente per fondare il suo progetto su pure e semplici illazioni: per rendersi indispensabile utilizzava ciò che c'era, senza inventare niente. Non mi ha raccontato che avevo il malocchio, per fare un esempio: giorno, dopo giorno, dopo giorno, è penetrata nelle piccole ferite della mia vita e le ha allargate a dismisura, infettandole. Ciascuna di esse, da sola, non mi avrebbe indotto a cadere nelle maglie di una setta; né l'avrebbe fatto la loro somma. È stata la sua azione certosina e accurata a fare sì che tutte le mie paure trovassero appigli concreti negli episodi della mia quotidianità. Ho finito per guardare alla mia vita, alle persone che la popolavano allora, con lenti deformate dallo sguardo di lei: vedevo ciò che lei voleva vedessi.

Ero spezzata. Avevo perso il mio centro, non sapevo più chi ero: amavo il padre di Aurora, volevo bene a mia madre, ma "i fatti" mi spingevano a dubitare di loro. La fiducia che riponevo nella mia famiglia scricchiolava, e cercavo rassicurazioni presso l'unica persona che pensavo potesse darmele: il mio carnefice, una donna che – ne ero certa, certissima – mai e poi mai avrebbe potuto farmi del male. Perché mi amava come volevo essere amata, mi capiva come volevo essere capita e mi ascoltava come volevo essere ascoltata.

Quando Eros partì per un tour lunghissimo, che l'avrebbe portato in tutta Europa, Clelia ne approfittò per consolidare la sua opera: dividermi dagli affetti più cari, per avermi tutta per sé. Carota e bastone: mi aveva restituito mio padre, era venuto il momento di affondare la lama e recidere i legami che mi separavano da lei.

Una notte le telefonai disperata, in preda alle ossessioni che può avere qualsiasi ragazza poco più che ventenne che soffre per amore. Il dettaglio che complicava la faccenda era che Eros di mestiere non faceva il meccanico o l'impiegato: era un idolo delle folle che, volendo, avrebbe potuto approfittare di un numero di occasioni che non sarei riuscita nemmeno a compitare. Riassumendo: ero in paranoia dura. E chi pensai bene di chiamare? Non mia madre, non la mia unica amica bolognese, ma la donna della quale, in quei mesi, più mi fidavo: naturalmente, Clelia. Ottima scelta.

Ero a Inverigo, in quella casa sterminata, un po' spaesata. Di mio, a parte Auri e i prodotti per il bagno, lì dentro non c'era niente. Era il castello del mio principe, un posto meraviglioso, e l'avevo adottato come se fosse una parte di lui, ma improvvisamente mi sembrò un guscio di una forma diversa dalla mia. Mi sentivo sola, avevo paura che lui potesse aver ceduto alle avance di qualche groupie, e lei sentenziò: «Sento che troverai qualcosa: cerca nei cassetti. Vai avanti finché non trovi una prova, un segno del tradimento, perché sono sicura: qualcosa c'è».

Cosa posso mai aver fatto? Con il cuore a palla, ho passato ore a rivoltare ogni calzino, ogni maglietta e ogni fazzoletto. Alla fine non ho trovato un bel niente.

Non si può trovare qualcosa che non c'è.

Intanto, però, il seme del dubbio aveva messo radici.

Molto, molto lentamente, Clelia mi convinse che la mia vita era tutta sbagliata e che, se avessi voluto essere felice, avrei dovuto rivoluzionarla. Come avevo fatto con i cassetti.

Il maestro

Nel 2001, in estate, mio padre morì.

Ero a Ibiza, in vacanza con Auri, Franchino e l'immancabile Clelia, che ormai portavo dappertutto. L'avevo invitata a raggiungermi durante una settimana in cui sapevo che Eros non ci sarebbe stato. Era sfinito: da aprile non faceva altro che tenere concerti, uno ogni due giorni, a volte in serate consecutive, se non in Stati, almeno in città diverse. Novanta date in tutta Europa per duecento giorni circa: massacrante. Ad agosto rallentò leggermente, ma continuò ad andare e venire tra Ibiza e le sedi degli spettacoli.

Quella sera non c'era. Così come non c'era mia madre, che ci avrebbe raggiunti più avanti. Fino all'ultimo avevo sperato che sarebbe stato mio padre a farmi visita. A luglio ero andata a trovarlo con Auri, avevamo passato una domenica insieme, mangiando i tomini a Grotto Ticinese, sul lago di Lugano. Grazie ai denti nuovi aveva riscoperto il piacere di mangiare e, da quando aveva ripreso a frequentare me e conosciuto sua nipote, beveva meno. Era stata una bella giornata. Avevo tentato di convincerlo in tutti i modi a passare una manciata di giorni insieme, ma non c'era stato niente da fare: invito rispedito al mittente. Avendo una testa malleabile come il granito, avevo insistito e insistito, richiamandolo più volte nei giorni successivi: «Dài, papà, saremo tu, io e Aurora... Vedrai, la casa è grande, fa fresco, i tramonti di Ibiza saranno bellissimi da dipingere...». Se mi avesse detto di sì avrei prenotato immediatamente il biglietto. Rifiutò sempre, accampando scuse senza senso: «Amore, non preoccuparti: a casa starò bene, passerò l'estate tra i miei quadri...». Aveva dato prova di possedere una testa più dura della mia (chissà da chi l'avrò ereditata...), così avevo smesso di chiedere e lui l'aveva spuntata.

La sera del 13 agosto mi squillò il telefono. Fu mia madre a dirmelo. Era morto, da solo, nelle due stanze che avevo visto. Caddi a terra, nella veranda di una casa non mia. Il telefono volò qualche metro più in là, rimbalzò due o tre volte e si fermò sul prato, con lo schermo ancora illuminato. Sentivo la voce di mia madre – «Michelle? Che succede? Pronto... Pronto! Michelle!» – senza riuscire a muovermi né a parlare. Clelia mi aiutò ad alzarmi e, insieme a Franchino, mi accompagnò in casa.

Gli aveva ceduto il cuore. Soffriva di ipertensione e non prendeva le pastiglie nemmeno sotto tortura. Da quando ci eravamo ritrovati tutte le volte che lo sentivo gli chiedevo: «Papà, hai preso le medicine?». E mi sentivo rispondere: «Ma quali medicine! Sono forte come un toro, io, non mi servono le medicine!». Non so se si dimenticasse di curarsi, se proprio rifiutasse l'idea, se con i dottori avesse omesso di essere un alcolista, se il mix di vino e bistecche gli sia stato letale. Non ho un'idea precisa di ciò che è successo. Della sua salute parlavamo sì e no: ero arrabbiata per come si era ridotto (quale figlia non lo sarebbe?), ma desideravo talmente tanto tenerlo vicino che evitavo come la peste tutti i temi che avrebbero potuto anche solo lontanamente creare frizioni tra noi. Per lasciare che gli altri si occupino di noi dobbiamo prima essere sicuri che ci amino: non volevo farlo prima che lui si sentisse completamente accettato così com'era; temevo che, affrettando i tempi, si sarebbe sentito giudicato e si sarebbe allontanato, l'ultima cosa che desideravo accadesse.

Ora l'avevo perso per sempre.

Quella notte Clelia mi vegliò. Ogni volta che aprivo gli occhi singhiozzavo, e ogni volta lei era lì a consolarmi. Ascoltava le mie domande, allargava le braccia, mi accoglieva e diceva solo "Shhh", mentre mi abbracciava e mi accarezzava la testa. Mi teneva in braccio, come una bambina.

La mia crisi iniziò il giorno dopo, appena mi sedetti sull'aereo che mi avrebbe portato in Svizzera, a seppellire mio padre.

Mi sembrava di aver subito la più crudele delle ingiustizie. Dopo anni persi tra silenzio e incomprensioni, avevo fatto in tempo a godermi il mio papà per pochi mesi prima che me lo portassero via. Ho iniziato ad arrabbiarmi pesantemente con Dio. "Ma che modi sono? Non me l'hai nemmeno lasciato salutare" mi lamentavo tra me e me. "Con tutte le volte che ha rischiato la vita seriamente, correndo pericoli ben peggiori del mangiare una bistecca o dimenticarsi una pastiglia, che bisogno c'era di togliermelo proprio ora?"

Da piccola ero molto credente: avevo il crocifisso in camera, accompagnavo mio padre a messa e tutte le sere dicevo le preghiere. Non erano preghiere convenzionali, erano mie e sue, il nostro personalissimo modo felice di rivolgerci a Dio. Allontanarmi progressivamente dal Signore durante gli anni dell'adolescenza era stata una delle forme della mia ribellione nei confronti di mio padre. Se la religione ci univa, e a lui starmi vicino non interessava, allora, be', io non avrei voluto più neanche quella. Fra l'altro, mostrare un'immagine da atea contestatrice era molto più cool dell'andare in chiesa tutte le domeniche alle dieci di mattina… una strategia vincente per guadagnare qualche centimetro sull'accidentato terreno dell'inclusione.

Non avevo mai smesso di credere, però il mio rapporto con Dio era stato molto tormentato: per me era gioia, ma come potevo rendere grazie mentre tutto intorno crollava? Nella discrepanza tra i miei sentimenti e la mia visione di Dio vidi l'ennesima conferma di quanto fossi sbagliata e inadeguata: se il Signore mi sottoponeva a simili prove, doveva essere per forza colpa mia. Dovevo meritarmi quella punizione. Per arrivare a vedere gli ostacoli sul mio percorso come opportunità, e coglierne gli insegnamenti, ci ho messo anni: allora ero troppo giovane, e non è una scusa. Ero molto matura sul piano pratico: a diciassette anni mi mantenevo, pagavo un affitto, costruivo le mie prospettive professionali, seppur tra mille insidie e con l'aiuto di angeli custodi più esperti di me; a diciannove ero mamma, a venti moglie. Sul piano emotivo, invece, ero più giovane dei ventiquattro anni compiuti pochi mesi prima che mio padre morisse. Se ero sbilanciata in qualcosa, era in questo: più che "il maschile", avevo sviluppato le abilità e le competenze che mi consentivano di diventare indipendente e di riuscire, tralasciando la dimensione interiore.

Non era un caso se mi ero riavvicinata a mio padre e a Dio contemporaneamente.

Non era un caso se, su quell'aereo, più che piangere, fremevo per la rabbia. Tutta quella che avevo accumulato e cercato di contenere negli anni esplose. Ce l'avevo con Dio, che aveva orchestrato quel bel capolavoro, con mio padre, con mia madre, con me stessa. Mentalmente sgridavo tutti, urlavo con tutti: sempre meglio che lasciarsi andare al dolore.

Mi chiedevo che cosa ci fosse in noi di così irrimediabilmente storto e sbagliato. Qualcosa doveva pur esserci, se avevamo lasciato morire da solo un uomo che amavamo. Senza nemmeno dirgli addio.

Almeno in parte era colpa mia, ne ero certa. Avrei dovuto insistere di più. Prenotargli il biglietto aereo e regalarglielo, senza tante discussioni. Oppure cambiare programma e passare le vacanze in Svizzera. Le risposte a questi dubbi le ho avute al ritorno. Non da mia madre, distrutta forse più di me: per lei volevo essere un sostegno, un punto d'appoggio, e di solito non ci si sfoga con chi si intende proteggere. Le ho avute da Clelia, che a quel punto non era più solo la mia pranoterapeuta, la mia consigliera, una sorta di saggia sorella maggiore: lei era la donna che prima mi aveva restituito mio padre, poi mi aveva accudito e confortato quando avevo ricevuto la notizia della sua morte.

La gratitudine è un sentimento splendido, se è puro. Quando la si macchia con la sensazione di essere in debito diventa un'arma a doppio taglio, soprattutto se maneggiata da una persona fragile, come ero io allora. Ero grata a Clelia per i buoni consigli che mi aveva dato, le ero grata per essermi stata accanto in quel momento terribile: come potevo accettare che altri la denigrassero, si permettessero di parlarne male, la additassero come una sorta di strega cattiva? Se c'era una cosa che potevo fare per ricambiare in minima parte la sua generosità, era questa: lottare per lei, nel suo nome.

In settembre, al ritorno dalle vacanze, il tour di Eros ricominciò a ritmo forsennato, io ripresi il mio lavoro e a frequentare la casa di Clelia.

Convinsi mia madre a sottoporsi a un paio di suoi trattamenti per l'artrosi, ma fu uno sbaglio. Avrei dovuto prevederlo. Mia madre è una donna razionalissima, non crede in nessuna entità superiore. Le terapie non ebbero alcun effetto, in compenso le offrirono un sacco di motivi per dare a Clelia della ciarlatana. La verità è che, come moltissimi altri, la temeva. Credeva fosse una maga. Naturalmente, la difesi a spada tratta: «Se non ha funzionato con te non vedo perché non dovrebbe funzionare con me», «Non la conosci», «Non la capisci» e via discorrendo, in un'escalation che ci portò a litigare diverse volte.

Nel frattempo, le difficoltà con il padre di Aurora aumentarono: eravamo entrambi allibiti di fronte a ciò che ci stava succedendo. Le poche volte che ci vedemmo, tra settembre e la fine di novembre, quando il tour terminò, ci scontrammo o ci tenemmo il muso. A volte nemmeno ci incontravamo, se non in camera da letto, dove l'altro già dormiva (o faceva finta di). Nessuno dei due aveva la maturità per capire che avremmo avuto bisogno di aiuto. Figuriamoci io. Avrei fatto di tutto per salvare il nostro matrimonio, ma l'orgoglio e la paura mi impedivano di essere lucida a sufficienza per prendere provvedimenti. E poi c'era Clelia a instillarmi dubbi laceranti: «Secondo me non è sincero, secondo me ti tradisce, secondo me vuole tarparti le ali e rinchiuderti in casa». Ragazza innamorata di ventiquattro anni con autostima sotto i piedi versus insinuazioni sulla fedeltà del marito cantante: chi vince?

Non ci dormivo. Mi rigiravo nel letto, preda di immagini irreali e infondate, terribili, che il mio cervello non smetteva di elaborare. Passavo ore a fissare il cellulare in attesa di una telefonata o di un messaggio di Eros, ricostruendo l'ipotetica tempistica della serata: "Adesso starà ancora cantando... Ok, adesso dovrebbe aver finito. Lo chiamo? No, dài, aspetto. E se andasse subito a cena e non potessi sentirlo fino a domani?". Quando finalmente si faceva vivo, per raccontarmi com'era andato il concerto e dirmi che mi amava, la mia mente, invece di rassicurarsi, veniva beffata da ulteriori sospetti: "E se mi avesse chiamato adesso per tranquillizzarmi, ma poi...?". Un calvario. Geneticamente insicura, ero fomentata da una persona che voleva staccarmi dalla mia famiglia e cercavo in modo goffo e poco lungimirante di tutelare il mio cuore. Non mi rendevo conto che tutta quell'ansia mi stava impedendo di guardare la situazione con lucidità.

In quel periodo Clelia mi presentò i suoi figli, due ragazzi molto simpatici, più o meno della mia età, e alcuni altri pazienti. Una volta la settimana, in genere il venerdì, uscivamo tutti insieme la sera, a cena. Pietro e Giovanni erano divertenti, Franchino li incalzava facendo battute e prendendoli in giro, così si creava un'atmosfera goliardica, come se fossimo amici attorno a un falò sulla spiaggia: ridevamo, parlavamo di Dio e delle energie, a volte Giovanni suonava la chitarra...

A fine serata eravamo dispiaciuti che fosse già ora di tornare a casa. Anche perché ciascuna delle persone sedute a tavola – a parte Clelia, e forse i suoi figli – tornava a situazioni critiche: c'era chi era in crisi col marito, chi era in lutto, chi si sentiva sminuito o incompreso in famiglia e chi, come me, questi problemi li aveva tutti insieme.

Clelia, invitandoci alla sua tavola, dava a tutti noi il senso di famiglia di cui sentivamo la mancanza: fuori nessuno ci capiva, lì eravamo accolti per ciò che eravamo, niente di più, niente di meno. Con le nostre rispettive famiglie era tutto così complicato, arzigogolato, una lotta continua: perché resistere a questa donna – materna, magnanima, colta – che alla vita chiedeva solo la possibilità di aiutare il prossimo e ci considerava la crème de la crème? Clelia offriva semplicità, gioia, la sensazione gradevolissima di essere dei prescelti: non invitava fuori tutti, solo alcune persone – quelle che, secondo il suo parere, facevano parte del disegno più grande che era chiamata a adempiere. E noi c'eravamo! Io c'ero!

Per un'anima indifesa, che sente di aver perso il controllo e di essere sempre fuori posto, non c'è nulla di più rassicurante di un ruolo di primo piano in una storia più grande di lei. Clelia ci ha offerto ciò di cui ciascun essere umano prima o poi va in cerca: un senso. Perché eravamo su questa Terra? Per continuare a piangere nella solitudine delle nostre case? Per venire costantemente respinti? «No» era la sua risposta «siete qui perché avete la possibilità di portare il messaggio di Dio, un messaggio di luce e di purezza. Siete qui perché Dio vi ama.»

Come un topolino, annusai il formaggio e mi lanciai nella sua direzione, per finire pinzata dalla trappola. Il mio senso di inadeguatezza, la mia paura di non essere amata si polverizzarono di fronte all'affermazione: «Tu sei un'eletta». La sua lettura dei fatti era che fino ad allora nessuno mi aveva capito. Tutta la mia sofferenza, però, non era stata vana, perché mi aveva condotto da lei, e lei mi comprendeva appieno. Fatalmente, era anche la persona inviata sulla Terra per realizzare un disegno divino. Che meraviglia! Non mi amava solo Clelia, ma per suo tramite mi amava Dio stesso! Era una versione pretenziosa del "Non sono io che curo" che ripeteva durante le terapie, ma non la trovavo assurda perché nell'udirla il mio cuore si rammendava all'istante. Tutti i rapporti per i quali mi disperavo non potevano reggere il confronto con Dio: può esistere forse un amore più grande?

Ed ecco l'incantesimo, figlio di un enorme disagio, di una grave mancanza di dialogo e della mia incapacità di trasmettere agli altri la profondità del mio struggimento. Ragionare sulle sue reali intenzioni mi avrebbe probabilmente indotto ad allontanarla, ma la sola idea era così dolorosa da risultare impensabile. Non potevo né volevo, allora, decifrare la sua ambizione: diventare il capo di un gruppo esoterico determinato ad acquisire autorità nell'ambiente dello spettacolo. E da lì, chissà.

Che Clelia possieda realmente un dono per me è fuor di dubbio, altrimenti dovrei ammettere che i capelli mi siano ricresciuti per magia. Il problema era che lei usava quel dono come un potere, asservendolo al raggiungimento di uno scopo più grande – nulla di così nobile e altruistico come ci induceva a credere, ma molto prosaico ed egoistico. Il suo modello ideale di organizzazione erano le logge massoniche: per le aspirazioni che mi è parso avesse, credo che avrebbe voluto gestire un enorme potere manovrando in maniera occulta persone influenti. Per arrivare a concepire un simile piano, Clelia cominciò a peccare di quella che gli antichi Greci chiamavano *hybris*, una tracotanza tale da innalzare se stessi allo stesso livello di Dio. E nessuno di noi la fermò. Anzi.

Tutti i suoi adepti avevano un'aria così luminosa, rilassata: eravamo carichi, avevamo successo. Io ero in piena ascesa. Da un momento all'altro la mia carriera aveva preso il volo: ricevevo proposte stupende, ogni settimana la mia faccia compariva su una copertina diversa, i paparazzi mi inseguivano ovunque. Eravamo lo spot vivente della setta. Nutrendo tutti una profonda gratitudine e devozione, di Clelia parlavamo sempre e sempre bene, quindi inconsapevolmente reclutavamo gente – un po' come Frank aveva fatto mesi addietro.

Tra queste persone c'era una mia carissima amica, che per sua sfortuna conobbi in quel periodo all'uscita dell'asilo di Aurora. Era la mamma di sua una compagna di classe.

Una mattina accompagnai Auri a scuola e vidi arrivare Simona di corsa: "lanciò" la bambina oltre il cancello, poi si fermò a chiacchierare con me. Aveva il secondo figlio addormentato nel passeggino e due occhiaie che toccavano terra.

«Ciao Simo, come stai?»

Scoppiò a piangere in maniera incontrollabile, era disperatissima.

"Santo cielo" pensai. "Magari mi fermo un attimo con lei."

«Caffettino?» le proposi.

«Sììì, caffèèè!» biascicò, senza smettere di piangere e ululare.

Ci eravamo viste dieci volte in tutto. Ci eravamo annusate e piaciute: Simona emana un'energia positiva pazzesca, è esuberante e appassionata. È il mio antistress, una delle persone più divertenti che conosca – e non solo perché sa fare le facce e le voci come nei cartoni animati, ma perché ha un'intelligenza raffinata, a volte caustica. Quel giorno, nel bar di fronte all'asilo delle nostre bimbe, mi raccontò la storia della sua vita. Aveva ventotto anni, due figli e il marito l'aveva appena mollata. Si addormentava abbracciata alla sua foto. Come non capirla... Appena uscivo dal lavoro avevo un solo pensiero: Eros-Eros-Eros... Le chiesi se stava facendo qualcosa per superare quel momento e scoprii che andava da una psicologa. «Mollala» le dissi senza esitazione. «Questo problema va oltre la psicologia. Ho io la persona giusta.» E mi esibii nella telepromozione di Clelia.

Ero felicissima: lei aveva un problema e io la soluzione. Se a me aveva restituito mio padre, forse a lei poteva restituire il marito.

Qualche giorno dopo organizzai l'incontro. Clelia la trattò, le parlò di amore e di fede e le assicurò: «Ti farò riavere tuo marito». Era fatta. Conquistata completamente. Simona era disposta a tutto pur di ritornare insieme al suo uomo. Se Clelia aveva la ricetta, l'avrebbe seguita passo passo, qualsiasi cosa avesse comportato. Proprio come nel mio caso, prima fece in modo di riavvicinarla a suo marito, poi, appena lui divenne un pericolo per la setta perché si disse scettico, la convinse a lasciarlo.

Era un *modus operandi*. Clelia all'inizio si dava un gran daffare per realizzare i desideri di ciascuno dei nuovi "pazienti", per far sì che fossero immersi nel più assoluto e totale benessere; in seguito, quando erano legati a lei e la consideravano indispensabile, li puniva e li privava delle loro poche certezze. A quel punto, incapaci come erano sempre stati di gestire la solitudine e privati anche del suo sostegno, gli adepti avrebbero fatto carte false pur di venire riaccolti.

Se si accorgeva che qualcuno costituiva una minaccia per la sua congrega – perché ne avrebbe parlato all'esterno o, peggio ancora, perché si sarebbe reso conto dell'assurdità dell'intera situazione, convincendo magari anche altri a uscirne –

lo cacciava e ne distruggeva l'immagine presso il resto del gruppo. Così fece con il marito di Simona che, appena esternò le sue perplessità, venne bollato come negativo, falso: non era più l'uomo da riconquistare, ma quello da cancellare, perché non la amava, succhiava la sua energia positiva, la indeboliva.

Simona e io evidentemente eravamo molto sfortunate, perché io ero sposata con la fotocopia spirituale di quell'uomo: anche il padre di Aurora neutralizzava la mia carica positiva, non mi amava, era un bugiardo e un simulatore. Aveva Finzione dentro di sé.

Secondo il credo di Clelia, Finzione era il peggio del peggio: si tratta di un'energia negativa, bassa e sporca. Se una persona è posseduta da Finzione, crede di agire per il meglio (è quindi inconsapevole di vivere nel Male), ma purtroppo sceglie la direzione sbagliata. Accade perché certe esperienze – come togliere la vita ad altri, esercitare violenze o tradire – segnano l'anima. Le anime segnate sono quelle possedute dal Male. Guarda caso, ne ero circondata: le persone che lavoravano a Inverigo, la colf, l'autista, la guardia giurata che veniva a controllare che cosa stava accadendo se suonava l'allarme... avevano tutti Finzione dentro di sé. Così anche il management di Eros, quello vecchio e quello nuovo, per non parlare degli amici che Clelia non era riuscita a reclutare o che non aveva mai incontrato. Una sera, era autunno, avevo programmato di andare a teatro con una decina di amici: ero già pronta per uscire, con i biglietti di tutti in mano, ma all'ultimo lei mi telefonò per dirmi di annullare. Sarebbe stato negativo per la mia energia, sentiva che qualcosa non andava. E io annullai.

Aveva cominciato a controllare la mia vita.

Il colpo di grazia arrivò a pochi mesi dalla perdita di mio padre. Clelia cominciò a organizzare delle riunioni. Le prime nel suo soggiorno, poi alcuni adepti furono indotti a mettere a disposizione del gruppo le loro case. Naturalmente, la visita di Clelia costituiva un grande onore, che andava ricambiato offrendo ospitalità a decine di persone fino a notte fonda – orario in cui spesso le riunioni terminavano. Ben sapendo che avrei rifiutato, forse per non creare tensioni non osò mai proporre di venire a casa mia.

Di solito ci si incontrava il venerdì sera, dopo la cena collettiva. Non tutti i venerdì, ma spesso. La scelta di questo giorno della settimana non fu casuale: si tratta dello Shabbat ebraico, che inizia il venerdì sera al tramonto e termina il sabato all'apparire delle stelle. Essendo stata iniziata da un rabbino, esperta di studi cabalistici, Clelia integrava nella sua visione anche credenze e ritualità tipiche dell'ebraismo: lo Shabbat è un momento di riposo, che va celebrato dedicandosi alla preghiera e al nutrimento dell'anima. Cosa che, secondo lei, facevamo riunendoci, pregando e canalizzando energie superiori.

A questa esperienza ci aveva preparato per gradi, raccontandoci che durante le sedute di pranoterapia, grazie al suo tocco, alcune persone avevano visioni, mentre altre cadevano in trance e cominciavano a parlare, canalizzando spiriti più o meno elevati.

Prima di uscire dovevamo fare la doccia e indossare abiti bianchi. Sulla soglia della casa dovevamo, come sempre, togliere le scarpe e, come prima cosa, andare a lavarci le mani. Ci sedevamo in cerchio sui divani o per terra, con le gambe incrociate. A volte, più avanti, capitò di iniziare l'incontro sdraiati, in meditazione. Lei stava al centro, vestita con una tunica chiara, di seta o di cachemire. Aveva i capelli sciolti, i piedi scalzi. La casa era trasformata in un santuario – candele, incensi, oli profumati, musica di sottofondo – per facilitare la nostra sintonia con quanto sarebbe successo.

La riunione iniziava con Clelia che enumerava le Sefirot, dieci parole cabalistiche che indicano le dieci modalità con cui Dio si rivela e interagisce con il mondo fisico.

Ogni parola possiede una serie di attributi: è collegata a un personaggio biblico, è rappresentata da una serie di simboli ed è in relazione con una specifica parte del corpo. Per esempio, la Sefirot più alta, Keter, è collegata al Messia, è rappresentata dai colori assoluti, il bianco o il nero, ed è in relazione con il volto e il cranio. È anche correlata a quel punto che le filosofie orientali identificano come settimo chakra (detto anche "Corona"), ovvero la sommità del capo, attraverso il quale l'uomo potrebbe sperimentare l'unione con il divino. Secondo il filosofo Aïvanhov, del quale naturalmente Clelia ci suggerì di leggere le numerose opere, a ogni Sefirot corrisponde poi una lettera dell'alfabeto ebraico, che a sua volta, nel contesto cabalistico, può esprimere altri significati e liberare un potere taumaturgico, se recitato nella maniera corretta.

Ci stordiva squadernando un sapere profondissimo con sconcertante semplicità. Chiaramente, non c'è nulla di male nella Cabala, nell'alfabeto ebraico e negli studi raffinati di teologi, pensatori e filosofi. Tutta questa conoscenza, però, era per noi adepti esoterica non solo nel vero senso della parola – segreta, riservata ai soli iniziati –, ma anche inaccessibile. In materia eravamo tutti drammaticamente ignoranti: né io né nessuna delle persone che sedevano con me in quella stanza avevamo idea di che cosa fosse lo Shabbat o del perché il bianco sprigionasse un'energia e il nero un'altra. La Cabala, il suo linguaggio, la sua relazione con l'ebraismo o il cattolicesimo, la sua evoluzione storica, le diverse scuole di pensiero che dibattevano sulla rappresentazione delle Sefirot (verticale o a cerchio) erano argomenti a noi completamente estranei.

Il mio pensiero religioso (ma penso fosse lo stesso per gli altri) era elementare: della Bibbia sapevo ciò che mi era stato insegnato a catechismo; avevo familiarità con il concetto di colpa, con quello di peccato, sapevo recitare il *Padre Nostro* e l'*Ave Maria*, ma non avrei saputo ripercorrere con sicurezza neppure la storia di Gesù, figurarsi quella del profeta Elia o della stirpe di David. I vangeli apocrifi non li avevo nemmeno sentiti nominare. Cercavo Dio, questo sì: volevo imparare a conoscerlo meglio, per così dire. Volevo dare spessore alle mie riflessioni, scendere sotto la superficialità de "il Signore dà, il Signore toglie" che tanto mi faceva soffrire.

Ero certa che Clelia fosse la persona giusta cui affidare la mia spiritualità, anche perché era vistosamente più preparata di me e degli altri componenti del gruppo. Ciò che dovevo ancora cominciare a cercare, lei l'aveva in abbondanza. Ero affascinata, curiosa, grata per la sua disponibilità (dietro pagamento di soli cinquanta euro, che nel tempo divennero ottanta, a riunione) a condividere con noi la saggezza antica in suo possesso.

Credo che nessuno degli adepti abbia colto l'occasione per cominciare a studiare per conto suo, se non in maniera superficiale, leggendo cioè i testi che Clelia consigliava. Lei non lo chiedeva: nelle sue intenzioni, il nostro percorso spirituale non sarebbe mai dovuto finire. Se un giorno fossimo stati in grado di camminare con le nostre gambe l'avremmo abbandonata, e questa era l'ultima cosa che voleva: come si fa a essere maestri se non si hanno discepoli? D'altro canto, perché cercare un'indipendenza spirituale di cui non sentivamo il bisogno? Avevamo le nostre vite al di fuori della setta, vite piene e normali. In quel periodo, non avrei avuto proprio il tempo per mettermi a studiare e approfondire le mie conoscenze religiose. L'unica cosa che facevo per conto mio era pregare la sera, con le mani sul cuore, respirando a fondo e meditando sulla giornata, come indicava Clelia. Avevamo a disposizione una pizia: bastava chiedere per avere una risposta solenne, apparentemente fondata e verosimile. Perché non approfittarne?

Le riunioni, dunque. Le Sefirot, enumerate una dietro l'altra, esercitavano un effetto analogo all'ipnosi. A volte venivano sostituite o integrate con l'alfabeto ebraico: ricordo distintamente i due suoni *zayin* e *ayin*, ripetuti spesso, come se fossero una sorta di nenia o di mantra. Era un modo per favorire uno stato meditativo, di riflessione. Clelia ci chiedeva di respirare profondamente, di chiudere gli occhi e di ascoltare.

Quando avvertiva che la via di comunicazione con le energie superiori era aperta, faceva spostare l'adepto che avrebbe funto da intermediario, il "canale", al centro del cerchio, lo toccava e chiedeva: «Sei pronto?».

«Sì, maestro.» Il canale la chiamava così, "maestro". Nella quotidianità rimase sempre Clelia, ma durante le riunioni divenne per tutti noi "il maestro".

«Concentrati allora.» Poneva le mani sulla nuca della persona. «Chi sei?»

Devo aprire una parentesi. Si possono canalizzare energie di due tipi: orizzontali e verticali. Le energie orizzontali sono quelle che popolano il mondo sottile presente sulla Terra: si tratta di anime intrappolate, che appartengono magari a defunti che vagano nel mondo, oppure di presenze e spiriti bassi, evocati durante le sedute spiritiche. Clelia ci spiegava che queste energie possono prenderci in giro e mentire sulla loro identità, approfittando della nostra impossibilità di vederle. A volte possono persino chiedere favori in cambio delle loro testimonianze. Solo un maestro preparato e puro può distinguere con certezza le energie orizzontali da quelle verticali. Queste ultime, se attendibili, sono riservate a pochi. Sono angeli o spiriti elevatissimi, che comunicano tramite un canale pulito e grazie all'intercessione di un maestro spiritualmente evoluto e dal cuore limpido.

Clelia sosteneva che fossimo degli eletti, perché quel tipo di energie aveva deciso di rivolgersi proprio a noi. Alcune entità erano talmente alte che non venivano canalizzate direttamente, ma affidavano il loro messaggio a un ulteriore intermediario.

Subito, a canalizzare erano in tanti. Ciascuno intercettava un'energia particolare.

Ricordo un ragazzo pelato che canalizzava il profeta Elia solo dopo aver assunto una posizione yoga – *sirsasana*, una candela in bilico sugli avambracci, oppure *sarvangasana*, sempre una candela, ma in bilico sul collo. Dopo aver detto "Il canale è pronto", si posizionava e cominciava a parlare. Era impressionante: stava in quelle posizioni ore e ore, senza muovere un muscolo né accusare un cedimento.

Altri canalizzavano da seduti, con gli occhi chiusi e le mani sul cuore, ondeggiando avanti e indietro; altri ancora da sdraiati. Le energie ricorrenti erano quella dei Tre Maestri, tre spiriti altissimi che si esprimevano con una sola voce, quella dello Spirito Yogi, un antico maestro yoga, fino ad arrivare a Gesù – o comunque a un suo portavoce. Una volta una signora canalizzò Madre Teresa di Calcutta: la santa si rivolse a una delle persone presenti nel cerchio, che aveva avuto a che fare con lei quando era in vita. Per quella persona fu la salvezza, perché si sgomentò al punto da smettere di partecipare alle riunioni. In un'altra occasione, ma non ero presente, pare che un ragazzo abbia canalizzato addirittura quello che Clelia chiamava il Grande Spirito, ovvero Dio.

La prima volta che il canale si rivolse a me, lo fece con la voce di mio padre. Da parte di Clelia fu una grande concessione: sfruttò uno dei suoi canali per dare a me la possibilità di salutare un defunto – un'energia orizzontale, bassa, non verticale.

Eravamo a cena fuori, la riunione si sarebbe tenuta più tardi, quando una ragazza che di solito non dava segni di possessione chiuse gli occhi e cominciò a dondolare, come in trance. Clelia le mise una mano sulla nuca e le chiese: «Il canale è pronto?».

«Sì, maestro.»

«Chi sei?»

A quel punto, il canale mi parlò con le parole che usava mio padre: termini che facevano parte del nostro lessico familiare, e che nessuno a parte me, lui e mia madre poteva conoscere. Ero sicura di non averli condivisi con Clelia, perché a rendere quelle parole preziose era proprio il fatto che fossero un segreto. Per quanto fossi incline a raccontarle tutto, c'erano alcune cose preziose – come questa – che avevo voluto tenere per me. Non so come sia stato possibile che il canale, una ragazza che nemmeno conoscevo bene, mi abbia detto: «Lole, sono papà. Non devi preoccuparti per me, va tutto bene, sono sereno».

Solo per lui ero "Lole". Mio padre aveva la erre moscia: quando mi chiamava "amore" gli usciva un suono più simile ad "amole", da cui "Lole".

Finito di parlare, la ragazza mi prese la mano. Era inconfondibile. Il tocco era inconfondibile. Quella era una carezza di mio padre.

Scoppiai a piangere. Spaventata, stupefatta, ma anche grata per la possibilità di sentire ancora una volta la sua mano sulla mia. E quel nomignolo, "Lole". Avevo potuto dirgli addio e mettere al suo posto un tassello cui, altrimenti, avrei dovuto rinunciare per sempre.

Nel giro di un paio di minuti, la ragazza si risvegliò senza ricordare nulla. Era sconvolta, e non era la sola: molti dei commensali avevano paura. Due o tre finirono di mangiare e scapparono. Non li vedemmo più. Chi rimase lo fece perché si sentiva legato a Clelia da qualcosa di più grande di un rapporto di amicizia: cominciammo a riconoscerla come maestro.

Chi esercita una forza trascinante sulle altre persone in genere ha due caratteristiche: un grande sogno e una grande convinzione nella propria capacità di realizzarlo. Lei brandiva il primo e ostentava la seconda, offrendoci prove stupefacenti e inconfutabili dei suoi poteri. È un'esibizione trasversale, questa, propria dei "buoni" come dei "cattivi": lo stregone crea e scatena un drago volante, il cavaliere lo uccide o lo addomestica. In entrambi i casi, chi guarda rimane a bocca aperta, come accadde a noi.

Le canalizzazioni erano uno strumento straordinariamente potente. Ci permettevano di sentirci protetti in ogni situazione. Se davvero forze superiori si fossero scomodate per suggerirci come comportarci e quali passi compiere per adempiere al disegno divino, tutta la bruttura del mondo non ci avrebbe più sfiorato. O, comunque, ne saremmo usciti indenni, perché eravamo eletti, e per gli eletti il disegno non vuole certo il male...

Dopo le riunioni tornavo a casa a notte fonda: invece di essere stanchissima mi sentivo piena di energie, arricchita. Clelia saziava tutti i miei bisogni emotivi: con lei al mio fianco non sarei mai più stata sola. Mi faceva sentire accolta, sostenuta nella difficoltà, per di più mi stava aiutando a riscoprire Dio. Che cos'è l'amore se non questo? Che cos'è se non stare insieme nella gioia, nella benevolenza, nell'assenza di giudizio?

Una nuova famiglia

In un incastro perfetto, calcolatissimo, quando intuì che il mio matrimonio stava andando in frantumi e che la mia carriera, al contrario, stava decollando, Clelia decise che avrebbe fatto di me il suo messaggero. Se avessi avuto successo (come sembrava stesse accadendo) e avessi parlato al mondo di lei e dei suoi insegnamenti, sarei stata il suo trampolino di lancio per acquisire potere nell'ambiente televisivo e, più in generale, mediatico. Da lì avrebbe potuto salire ancora, fino ad approcciare il mondo politico.

Per arrivare a questo obiettivo doveva reclutare gente, tanta gente di tutti i tipi. Nella cerchia dei suoi fedelissimi rientravano non solo direttori di giornale e showgirl. Ricordo diversi stilisti, un fotografo, un paio di imprenditori, alcune casalinghe, commesse, un'estetista, disoccupati. La sua massima ambizione era conoscere Silvio Berlusconi. Ripeté diverse volte che coinvolgerlo era per lei una sorta di missione. Se qualcuno osava domandarle come mai fino a quel momento non l'avesse ancora incontrato, rispondeva che così era scritto: se lui l'avesse vista prima si sarebbe innamorato di lei, e questo sentimento avrebbe costituito un ostacolo al grande progetto che, invece, li attendeva. Ovviamente, non riuscì mai nel suo intento.

Il primo gradino della scala che portava alla grandezza era separare me dalla mia famiglia, in modo da potermi gestire senza inutili ostacoli e perdite di tempo. Per adempiere al mio ruolo dovevo essere completamente concentrata sulla missione e priva di dubbi: impossibile finché avessi continuato a circondarmi di miscredenti.

Aggredì in contemporanea il rapporto con mia madre e quello con il padre di Aurora.

Era gennaio del 2002. Lavoravo a "Zelig", il venerdì sera frequentavo lei e il resto del gruppo. Gli attriti con Eros, presenti tra noi indipendentemente dalle ingerenze della setta, non accennavano a diminuire, anzi. Lui era preda delle sue paure, io delle mie. Benché ci amassimo, e tanto, facevamo davvero fatica a comunicare. L'onnipresente Clelia era un ulteriore motivo di discordia.

Non sapendo come sbloccare la situazione, lui cominciò a confrontarsi con mia madre. La mia consigliera spirituale impauriva entrambi. Mia madre, in particolare, era convinta che esercitasse la magia nera – cosa che non faceva. Per mesi mi osservarono dall'esterno, senza intervenire. Scoprivo dall'autista o dalla persona che si occupava della sicurezza che si erano incontrati di nascosto, e ne soffrivo. Ne parlavo con Clelia, la quale commentava: «Vedi? Stanno tramando alle tue spalle, vogliono controllarti, vogliono schiacciarti». Le davo ragione perché, secondo la mia ingenua testa dell'epoca, avrebbero dovuto prendermi e parlarmi faccia a faccia fino allo sfinimento, non vedersi di nascosto.

Clelia mi parlava quotidianamente d'amore: che cos'è l'amore, come si dimostra l'amore, come bisognerebbe accogliere l'altro... In quel periodo ricordo di aver detto a qualche giornalista che uno dei miei propositi per l'anno appena iniziato era imparare ad amare al cento per cento, e che ero molto grata ad alcuni amici che mi stavano supportando in quel percorso. Dell'amore avevo un'idea fiabesca: quello con il padre di Aurora era stato proprio così, mi aspettavo che non sarebbe cambiato mai. Emotivamente immatura, non vedevo che gli incontri "clandestini" che tanto detestavo erano essi stessi una forma d'amore: se due persone sono disinteressate a te non si prendono il disturbo di vedersi in segreto per capire come riportarti alla ragione.

Purtroppo da quegli incontri scaturì una decisione che ottenne l'effetto contrario a quello desiderato. Eros e mia madre mi convocarono in sala da pranzo, ci sedemmo tutti intorno al tavolo e condivisero finalmente con me il risultato delle loro riflessioni: «Michelle, devi farti curare. Siamo preoccupati per te, crediamo che tu sia impazzita».

Impazzita? Stavo affrontando un percorso spirituale: davvero le due persone che più avrebbero dovuto conoscermi mi fraintendevano fino a questo punto? Davvero pensavano che fossi matta? Mi sentii sgridata, incompresa, trattata come una bambina stupida. Presi fuoco in un secondo e reagii in malo modo: «Pazza? Sarei pazza perché faccio un percorso spirituale? Cos'è, non va bene cercare Dio?».

La pazzia proprio no. Di problemi ne avevo con l'uno e con l'altra, ma poco avevano a che fare con il mio percorso spirituale. Clelia c'entrava marginalmente, e questo era vero. Purtroppo, non vedevo che si stava prendendo sempre più spazio nella mia vita e nella mia testa, tant'è che i suoi consigli e le sue opinioni sulle persone a me care mi annebbiavano.

Mi sembrò che mia madre ed Eros se la prendessero con il mio innocuo gruppo spirituale. Vedevo Clelia e gli altri adepti una sera la settimana: dopo aver cenato, riso e scherzato, pregavamo, meditavamo e ascoltavamo i canali, poi ciascuno tornava alla propria vita. Con le dovute cautele, era un po' come andare a messa. C'erano adepti molto più coinvolti di me, persone cui Clelia chiedeva già allora di svolgere dei compiti, secondo lei utili a risolvere i loro blocchi energetici, ma non io. Venerdì sera a parte, la mia vita era identica a quando perdevo i capelli. Prima di tutto ero la mamma di Auri: la svegliavo, la vestivo, la accompagnavo all'asilo e andavo a riprenderla. Quattro o cinque giorni la settimana ero impegnata con "Zelig": prendevo la macchina, andavo in viale Monza, studiavo il copione con i colleghi, facevamo le prove, il giovedì trucco, parrucco e andavamo in onda. A volte passavo del tempo con Simona. Mentre le bambine giocavano, bevevamo un tè e facevamo le classiche quattro chiacchiere: "Hai visto quel film?", "Come ci organizziamo per il regalo di fine anno alle maestre?", ma anche "Venerdì sera hai avuto questa sensazione? Hai avvertito quel cambio di voce?" "Sì!" "Anch'io!"

Forse sono stata particolarmente sfortunata perché tutte le persone che frequentavo all'epoca, a parte il padre di Aurora, mia madre e i colleghi di "Zelig", con i quali di Clelia non parlavo, erano nella setta. C'era il mio manager, c'era la sua socia, c'era la mia migliore (nonché unica) amica. Con l'eccezione di chi era fuggito, le canalizzazioni avevano incantato tutti.

Tuttora non so spiegare che cosa succedesse durante le riunioni. Posso riferire ciò che ho visto con i miei occhi e avvertito con il mio cuore: sentivo distintamente che non era una bugia.

La ragazza sulla quale Clelia decise nel tempo di concentrarsi, Elena, mentre canalizzava usava una voce differente, un linguaggio forbito, e mostrava una profondità di pensiero, una capacità di ragionare completamente differenti da quelli che utilizzava in contesti informali. Se fosse stato tutto finto, sarebbe un'attrice da Oscar. L'accento milanese scompariva, i congiuntivi (che nella quotidianità traballavano) erano tutti corretti, ricorreva persino a citazioni colte. A volte capitava che il canale predicesse cose che sarebbero accadute nel futuro. Ricordo un episodio divertente: eravamo a casa di uno degli adepti, avevamo ordinato cibo a domicilio. A un certo punto il ragazzo che canalizzava i Tre Maestri disse: «È arrivata la pizza». Non fece in tempo a finire la frase, che il campanello suonò. Questo è un esempio ridicolo e minimo tra mille: a volte il canale era al corrente di fatti o informazioni che non avevamo condiviso con il gruppo, nemmeno con Clelia, altre avvisava la persona cui si rivolgeva che l'indomani avrebbe incontrato il tale o le sarebbe stata sottoposta la tal proposta.

Oggi guardo con maggiore distacco a quegli eventi e a qualsiasi altra forma di comunicazione con il divino o l'aldilà; al tempo ero completamente suggestionata. Non vedevo l'ora che venisse il mio turno, che il canale decidesse di parlare con me, per condividere il mio personalissimo dramma e chiedere consigli su come comportarmi. La frase canonica per rivolgersi a una delle persone che assistevano alla canalizzazione era: "Sento che il cuore di Tal dei Tali ha delle domande. Prego, Tal dei Tali, poni le tue domande". Quando capitava, mi sentivo davvero un'eletta. A maggior ragione se il canale si era rivolto a me come "figlia", cosa ché di tanto in tanto accadeva.

Il maestro poi concedeva la parola chiedendo: "Tal dei Tali, hai delle domande?".

Ovviamente ne avevo sempre tremila, di domande. Volevo sapere come uscire dalla situazione che stavo vivendo, come salvare il mio matrimonio, come comportarmi con mia madre. Le risposte non erano mai nette. Il canale, per esempio, non diceva: "Devi lasciare Eros perché è negativo e ha Finzione dentro". Rispetto a Clelia era più blando, parlava in generale: "Devi stare con il cuore aperto" era un suggerimento tipico, insieme a "Rimani in ascolto".

Chi non ha vissuto una situazione simile fatica a capire come sia possibile che una persona intelligente creda nelle canalizzazioni e, addirittura, decida di seguire i consigli che riceve. Purtroppo, come ho scritto, l'intelligenza non c'entra: alle riunioni si parlava di Dio, di energie, di religione, e di noi. La ricerca del divino, l'esplorazione del mondo sottile e la scoperta di un sapere che ci era ignoto, invece di farci sentire minuscoli e insicuri, contribuivano a rinforzare le poche certezze che avevamo. Non eravamo dei microbi sparsi nell'universo, ma dei privilegiati scelti per fare parte di un gruppo con una missione. Mi rendo conto oggi di quanto tutto questo sia nient'altro che un tranello dell'ego: sì, cercavamo Dio e ci sentivamo umili perché accettavamo di obbedire a Clelia, ma al contempo pensavamo di essere importanti per Dio. Per le persone fragili, con poca autostima – come ero io e come eravamo tutti, là dentro – entrare in una setta è l'apoteosi della rassicurazione. Chi non si sente amato nel privato ha come una sorta di terrore di scomparire, perché pensa: "Se domani svanissi senza lasciare traccia, di me non rimarrebbe nulla". È il dilemma di Achille: vivere a lungo una vita semplice oppure rimanere per sempre nella memoria della collettività? Achille sceglie la seconda opzione ed è disposto a pagarla con la vita. Clelia non ci chiedeva tanto, ma ci offriva comunque la possibilità di lasciare un segno, un segno nella storia dell'umanità, non solo in quella delle nostre famiglie complicate. Era una mela rossa e tornita, e tutti l'abbiamo addentata.

Il giorno dopo la riunione per me era un bel giorno: se il canale si era rivolto a me ero confortata, sentivo di avere dentro molta forza. Cercavo di tenere il cuore aperto e di rimanere in ascolto, certa che quell'atteggiamento avrebbe pagato. Il punto è che, poi, condividevo con Clelia i dubbi e le insicurezze, comprese quelle riguardanti l'interpretazione delle parole del canale: le credevo perché era il maestro, la mia guida spirituale, la donna alla quale tanti – anche uomini e donne ben più adulti e colti di me – avevano affidato la cura della propria anima. Lei mi considerava una prescelta, io ricambiavo conferendole lo status di maestro: mi sembrava uno scambio onesto.

Fu quando mia madre e il padre di Aurora si allearono contro di lei che decisi che sarei diventata il suo soldato più fedele.

Oggi li capisco, si sono comportati così per il mio bene. Benché non riferissi loro ciò che accadeva durante le riunioni (era vietatissimo), avevano intuito che la situazione stava degenerando e hanno fatto ciò che potevano per portarmi in salvo. Non hanno sbagliato: siamo tutti esseri umani, ciascuno con le proprie debolezze e le proprie paure. Erano terrorizzati da Clelia, temevano di perdermi, quindi hanno agito in base a ciò che sapevano e agli strumenti di cui disponevano. La loro scelta di prendere la situazione di petto, però, essendo io molto orgogliosa, è stata fallimentare. Mi sentii tradita. E i nostri rapporti, già compromessi, vacillarono. Avevo l'impressione che il senso ultimo del loro discorso – sebbene nessuno me l'avesse esposto in questi termini – fosse un vero e proprio ultimatum: o noi o Clelia.

Da una parte c'erano loro, che mi davano della pazza e mi sgridavano: dopo quella prima conversazione, capitò altre cento volte che mia madre, la donna col megafono incorporato, mi riprendesse per la protervia con cui continuavo a frequentare le riunioni.

Dall'altra c'era lei, che mentre mi cullava con la sua voce e tra le sue braccia, offrendomi un simulacro molto credibile dell'amore, ripeteva che mia madre non mi voleva bene: «Se ti volesse bene ti capirebbe, non ingaggerebbe una guerra con te per il tuo desiderio di avvicinarti a Dio. Se ti volesse bene avrebbe intuito ben prima di me che avevi un problema con tuo padre e ti avrebbe aiutato a ritrovarlo. Invece, che dire... è superficiale, di te non gliene importa niente, vuole solo approfittare della vita che ti sei costruita, della tua fama, dei tuoi soldi». Di Eros diceva peste e corna, che non mi amava, che mi considerava una stupida buona solo per stare in casa, niente più di una mogliettina-trofeo adatta a venire sventolata pubblicamente, che mi tradiva... Arrivò a definirlo addirittura l'anticristo.

Con tutta l'ingenuità possibile e immaginabile, che il padre di Aurora fosse l'anticristo mi sembrò assurdo persino allora. Quando mi parlava di lui, volevo solo una cosa: non crederle. Con tutte le mie forze. Poi tornavo a casa la sera, provavo a comunicare, e lui mi scacciava. Di Clelia non voleva parlare, il mio lavoro era un terreno scivoloso, i problemi che lui stava affrontando anche... Litigavamo, a volte ferocemente, come le persone che si amano. Appena finito di sbraitare e di piangere, trincerata dietro un dignitoso silenzio, sentivo nella testa la voce di Clelia: "Questo non è amore: l'amore è accoglienza. Ricordati, l'amore è abbracciarsi, è accettarsi per ciò che si è. È capire l'altro, ascoltarlo, desiderare di parlare con lui... non averne paura". E pensavo: "Ha ragione. Lui non mi ama. Mia madre non mi ama. Non gliene frega niente di me".

Sapevo che li stavo perdendo, entrambi, contemporaneamente, e non capivo perché. Perché avevo deciso di intraprendere un cammino spirituale? Mi sembrava assurdo. Avevo l'impressione che – in quel momento di stallo, che era indubbio e con la setta aveva poco o niente a che fare – invece di venirmi incontro, di aprirmi le braccia e di chiedermi "Amore, cosa c'è che non va? Dài, siediti, ti ascoltiamo. Siamo qua per te", invece di amarmi come io avrei voluto essere amata, in poche parole, preferissero abbandonarmi. Lasciarmi indietro.

Sentivo riaprirsi la stessa ferita che palpitava mentre aspettavo per ore che mio padre venisse a prendermi a scuola: ero triste, disillusa e sentivo venir meno la speranza del futuro che avevo sognato. Il mio matrimonio stava fallendo, non sapevo come recuperarlo e faceva male, malissimo.

Abbandonare la mia famiglia e salpare insieme a Clelia era l'ultima cosa che avrei voluto fare. Ma sentivo che lei aveva ragione. Di tutte le persone che avevo intorno, credevo che fosse l'unica a dirmi "La Verità". Celebrando il mio successo in televisione, si offriva di insegnarmi a bilanciare le energie: se solo avessi imparato, avrei toccato vette inimmaginabili. «Quando hai cominciato ad avere consapevolezza della tua situazione personale sei fiorita professionalmente» asseriva. «Pensa che cosa accadrebbe se rimuovessi gli ultimi blocchi...

Eros vuole frenarti, tua madre anche: non hai idea di dove potresti arrivare se solo scegliessi di staccarti da loro. Tra l'altro non ti amano...» Amen.

Uno dei problemi era la consapevolezza di me, del mio talento: non credevo di essere abbastanza capace per meritarmi le proposte che comparivano sul tavolo di Franchino. L'idea di essere brava nel mio lavoro, allora, non mi sfiorava. Quando mi proposero di presentare "Scherzi a parte", credetti a Clelia: era tutto merito suo, lei mi stava riavvicinando a Dio e Dio mi stava regalando la realizzazione come donna, come professionista, la mia indipendenza e la mia libertà, grazie al fatto che avevo avuto il coraggio di prendere in mano la mia vita. Che c'entravo io?

Non capivo che la vera mancanza d'amore si annidava lì, nel suo interesse, nel suo utilizzarmi come una leva per realizzare un piano di potere molto, molto terreno: era attraente come una pianta carnivora, e io mi sono fatta mordere.

Quando, a marzo del 2002, a "Zelig" si aggiunse "Scherzi a parte", la mia routine tutto sommato tranquilla divenne frenetica, come quella di tantissime mamme: continuavo a portare Aurora all'asilo e ad andare a riprenderla, ma in più dovevo raddoppiare le ore dedicate allo studio dei copioni e alla preparazione delle serate.

Ero tesissima. Magari il giovedì sera scendevo dal palco di "Zelig", con ancora le battute e le scenette addosso arrivavo a casa e litigavo con Eros. Il giorno dopo dovevo andare in onda con "Scherzi a parte" in prima serata su Canale 5. Era una grande prova, che intendevo superare al meglio: volevo che fosse tutto perfetto. Finendo molto tardi, non sempre riuscivo a partecipare alle riunioni, per quanto mi impegnassi per esserci. A volte, agitata all'idea di salire sul palco, temendo di non essere all'altezza dei due giganti della comicità che conducevano insieme a me, Teo Teocoli e Massimo Boldi, chiedevo a Franchino di poter invitare Clelia in camerino, perché mi confortasse prima della diretta. Franchino opponeva resistenza, insisteva che sarebbe stato meglio di no, che se l'avessero vista lì sarebbe stato pericoloso per tutto il gruppo, e io mi irritavo: «Ma che problema c'è? Perché non posso invitare un'amica in camerino?». A quel punto Frank, comprendendo il mio stato d'animo, si commuoveva, cedeva e la chiamava. Doveva pregarla in tutte le lingue: Clelia un po' recitava il ruolo della persona umile, che non si ritiene necessaria, un po' temeva di esporsi pubblicamente. Alla fine, dopo mille suppliche e moine, naturalmente arrivava. Chiudevamo la porta e lei, con voce pacata, mi invitava a respirare, mi appoggiava le mani sulla nuca e io mi rilassavo all'istante. Mi sentivo rasserenata, salivo sul palco e spaccavo.

La stampa dava interpretazioni molto colorite di quegli incontri: "Estenuanti riti di purificazione nei camerini di Cologno Monzese". Molto più semplicemente, la sua voce, la sua carezza, erano la mia piuma di Dumbo. Nel cartone animato, l'elefantino prova a volare in tutti i modi, ma ci riesce solo quando la mamma gli consegna una piuma colorata da tenere stretta con la proboscide. La piuma non è magica, così come non era magica Clelia: quello che contava, allora, era sapere che qualcuno credeva in me. Come aveva fatto il signor Paschung. Pensavo che lei fosse uno dei miei angeli. Mi sbagliavo.

Un giorno di marzo successe quello che Clelia aspettava con ansia e che io temevo più di tutto. Eros mi prese da parte e mi disse: «Mich, così non va. Tu stai male, io sto male, stiamo male tutti. Queste persone non mi piacciono, quindi devi scegliere: o io o il tuo lavoro e quella gente».

Sono morta dentro. Morta. Come eravamo arrivati a quel punto? Com'era possibile? Io lo amavo, lui mi amava: e dunque? Sentii le ginocchia cedere, mi dovetti sedere per non accasciarmi a terra come un vestito vuoto. Le guance si fecero più calde, gli occhi doloranti, e cominciai a piangere senza emettere un suono.

«Perché non vuoi che io mi realizzi?» gli chiesi. Non capivo perché mettesse tutto insieme: Clelia e il mio lavoro, tutto nello stesso mucchio da buttare via.

«Non è così. Voglio che ti realizzi, ma non voglio che frequenti quella gente.»

«Ma "quella gente" è anche il mio manager!»

«Tu devi mollare quella gente.»

«Ma tu mi ami?» gli sussurrai, pronta a incassare quella che credevo fosse una risposta ormai scontata, cioè "no".

«Certo» mi rispose lui «ma non voglio che frequenti più quelle persone. Quindi, te lo ripeto: o io o il tuo lavoro e quella gente. Decidi ora, perché a seconda della tua scelta domani potrei esserci oppure non esserci più.»

Non mi toccò, non mi guardò in faccia. Fu talmente categorico, talmente chiuso... Sarebbe bastato un niente: una carezza, un bacio, un abbraccio. Ero innamoratissima del padre di Aurora. Non posso esserne sicura, ma se mi avesse chiesto esplicitamente di rinunciare alla sola Clelia credo che avrei detto di sì. Mi sarebbe costato, ma avrei scelto lui.

Invece, lui non sfiorò me, io non sfiorai lui. Rimanemmo tutti e due con le braccia conserte, rigidi sulle nostre posizioni quanto lo eravamo sulle sedie. Entrambi arrabbiati perché, secondo ciascuno, era l'altro a scrivere la parola "fine". Entrambi increduli, immagino. Avevamo avuto in dono un amore esagerato, non potevamo credere che quella fosse la conclusione. E perché, poi? Perché volevo lavorare? Perché cercavo Dio?

Ovviamente, telefonai a Clelia. Mi disse: «Tesoro, questo è il momento decisivo. Da stasera tu diventerai donna, una donna indipendente, libera e vera. Sarai padrona di crescere e di andare incontro al tuo destino, perché ti sarai staccata da un uomo che non ti ama. Le frasi che ti ha detto stasera sono la dimostrazione definitiva del fatto che non ti ama. Se ti amasse ti starebbe accanto, ti prenderebbe per mano, ti proteggerebbe e ti avrebbe detto: "Percorriamo questa strada insieme". Non l'ha fatto. Quindi, abbi il coraggio di prendere la tua decisione. È per il tuo bene, vedrai».

Non avevo la lucidità necessaria per comprendere che persino in quel momento stava tentando di indurmi a reclutare Eros. Se fossi tornata in cucina, gli avessi chiesto l'impossibile, ovvero di partecipare alla mia ricerca spirituale con Clelia, e per pura ipotesi lui avesse detto di sì, lei avrebbe fatto marcia indietro immediatamente. Troppo bello avere tra i propri adepti una popstar: altro che anticristo, sarebbe diventato uno dei suoi pupilli.

Invece, sposai la versione di Clelia. Il suo discorso non faceva una piega. Dimostrandomi che quello del padre di Aurora non era amore giocò sulla mia peggiore debolezza, e fece centro. Avevo venticinque anni, credevo che l'amore avesse una faccia sola, e che quella faccia fosse rotonda e sorridente. Non pensai che a volte bisogna imporsi, mostrare durezza e corrugare la fronte per ottenere il bene della persona amata: questo amore lo conoscevo come madre, non nella coppia, dove i ruoli mi sembravano ben diversi.

Presi coraggio, tornai da Eros e provai a spiegargli il mio punto di vista: «Non voglio separarmi, ma mi stai imponendo una scelta che non posso fare. Non voglio smettere di lavorare. Sappi che non sono io che scelgo, sei tu che mi stai abbandonando».

Se ne andò la sera stessa e io rimasi sola con Aurora nella nostra casa. Due settimane dopo ricevetti una lettera del suo avvocato.

Quei quindici giorni sono stati i peggiori della mia vita. Aurora per fortuna aveva solo cinque anni. Con lei cercavo di essere la mamma energica e radiosa di sempre: le preparavo enormi colazioni, la accompagnavo all'asilo, mi sforzavo affinché la sua routine non cambiasse di un millimetro. Avendo entrambi mestieri stagionali, per fortuna era abituata a stare indifferentemente con me o con suo padre: non si rese conto di niente. Mentre lavoravo, riuscendo a essere professionale come sempre, passava del tempo con le sue amiche, con il papà e con la nonna. A cena ci ritrovavamo: ero io a metterla a letto, tranne le due sere in cui andavo in diretta.

Mia madre mi telefonò diverse volte per redarguirmi. Provavo a spiegarle le mie ragioni, ma non c'era verso di capirsi e di mediare – anche minimamente. Tutto andava ad alimentare la tesi di Clelia, che cominciò a sembrarmi inattaccabile.

Certo, un dettaglio che stonava c'era: soffrivo come un cane. Non mangiavo, non dormivo. La notte mi infilavo in un letto che mi sembrava enorme, ripensavo a quello scambio di battute in cucina e mi mancava il respiro. Finito di piangere, mi alzavo e scivolavo in silenzio in camera di Aurora: guardarla dormire mi calmava, finché non venivo travolta dai sensi di colpa. Con i dovuti distinguo, stavo facendo vivere a lei la stessa esperienza che avevo subito io. Non volevo che il suo rapporto con il padre ne uscisse compromesso, così mi promettevo solennemente che non mi avrebbe mai visto piangere: volevo proteggerla dal suo dolore, e anche dal mio. Se avesse anche solo intravisto com'ero dentro, cioè a pezzi, avrebbe potuto provare risentimento nei confronti del papà. E questo non doveva accadere, non sarebbe stato giusto nei confronti di nessuno. Mi giuravo che non le avrei mai, mai, neanche per errore, detto una mezza parola storta nei confronti di Eros. Tutto tra loro sarebbe dovuto continuare come sempre – e così è stato, anche grazie a lui.

Lo pensavo continuamente, in ogni istante della giornata. Avevo l'impressione che mi avessero asportato un organo, una parte fondamentale del corpo, senza la quale non avrei potuto continuare a vivere. Avevo male al cuore, letteralmente: un dolore sordo e cupo al centro del petto che mi spezzava il fiato.

Improvvisamente, ero costretta ad affrontare la mia peggiore paura: la solitudine. L'unica persona dalla quale avrei voluto essere rassicurata era Eros, ma ero troppo orgogliosa per chiamarlo. Per non impazzire avevo bisogno di parlare, sviscerare l'argomento, e tutte le altre persone che conoscevo erano nella setta. La prima della lista era naturalmente Clelia, che in quel momento ha dedicato ore e ore a confortarmi, ripetendomi: «Siamo noi la tua nuova famiglia. Noi ti siamo vicino, ti accogliamo, ti vogliamo bene per ciò che sei». Credere che non fosse sincera sarebbe stato inconcepibile: mi era rimasta solo lei, con tutto il contorno di amicizie più o meno strette legate al nostro gruppo spirituale.

Per farmi forza Clelia sosteneva che stavo affrontando nient'altro che una prova prevista dal disegno divino che mi riguardava. E Dio non ci chiede di cimentarci in prove che non possiamo superare. «È esattamente così che deve essere» affermava. «Tieni duro: ora sei veramente libera, presto te ne renderai conto.» Durante le riunioni il canale si occupava molto di me, mi rincuorava con rosee previsioni: «Quando sbloccherai le energie che sono state a lungo immobilizzate, la vita ti farà capire che hai fatto la scelta migliore».

Più passavano i giorni, più elaboravo quello che era accaduto, più mi convincevo che aveva ragione. Casualmente, la carriera andava al massimo: dopo "Zelig" e "Scherzi a parte", mi proposero di presentare anche il "Festivalbar", insieme ad Alessia Marcuzzi e Daniele Bossari.

Più sprofondavo tra le braccia di Clelia, cercando di convincermi che fosse un'amica sincera, più il padre di Aurora si arrabbiava, più la comunicazione tra noi diventava difficile.

Non è un caso che sia andata così: le sette vogliono esattamente questo, allontanare gli adepti dalle rispettive famiglie per riuscire a controllarli meglio. Ci riescono perché tutte le famiglie hanno dei talloni d'Achille, anche la mia. Colpendo in quel punto, e sfruttando la mia fragilità, mi hanno affondato.

Le regole di purificazione

Lasciai la casa di Inverigo a bordo di un furgone per traslochi con Aurora, un vecchissimo beauty-case, qualche fotografia e i vestiti. La nuova casa era un appartamentino nel centro di Milano, vicino alla Notoria, l'agenzia di Franchino e Graziella, che nel frattempo aveva trovato una sede.

Zona giorno con cucina a vista, due stanze, un bagno. Era piccola e avvolgente come un nido, a misura di ragazza giovane con bimba al seguito. A parte il parquet e i giochi di Auri sparsi ovunque, era quasi tutto bianco: le pareti, i soffitti, i divani. Avevo il terrore che Aurora sentisse la mancanza del parco di Inverigo – visto che con il sole trascorreva le giornate fuori a giocare, e l'estate era dietro l'angolo – quindi cercavo di tenere sempre le tende scostate, così che dalle finestre si vedessero gli alberi, e di riempire la casa di fiori freschi. È stato in quei mesi che ho imparato a cucinare. Oggi mi piace molto, al tempo ero una sprovveduta alle prime armi. Sono figlia di una grande cuoca, finché ho vissuto con mia mamma non ho avuto nemmeno la possibilità di avvicinarmi ai fornelli: venivo spedita fuori dalla cucina molto prima di arrivare a sfiorare le padelle. A diciotto anni, quando ho conosciuto Eros, sapevo preparare sì e no gli spaghetti aglio e olio. Diciamo che non l'ho conquistato con le mie arti culinarie... Arrivata a Inverigo, ho scoperto con grande gioia che lui – amando il buon cibo ma non essendo esattamente uno chef – aveva alle sue dipendenze una cuoca: l'unico pasto che ho sempre preparato io sono le colazioni, il mio piatto forte. Mi alzo presto e amo imbandire coloratissime tavolate-buffet per tutta la famiglia: succhi di frutta, spremute, yogurt, cereali, granola, frutta secca, toast, latte, fette biscottate con burro e marmellata, a richiesta servo anche le uova. Dato che sia io sia suo padre lavoravamo spesso la sera, Aurora (e ora anche le sue sorelline) è da sempre abituata a vivere la colazione come "il pasto in famiglia", il momento di condivisione durante il quale ciascuno racconta agli altri che cosa gli è successo il giorno prima e che cosa farà quello dopo. Dovendo arrangiarmi da sola, dunque, misi mano ai fornelli. Degna erede della cultura svizzera, che disprezza tutto ciò che non contenga almeno una noce di burro, ho rimpinzato mia figlia con filettini al burro, contorni di carotine al burro, uova all'occhio di bue fritte nel burro, burrosi tortini (così risultavano più soffici) e risottini mantecati, chiaramente col burro. Raccontati così, per quanto grondanti grassi saturi, sembrano persino piatti appetitosi: temo fortemente che fossero tutt'altro, ma perché rischiare di chiedere ad Aurora se li ricorda?

Alle quattro andavo a prenderla all'asilo e facevo ritorno a casa, spesso e volentieri in compagnia di Simona e dei suoi figli, per passare il resto del pomeriggio insieme. Io avevo il mal d'amore, lei un rapporto altalenante con il marito, così ci facevamo compagnia mentre i bambini si divertivano. A volte si fermavano anche a dormire. Erano momenti che Auri adorava: mangiavamo la pizza, guardavamo un film accatastati uno sull'altro sul divano, ridevamo. Erano serate preziose anche per noi grandi: a parte queste parentesi di leggerezza, né Simona né io eravamo particolarmente giocose.

Appena i bambini si addormentavano, mi piombava addosso tutto il peso della separazione. Avevo gli incubi al pensiero che da quel momento Eros e io avremmo parlato tramite avvocati. Non mi davo pace. Ripassavo mentalmente tutti i passi che ci avevano portato a quel punto, senza riuscire a individuare il momento in cui nel nostro rapporto si era aperta la prima, sottilissima crepa – quella che doveva averlo mandato in frantumi. È incredibile quante lacrime un essere umano riesca a produrre: non finivano mai! E pensare che sono venuta al mondo senza i dotti lacrimali, i dottori hanno dovuto ricostruirmeli appena nata. Per i parenti si trattava di un ottimo auspicio: «Dio non vuole che pianga!» dicevano. E invece… Piangevo così tanto da svegliare Simona, che dormiva nella mia stanza. Confesso che, quando la vedevo sbadigliare e cercare di mettersi a sedere per consolarmi, ignoravo del tutto il senso del dovere e la pietà che l'animavano, e mi sentivo sollevata: la abbracciavo e, appena finito di disperarmi, cercavo con lei di rimettere insieme i pezzi. Tutte le notti così, sempre da capo.

Clelia riteneva che mi macerassi troppo e mi sgridava. Chiunque l'abbia vissuta, sa che la separazione è una sorta di lutto. Il dolore è così forte che, per lenirlo, per tornare indietro, alla situazione di prima, nella coppia, si è disposti a tutto. Non sapevo come fare per recuperare il rapporto con il padre di Aurora, ma lo desideravo. Ne parlavo con Clelia e lei mi terrorizzava: sosteneva che, se non avessi smesso di soffrire per una persona che non mi amava, avrei inquinato tutto, me stessa in primis. Mi ricattava: «Non devi amarlo, non hai il diritto di amarlo! Se vuoi andare avanti con il nostro percorso devi rimanere pulita, non puoi contaminarti con quell'energia, che è Finzione».

Una volta arrivò a dirmi: «Il tuo amore è veleno».

Mi vergognavo quindi dei miei sentimenti, come se fossero una sorta di peccato originale che mi impediva di progredire spiritualmente. Li respingevo con la stessa perseveranza che usavo sul lavoro, non un grammo di meno. Eppure loro continuavano a sommergermi, a ondate – ogni volta che chiudevo gli occhi, ogni volta che guardavo Aurora, ogni volta che avvertivo il vuoto intorno e dentro di me. Contro il volere di Clelia, persino contro il mio, quell'amore continuavo a provarlo, mi faceva emozionare e battere il cuore: lei lo sapeva e lo contrastò finché non riuscii a convincerla di avermi piegato.

Una volta mi diede un aut aut. Con una strategia crudele e raffinatissima, incaricò Franchino – un uomo che pensava di doverle la vita, nonché mio amico, oltre che mio agente – di dirmi che, se non avessi smesso immediatamente di tormentarmi per Eros, sarei stata la rovina del gruppo. L'energia negativa che emanavo pareva essere così potente da poter trascinare tutti nel baratro insieme a me. A forza di reclutamenti, eravamo una trentina di persone. Frank era pallidissimo mentre mi comunicava l'anatema. Il fatto è che ci credevo: credevo davvero che la mia disperazione potesse influire sugli altri, sul gruppo intero. Mi sentii così responsabilizzata che, durante il viaggio di ritorno in macchina verso casa, Franchino dovette fermarsi tre volte per permettermi di vomitare.

Temendo che tornassi sui miei passi e decidessi di rinunciare a lei pur di riavere Eros – ovviamente, uno scenario da evitare con ogni mezzo – Clelia cominciò a punirmi.

Il castigo consisteva nell'isolamento: non potevo vederla né sentirla, non potevo partecipare alle riunioni, mi erano vietati anche contatti di qualsiasi genere con gli altri adepti. A parte Eros e mia madre, con i quali per il momento avevo interrotto i rapporti, tutte le altre persone della mia vita frequentavano la setta: Franchino, Graziella, Simona, Clelia... Essere in castigo significava essere completamente, totalmente emarginata. E non avere la possibilità di accedere alle energie superiori. Nella mia testa di allora, venire allontanata da Clelia e dal canale significava essere allontanata da Dio e dalla sua protezione.

Per non essere punita, cercavo di fare finta di niente, ma era una tortura. Appena sentivo la sua voce avrei voluto solo aprirle il mio cuore, come mi ero abituata a fare negli ultimi anni. Una parte di me la identificava come figura materna: la madre è la persona che ti accudisce, se ti punisce lo fa per il tuo bene, ma quando hai compreso ti perdona e ti fa sentire di nuovo accolto. Lei mi riprendeva, proprio come una mamma, ma al primo sgarro, alla prima lacrimuccia, mi minacciava di nuovo: «Guai, fuori dal cerchio! Cos'è, ami Finzione? Ami la sporcizia? È una tua scelta. Devi scegliere: vuoi tornare da Eros? Benissimo, torna da lui. Però non otterrai niente dalla vita, sarai infelice e ti ammalerai, perché lui non ti ama veramente: vuole solo manipolarti e indurti a cedere alle sue condizioni. Quindi, decidi: vuoi percorrere un cammino di luce o continuare a stare con l'anticristo?».

Nel frattempo il percorso legale della separazione procedeva tra mille sobbalzi e scossoni. Mia madre, cercando di smuovere le acque e di scatenare qualche reazione, rilasciava interviste, spiegando che ero plagiata e che Clelia era una maga.

Mi ricordo la solitudine. A volte dovevo sdraiarmi perché non riuscivo a respirare, sicura che di lì a poco sarei morta. Non succedeva, ma non ero certa che fosse un bene.

Se ci ripenso, è stato così facile per la setta… "Tesoro, ti dimostro che lui non ti ama" mi sentivo dire. "Ti ha fatto scrivere dall'avvocato, non sta combattendo per te. Se ti amasse combatterebbe per te, combatterebbe per il vostro amore, invece ti sta scaricando." Uno più uno uguale due. Ma a volte uno più uno fa cinque, fa dodici, fa quaranta. L'amore non funziona come un'equazione: non sempre è visibile e chiaro il rapporto di causa-effetto tra i sentimenti e le azioni. A volte, come allora, azioni e sentimenti sembrano lontanissimi le une dagli altri.

La versione di Clelia mi feriva, come la sua ferrea convinzione che il padre di Aurora avesse Finzione dentro di sé e che fosse, in qualche modo, irredimibile, a meno che non riuscisse a vedere egli stesso quell'orrenda parte della propria anima e decidesse di rinnegarla (sposando così il cammino di luce che lei proponeva). Tuttavia, non riuscivo a staccarmi da lei. Quando si perde ogni punto fermo, quando il futuro che avevamo in mente si dissolve, benché il cuore sappia la verità – e non ne esiste una versione più attendibile –, ciò che sembra anche solo lontanamente ragionevole, a fuoco, appare come un'ancora di salvezza, uno scoglio cui aggrapparsi nella tempesta. Anche se si tratta di una bugia.

Per lo stesso motivo, obbedivo con rigore e disciplina alle regole che Clelia ci chiedeva di rispettare. Quando si è convinti di sbagliare qualsiasi cosa si faccia, avere ordini cui obbedire e norme da rispettare è un enorme sollievo. Anche se ottemperarvi costa sacrificio e fatica, anche se ogni minima trasgressione, svista o errore sono duramente sanzionati. Perché? Perché chi è convinto di non valere niente preferisce affidarsi a chi ritiene migliore di sé, più saggio, più capace e intelligente, anziché decidere per conto proprio. Quando viene punito – e prima o poi si viene puniti – accetta senza fiatare, pensando che fosse inevitabile, che fosse solo questione di tempo. Quando il carnefice gli spiega che, per quanto gli costi dolore, è stato costretto a castigarlo "per il suo bene" – e prima o poi anche questo accade – scambia la violenza per amore, e lì rimane, in attesa della fine della sua pena. Peccato che la permanenza in una setta, come in tante relazioni patologiche, non preveda la redenzione della vittima: non ci sarà fine alle pene, ma solo la perenne reiterazione degli stessi meccanismi, che puntano a mantenere chi è più fragile e avrebbe bisogno d'aiuto in condizione di inferiorità e di dipendenza.

Dovevamo essere puliti. Il che significava innanzitutto avere pensieri puliti, emanare luce e sorridere sempre. Un po' come recita la legge di attrazione: se mandi energie positive nel mondo, riceverai cose positive, e viceversa.

Fisicamente, la purificazione passava attraverso la rinuncia a qualsiasi "vizio", per così dire: non si poteva fumare, non si potevano toccare alcolici, via anche tutte le proteine animali. È scritto nella *Genesi*: «E Dio disse: Ecco, io vi do ogni erba che fa seme sulla superficie di tutta la terra e ogni albero che abbia frutti portatori di seme; questo vi servirà di nutrimento» (I,29). Niente più carne né pesce, quindi, niente uova né latticini. L'unica dieta ammessa era quella vegana: sì a verdura e frutta, cereali in chicchi, pasta, legumi, tofu e soia. Per sicurezza, addio anche ai lieviti. La pizza era praticamente un concentrato di forze demoniache. I primi tempi non mi costò una grande fatica: cucinavo per Aurora ma toccavo cibo a stento, quindi nutrirmi così mi andava benissimo. A lungo andare cominciò a pesarmi. All'inizio della nostra storia Eros mi aveva soprannominato "gamba vuota", perché mangiavo tantissimo ma ero sempre magra.

Avevo fatto colpo sul ramo romano della famiglia battendomi con onore nelle gare di coda alla vaccinara: chi lasciava più ossa nel piatto vinceva, e vincevo sempre. Ci sono persone che stanno benissimo mangiando vegano, ma non era così per me: dopo qualche mese iniziai a sentirmi debole, mi affaticavo con niente, ero magrissima. Quando la stampa insinuò che stessi diventando anoressica, Clelia mi permise di reintrodurre le uova: ero talmente felice che non mi accorsi di quanto subdola fosse tutta la faccenda. Un interesse troppo acceso per la mia salute avrebbe messo in pericolo il mio percorso spirituale, vale a dire la setta: avrei dovuto fornire giustificazioni, rilasciare interviste, spiegare il perché e il percome delle mie scelte alimentari... Meglio evitare, se possibile. E autorizzarmi a mangiare proteine animali.

La purificazione, inoltre, doveva essere anche sessuale. Un giorno il canale disse che nell'essere umano convivono istinto animale, intelletto e spirito: non una novità... Secondo Clelia, la sessualità era un istinto animale, e come tale basso, sporco. Dovevamo sublimarlo, innalzarlo e trasformarlo in energia interiore. In un'epoca in cui si parlava di sesso dal mattino alla sera, con giornali e riviste che non facevano altro che sbandierare corpi mercificati, dovevamo riscoprire l'aspetto sacro della sessualità, e convertire il resto in energie positive. Non potevamo nemmeno praticare la masturbazione perché, secondo le regole della sublimazione della sessualità, tutti gli istinti andavano trasformati in altro, non solo quelli che possono nascere in seno a una coppia. Praticavamo tutti l'astinenza, che lei ci imponeva per periodi più o meno lunghi durante una sessione individuale o una telefonata a tu per tu. Ci raccomandava sempre di non sentirci frustrati, per questo: avremmo dovuto essere felici di elevarci. Facile a dirsi, meno a farsi... Se non volevo distruggere la mia creatività come artista, però, al sesso non dovevo nemmeno pensare.

E io non ci pensavo. Anche nel mio periodo di peggiore ribellione sono stata comunque una nerd: a sedici anni nel tempo libero facevo pazzie (come tornare alle cinque del mattino il venerdì per essere a scuola alle otto il sabato), ma godevo nel fare sì che questo non compromettesse la qualità dei miei voti. Applicarmi al massimo e riuscire in ciò che decido di fare sono due cose che mi danno intima soddisfazione, e così è stato anche in questo caso. Da bravo soldato, non sgarravo e non ho sgarrato (quasi) mai. L'unica volta che è successo, Clelia è venuta a saperlo e naturalmente mi ha punito. In generale, però, anche se avevo i crampi per la fame, anche con la bava alla bocca davanti alle gelaterie o ad Auri che mangiava un panino al salame, non trasgredivo. Avrei potuto: altre persone, nella solitudine delle loro case o di nascosto dal suo occhio attento, mangiavano fior di hamburger e plateau di formaggi. Non io, perché ci credevo di brutto.

Trovavo doveroso ed encomiabile rispettare le regole, perché avevo uno scopo: la purificazione contribuiva a far sì che potessi mandare a coloro che mi seguivano un messaggio positivo e di luce; se così fosse stato, avrei potuto aiutarli attraverso il mio mestiere.

Può sembrare una scemenza, ma non lo è: da

sempre ricevo lettere di persone che mi raccontano i loro problemi più intimi, di mamme che mi ringraziano per essere stata inconsapevolmente un esempio positivo per le loro giovani figlie, di ragazze anoressiche o autolesioniste che, vedendomi in televisione, hanno scelto di provare a stare meglio.

Se lo si guarda attraverso questa lente, rivolgersi a un pubblico vasto comporta l'assunzione di una seria responsabilità. Ci sono persone che si identificano al punto da scegliere di condividere con me – e non con i genitori, gli amici o il fidanzato – i loro problemi: se posso in qualche modo contribuire a farle sentire meglio, infondendo serenità e leggerezza, perché no? È il lato nobile della mia professione.

Per questo ero convinta della mia scelta. Ritenevo Clelia più saggia e illuminata di me, più evoluta dal punto di vista spirituale e più progredita nel rapporto con il divino. Nonostante tutto, pensavo che averla incontrata fosse un privilegio: lei mi avrebbe guidato e mostrato la direzione per fare qualcosa di buono nel mondo e per il mondo. Per questo obiettivo ero disposta ad attraversare qualsiasi tipo di Purgatorio: a subire gli allontanamenti, ad avere sempre fame, a sentirmi dire che le mie emozioni erano sbagliate. Ero disposta a vestirmi di colori chiari, a togliermi le scarpe prima di entrare in casa sua e a lavarmi le mani prima e dopo qualsiasi incontro. Lo vivevo quasi come un atto di umiltà.

La mia missione era portare il sorriso, la luce, la gioia alle persone, e volevo svolgerla al meglio. Clelia mi ripeteva che dovevo "essere il messaggio": perché limitarsi a raccontare una storia quando potevo essere io stessa la storia, attraverso i miei occhi, la mia bocca, le mie mani e i miei piedi? Questo concetto potrà essere abusato, ma non è una bestialità: è evidente che una persona equilibrata e soddisfatta trasmetterà agli altri energie positive. Clelia, in più, gli conferiva un'aura mistica: Gesù aveva affidato l'alto compito di incarnare la storia, più che testimoniarla (come peraltro aveva fatto lui stesso), a Maria Maddalena. Per questo non ci sarebbero giunti scritti dell'uno e solo qualche frammento dell'altra: perché loro erano il messaggio. Trascriverlo non doveva essere compito loro, ma degli apostoli.

Non mi insegnava come trasmettere messaggi subliminali ai telespettatori: avrei drizzato le antenne. Voleva solo che mi vestissi di bianco, sorridessi e fossi gentile e carina con tutti – cose che non mi riuscivano nemmeno difficili perché facevano già parte del mio carattere. Non mi chiedeva di indossare una maschera. Il bianco mi piace, sorrido e ho sempre cercato di essere rispettosa e cortese con chiunque.

Voleva che svelassi al mondo come è possibile stare bene con se stessi e con gli altri semplicemente prendendosi cura della propria anima. In altre parole, dovevo essere la rappresentazione vivente di quanto facesse bene occuparsi della propria anima, niente di più. Questo, nei primi anni, era il mio ruolo nel "disegno supremo".

Non lo rifiutavo perché non facevo male a nessuno, a parte me. Non riuscendo a immaginare che cosa sarebbe venuto dopo né a decrittare l'intento di staccarmi dai miei familiari, non vedevo niente di male nel provare a fare del bene agli altri. Non mi si chiedeva nulla di equivoco o di malevolo, ma di mangiare sano, non fumare, non bere alcolici, far ridere la gente, essere accogliente e comunicare un'immagine elegante, luminosa e profumata. Quando andavo a letto la sera dopo essermi comportata così ero fiera di me, come chi è riuscito a rispettare per un altro giorno la dieta. Proprio come siamo convinti che dimagrire se siamo in sovrappeso sia una scelta di salute, così io ero sicura che rispettare le regole della setta mi permettesse di essere una persona migliore.

Mi trovai a vivere per mia figlia e per questo percorso – o, per meglio dire, questa missione. Niente mezze misure: da me esigevo il meglio.

I pellegrini non raggiungono il loro obiettivo se non sono animati dal massimo entusiasmo – parola che Clelia utilizzava spesso per via della sua etimologia: "en" significa "in", "theós", "Dio". Se stavo procedendo verso Dio, non potevo accettare di percorrere solo una parte del cammino, ricusando l'altra.

Non so se il matrimonio con il padre di Auri sarebbe stato recuperabile, eravamo entrambi feriti e sanguinanti. Suppongo però che, in altre condizioni, chissà, saremmo almeno riusciti a limitare il numero delle dispute legali.

All'epoca però, benché mi costasse, ero convinta di aver fatto la scelta giusta. "Quella gente" non era per me solo una porta verso il divino, ma anche "il mio lavoro", come aveva sottolineato Eros stesso. Secondo la Michelle di allora, da "quella gente" passavano la mia indipendenza e la mia autonomia, ed è ciò che scelsi, cercando di fare il bene mio e di Aurora. Sono sicura che, se nelle nostre teste fossimo riusciti a separare le cose, ci sarebbe stata una possibilità di mediazione, ma eravamo entrambi disperati, protagonisti dei nostri drammi paralleli, già avviati su binari differenti. Non abbiamo visto altre strade – né io né lui. È andata così, e non è colpa di nessuno.

La conseguenza è stata che per anni ho vissuto una doppia vita: di giorno mamma, showgirl, una volta la settimana adepta; di notte ex moglie affranta.

Lavorare come una matta è stata la mia salvezza. C'è stato un mese, maggio del 2002, in cui ho condotto tre programmi televisivi contemporaneamente. A luglio, subito dopo la separazione legale, mentre Auri era con il papà, sono partita con lo "Zelig in tour". È stato un successo inimmaginabile. Claudio Bisio e io portavamo il nostro carrozzone di comici nelle piazze d'Italia: alcune erano talmente sovraffollate che non potevamo esibirci. A Lecce, in uno spazio che avrebbe potuto contenere tremila persone, ce n'erano seimila, come se fossimo delle rockstar. Siamo saliti sul palco e abbiamo chiesto a tutti di sedersi, così nessuno sarebbe rimasto schiacciato. Come aprivo gli occhi ero costretta a mettere in moto il cervello e ad attivarmi: ci aspettavano una nuova tappa, un nuovo viaggio, nuove prove, poi l'esibizione. Durante il giorno non ero mai sola, c'era sempre qualcuno a distrarmi e a farmi ridere: d'altronde, viaggiavo con un gruppo di venti comici… La sera, in compenso, quando chiudevo la porta della mia camera d'albergo, il dramma. Chiamavo Clelia. A volte mi "massaggiava" a distanza, usando l'alfabeto ebraico.

Secondo la Cabala, ogni lettera avrebbe tra le sue proprietà quella di far risuonare specifici organi o punti del corpo sottile, aprendoli alla ricezione dei flussi energetici. Il canto sarebbe dunque uno strumento di guarigione, al pari della pranoterapia, anch'esso riservato a persone iniziate. Appena cominciava con i suoi *zayin*, *ayin* e *yud* avvertivo subito una sensazione di benessere. La cantilena con la quale avviava le riunioni diventò una sorta di refrain che mi ripetevo nella testa quando ero agitata, quando vedevo sul display del cellulare il numero dell'avvocato, prima di salire sul palco.

Mi aiutava, ma non tanto quanto avere un numero esorbitante di impegni. Il mio è un mestiere stagionale, può capitare di non riuscire a mettere piede a casa per tre mesi, e poi di rimanerci per i due successivi. Se non avessi avuto validi motivi per uscire, vestirmi e indossare il migliore dei miei sorrisi, non so se sarei riuscita a vivere una quotidianità anche lontanamente normale.

Riso e pianto hanno la stessa "radice cerebrale": entrambi nascono nel talamo e sono meccanismi di cui la natura ci ha dotato per sopportare lo stress. Forse è per questo che riuscivo a passare con relativa scioltezza dall'uno all'altro. Mi rendo conto che, dall'esterno, chi mi vedeva saltellare e divertirmi in televisione non potesse comprendere come stavo realmente. Non so se capiti a tutti gli artisti, ma sul palco dimentico il mio lato emotivo per dare spazio all'intrattenimento: mi concentro e Michelle-persona scompare, per lasciare spazio a Michelle-che-si-esibisce. In quella situazione, fra l'altro, ero fortemente motivata a dare il massimo, a causa dei sentimenti totalizzanti che provavo: ciascuna delle persone che riempivano le piazze aveva pagato quarantadue euro per esserci e si aspettava di ridere, non avevo il diritto di essere triste. Prima e dopo sì, infatti lo ero, ma durante lo spettacolo non lasciavo che accadesse, non sarebbe stato etico. Prima di affrontare il palco cercavo di concentrarmi su ciò che di bello avevo ancora: pensavo ad Aurora, facevo delle brevi meditazioni...

Il problema, in quella fase, non era tanto il fatto che la setta calpestasse la mia autostima o mi controllasse, non ancora. Soffrivo molto a causa di ciò che accadeva fuori: il pericolo di perdere Aurora, il peso del mio progetto con Eros naufragato, le centinaia di articoli su Clelia e il supposto gruppo dei Guerrieri della Luce.

Clelia non ha mai toccato Aurora. Non l'ha mai trattata né è mai stata coinvolta nelle riunioni. Raramente è accaduto che, prima della mia separazione da suo padre, fosse presente in occasione di qualche momento ludico: è capitato che sia andata a prendere un caffè fuori con Simona, le bambine e Clelia, per poi tornare a casa. Nessuno le ha mai parlato delle energie verticali e orizzontali, delle Sefirot, della Cabala e dei poteri dell'alfabeto ebraico: credo anche che stia scoprendo questa parte della mia storia per la prima volta adesso, leggendo.

Non avrei permesso niente di diverso. Aurora è mia figlia, non una mia amica né una mia confidente: da madre, il mio primo pensiero è stato sempre quello di prendermi cura di lei al meglio. E il meglio, secondo me, era fare in modo di preservare la sua infanzia, far sì che fosse serena e tranquilla e che vivesse una vita il più normale possibile, nonostante la notorietà dei suoi genitori. Volevo essere per lei una roccia, una presenza costante e sicura, amorevole, divertente e dolce. Non potevo darle la famiglia unita che avevo sognato, ma potevo darle una famiglia allargata serena. Lo stesso deve aver deciso Eros, perché è successo. Vado fierissima di una frase di Auri: «Mamma, io non mi sono accorta di niente. Mi ricordo solo che tu e il papà andavate d'accordo». Mettere al primo posto il suo bene, proteggerla, è un istinto che ci ha sempre unito, anche quando litigavamo prima di lasciarci (ma a bassa voce, cercando di non svegliarla) o discutevamo in tribunale.

Il mio rapporto con Clelia non la riguardava, così come non la riguardava il mio percorso spirituale. Non mi ha mai sfiorato neanche lontanamente l'idea di portare una bambina di sei anni a una delle riunioni del venerdì sera, né quella di sottoporla alla pranoterapia. Con Auri ho sempre condiviso una routine normalissima: scuola, ritorno a casa, giochi, compiti, cena, nanna. La domenica frequentava il catechismo.

Mi sono infuriata quando qualcuno ha insinuato che l'avrei coinvolta nella setta. Ho pubblicamente assunto una posizione netta e penso tuttora che fosse corretta: non esiste legge al mondo che impedisca a un genitore di compiere un cammino spirituale. Grazie alla mia ferma decisione di tenere Auri lontana da tutto questo, ai consigli, all'esperienza e alla forza tranquilla del mio avvocato, Laura Hoesch, non ho mai messo a rischio l'affidamento di mia figlia. Ne sono felice perché significa che, almeno sotto questo aspetto, sono riuscita nel mio intento, ovvero tutelarla.

Dover dimostrare in tribunale di essere una mamma all'altezza del compito, però, è stata un'esperienza durissima. I tempi della legge sono eterni, incompatibili con il livello di stress che pensavo di essere in grado di sopportare. Possono passare settimane prima di ricevere risposta a una raccomandata, mesi prima che sia fissata un'udienza, e a quel punto è più che probabile che venga rinviata ad altra data. A volte la decisione del giudice arriva dopo altrettanti mesi di attesa, durante i quali gli avvocati parlamentano, i periti valutano, gli psicologi ascoltano, i genitori si disperano e i bambini si stufano. Non c'è stato un istante in cui almeno un angolo della mia mente non fosse impegnato a soppesare le parole, valutare il da farsi, riflettere sui passi successivi.

In più, è stato sconsolante vedere sbandierato un momento difficile della vita di Auri, di suo padre e mia come se fosse lo scoop del secolo. Molti giornali hanno scelto toni più adatti a un incontro di boxe che al futuro di una bambina: conservo ancora gli articoli che parlavano delle udienze in termini di "round" e quelli in cui alcune celebrità si schieravano dalla parte di Eros o mia.

So bene che essere un personaggio pubblico espone al rischio di scoprire dalle prime pagine dei giornali gli sviluppi di vicende che si preferirebbe mantenere riservate, ma amo il mio lavoro comunque, in tutti i suoi aspetti. Sono amica di tanti dei paparazzi che mi inseguivano in quegli anni. Alcuni di loro portavano la famiglia al mare a Varigotti, di giorno si appostavano, la sera prendevamo l'aperitivo tutti insieme.

Non intendo tornare sulle vicende giudiziarie che mi hanno coinvolta – per non riaprire vecchie ferite e per la semplicità e la naturalezza con cui tutto si è risolto quando sono uscita dalla setta –, né parlare male della stampa. Non sono arrabbiata: ciascuno ha semplicemente fatto il suo lavoro.

Devo però sottolineare come la morbosità con cui questo tema è stato trattato e lo sfrenato interesse per Clelia abbiano contribuito a spingermi a fare quadrato attorno a lei e alla setta con tutte le armi a mia disposizione.

La versione ufficiale che fornivo era che Eros e io ci eravamo separati perché eravamo cambiati: quando l'avevo conosciuto ero una bambina, durante i sette anni della nostra relazione ero cresciuta e diventata donna; avevo bisogni diversi, mi ponevo nuove domande e nuove sfide. Anche lui, d'altra parte, era maturato come uomo e come professionista. Capita a tanti, il nostro matrimonio non aveva retto e avevamo scelto di comune accordo di separarci, soprattutto per il bene di nostra figlia. Ho affermato in più occasioni che la cosa a cui tenevo di più era la mia indipendenza, per me e per Auri, il che non significa essere egoisti nel rapporto con l'altro, ma impegnarsi per scoprire chi siamo veramente. Ho detto di voler sfruttare quel momento di solitudine per riscoprire la femminilità, quella autentica, senza prendere a prestito modelli maschili né puntare sulla sessualità, ma realizzandomi in un amore profondo e, proprio per questo, libero. Risultavo convincente perché ci credevo: credevo che fosse mio diritto scegliere quale via spirituale seguire, se questo non danneggiava in alcun modo mia figlia; era vero almeno in parte che Eros e io negli anni eravamo diventati persone diverse; ero sicura che l'indipendenza e l'amore come forma altissima di libertà fossero valori ai quali tenevo. È tuttora così. Non ho mentito: certo, ho affermato queste cose in un contesto molto delicato. Per anni ho affrontato le interviste come prove del fuoco: avevo paura di farmi sfuggire qualcosa di troppo, e di venire quindi punita da Clelia, oppure di dire troppo poco, e di spingere così il giornalista a incalzarmi. Ogni articolo su di me per anni è stato analizzato dalla setta: Clelia prima e altri poi mi indicavano dove ero stata brava e dove avevo sbagliato.

L'ordine di scuderia era "minimizzare", ed è quello che ho fatto. Confutavo sistematicamente qualsiasi affermazione negativa su Clelia. Non dovevo nemmeno soffermarmi a ragionare: avevo un set di risposte già caricate e in canna, mi bastava scegliere la più adatta e *taaac*! A chi la chiamava "fattucchiera" ribattevo che era una semplice pranoterapeuta, peraltro in regola con il fisco. Se la additavano come sacerdotessa dell'ipotetica setta dei Guerrieri della Luce, ribadivo che era nient'altro che un'amica, uno dei punti saldi della mia vita. Se aveva una colpa, era quella di avermi aiutato a ritrovare mio padre e insegnato che amare è la cosa più importante. "Chiariamo, Clelia non è assolutamente una veggente. Ma una cara amica, una studiosa di materie filosofiche e tematiche di spiritualità. [...] Anche grazie allo studio e alla lettura di testi legati alla spiritualità mi sento cresciuta. Come donna e come madre questo è stato per me l'anno della femminilità e ho scoperto cose importanti." Le riunioni? Sciocchezze. Le benedizioni? Bufale. "Ha letto *Il manuale del guerriero della luce*?" che Clelia aveva puntualmente acquistato per tutti e di cui ci aveva affibbiato la lettura durante un weekend: "Certo, come altri milioni di persone nel mondo". Ero sarcastica, e sempre più schierata.

Se rileggo le mie interviste di allora, mi vengono i brividi, ripensando a quanto ero sincera. Non pensavo che Clelia mi avesse fatto il lavaggio del cervello: suvvia, ero una madre amorevole e riconosciuta capace dal tribunale e dai suoi esperti, sul lavoro ero ineccepibile... Potevo forse essere plagiata dal maestro di una setta? Certo che no!

Fornivo una versione della realtà in cui credevo profondamente e che, al contempo, mi permetteva di discolpare Clelia e il nostro gruppo. Credevo che il rapporto con il padre di Aurora mal si conciliasse con il mio essere cresciuta, che la mia elevazione spirituale passasse attraverso la repressione dei miei sentimenti. Credevo di aver solo intrapreso un percorso spirituale, e che altri mi avessero allontanato e abbandonato per questo.

Con chi è soggiogato non basta parlare, perché non ragiona. Né serve fornire evidenze, perché quella persona crede. "Miopi gli altri" pensa "che non hanno occhi per cogliere la grandezza di questa visione."

In realtà, quella persona sta proteggendo se stessa. Prendere coscienza di essere caduti in un simile inganno è un terremoto dell'anima. Ci si domanda come sia possibile fidarsi ancora delle proprie percezioni, della propria capacità di giudizio. Quando è successo a me ho dubitato di me stessa fin nell'ultima fibra del mio essere: se i miei sensi e la mia intelligenza avevano dato prova di non essere sufficienti, a cos'altro avrei potuto appoggiarmi? Di che cosa e di chi potevo fidarmi, se le mie valutazioni erano così errate?

Bisogna pensare a chi è soggiogato prima di tutto come a una persona che si difende. Come ci comportiamo con un bambino con le braccia incrociate e le lacrime agli occhi? Lo abbracciamo. Lo facciamo ridere. Il perché e il percome glieli spieghiamo dopo, quando sarà tornato disponibile ad ascoltare.

Così, credo, bisognerebbe fare. Parlare il linguaggio del cuore: quello arriva sempre.

Il disegno divino

Clelia credeva in un'unica energia divina che, nel corso della storia, si era più volte palesata sulla Terra grazie a maestri elevati e a canali di estrema purezza. Purtroppo, i loro messaggi erano stati manipolati: attorno a un nucleo di "verità", proveniente dall'alto, uomini assetati di potere avevano organizzato sistemi di regole e dogmi volti a controllare i popoli che, di volta in volta, avevano ricevuto questi doni. Tutte le religioni – dal cristianesimo all'islam, dall'induismo al buddismo – erano secondo lei il frutto di questo processo.

Il suo ruolo nel disegno era quello di ripulire ogni sistema di credenze dagli aspetti temporali e di raccogliere quanto era stato rivelato in ogni tempo e in ogni luogo, per far emergere la verità assoluta su Dio. Il risultato non sarebbe stato la nascita di una chiesa, sistema ormai superato, ma una nuova religione universale che, contenendo elementi propri di ciascuna fede, si sarebbe naturalmente imposta, conquistando il cuore dell'umanità. Per questo non ci chiedeva di fare proselitismo: il nostro compito era aiutare il prossimo a ritrovare dentro di sé quell'alito divino che, troppo spesso, rimaneva inascoltato o veniva rifiutato. Ogni essere umano avrebbe creduto, se solo avesse lasciato scorrere dentro di sé l'amore.

Dato che in ogni fede c'era qualcosa di vero, ci parlava di Gesù come delle energie, dell'alfabeto ebraico e delle Sefirot come del samsara (il ciclo di vita, morte e rinascita tipico di tante religioni orientali).

L'anima, secondo la sua teoria, seguiva un percorso. Le anime si dividevano in giovani e antiche. Noi adepti avevamo anime antiche, che già esistevano all'epoca in cui Gesù viveva in Palestina. Ogni anima, incluse le nostre, aveva un suo destino da compiere nel mondo materiale. Per usare il termine sanscrito, aveva un dharma: un dovere, un compito da portare a termine con entusiasmo, senza inganno e con fiducia. Ciascuno, poi, soggiaceva all'ineluttabilità della legge del karma: chi agisce bene accumula karma positivo, chi agisce male accumula karma negativo. Al momento della morte del corpo, in base al karma accumulato non solo nella vita presente ma anche in tutte quelle precedenti, l'anima rinascerà in un essere spiritualmente inferiore o superiore, oppure si congiungerà con il divino, liberandosi definitivamente dal ciclo delle rinascite. Per semplificare questi concetti, presenti con piccole differenze in tutte le religioni e correnti di pensiero orientali, Clelia parlava di debito e di credito: il karma negativo è un debito da scontare, quello positivo un credito che lo bilancia. Per questa ragione, lei – che era nella sua ultima vita, essendo un maestro elevatissimo – vigilava sulle nostre azioni e sul fatto che acquisissimo molto karma positivo. Per aiutarci a ripulire la nostra anima dalle scorie accumulate e a compensare i tragici errori che avevamo commesso nelle vite precedenti e che tuttora ci ostinavamo a commettere, affidava a ciascuno di noi dei compiti differenti. Il mio era quello di portare alle masse un messaggio di luce e di amore, possibilmente senza dare segni di ribellione: appena osavo formulare interrogativi ritenuti inopportuni, venivo punita con l'allontanamento.

Agli uomini assegnava compiti come fare il tè o procurare il cibo. Ricordo un ragazzo addetto all'acquisto dei cereali: sua nonna, vedendo circolare chili e chili di chicchi di farro e di riso, l'aveva soprannominato "uccellino".

Le più bersagliate, comunque, erano le donne, ciascuna per un motivo diverso.

Elena, la ragazza che a detta di Clelia canalizzava Gesù e che divenne nel giro di un annetto il canale ufficiale, aveva una personalità dipendente e particolarmente indifesa: doveva espiare garantendo la sua disponibilità al maestro ventiquattr'ore su ventiquattro. Passava la gran parte della giornata a casa di Clelia. Poiché veniva mantenuta pura dal maestro grazie alle terapie, e avendo preso l'impegno di rimanere vergine, Elena aveva il privilegio di toccare oggetti che noi adepti non potevano nemmeno guardare, come tazze o pentole. Doveva sentirsi onorata di poterle preparare da mangiare, oppure di tenere la sua contabilità.

La sera tornava a casa sua. Viveva fuori Milano e non aveva la macchina, quindi doveva trovare il modo di essere presente se, per esempio, il maestro avesse desiderato consultare le energie il mercoledì, in piena notte – cosa che accadeva regolarmente.

A un certo punto, per maggiore comodità, Clelia stabilì che Elena sarebbe stata ospitata da Simona, che nel frattempo aveva lasciato la Brianza e si era trasferita in città. Di tutti gli adepti, Simona era la meno disciplinata. Era devota, credeva in Clelia, nel canale, nei blocchi energetici e in tutto il resto, ma trasgrediva spesso i divieti. Se io non fossi stata il suo progetto, il trampolino che intendeva utilizzare per arrivare ai piani alti dei media, probabilmente l'avrebbe espulsa. Non lo faceva perché eravamo molto, molto legate e non era certa della reazione che avrei avuto se mi avesse tolto anche quel punto di riferimento. Forse, poi, temeva che Simona, se fosse stata cacciata, avrebbe potuto "svegliarmi" e portarmi fuori dalla setta con sé. In ossequio al famoso principio di Sun Tzu, "Tieni i tuoi amici vicino, ma ancora più vicino i tuoi nemici", scelse di controllare questa minaccia massacrandola con compiti pesantissimi, volti ad abbattere la sua energia esplosiva. Le spiegò che aveva blocchi energetici importanti, per rimuovere i quali era necessario impegnarsi senza sosta.

Simona lavorava in un negozio di abbigliamento, aveva due figli, ma per abbattere il suo karma negativo era indispensabile che facesse approfondite pulizie a casa di Clelia e in tutti gli ambienti che avrebbe frequentato. Se per esempio fossimo andati in vacanza insieme, insieme a Elena avrebbe dovuto recarsi sul posto un giorno prima per igienizzare ogni centimetro dell'abitazione e assicurarsi che non fossero presenti energie negative, che avrebbero interferito con la purezza del maestro.

Durante una riunione, il canale affermò che Simona avrebbe dovuto riportare in un libro tutto ciò che era stato detto o che era accaduto nei nostri convegni. Per una decina di sessioni prese appunti e poi, siccome dopo due o tre ore le si anchilosava la mano e passaggi ritenuti fondamentali andavano perduti, si decise di registrare. L'indomani avrebbe trascritto tutto sul cosiddetto "libro", che era in realtà un quaderno formato A4, e consegnato a Clelia la brutta e la bella copia. Se il maestro avesse ravvisato qualche grave lacuna, l'avrebbe punita. Idem se avesse calcato troppo, lasciando che sulla pagina successiva si percepissero al tatto le scritte di quella precedente: Clelia avrebbe strappato il foglio, obbligandola a ricominciare daccapo.

Altro alto compito che spettava a Simona era massaggiare il maestro, cosa che accadeva solo di notte, l'unico momento in cui Clelia aveva tempo. Poteva capitare che le telefonasse alle due del mattino: Simona si alzava di scatto, come un chirurgo pronto a gestire un'emergenza, e accorreva.

Quando Clelia le concesse l'enorme privilegio di ospitare il canale, non fu come chiedere a un amico di dare asilo per qualche giorno a una persona che ci è cara, ma un'imposizione che veniva dall'alto, per entrambe, con lo scopo di acquisire maggiore controllo.

Simona aveva una casa con due camere: una per sé e una per i figli. Accettò che Elena vivesse lì a patto che dormisse sul divano. Purtroppo, però, di notte le anime lasciano il corpo per raggiungere il luogo dal quale riportano i sogni. Si librano nell'aria ed è impossibile proteggerle dal mescolarsi, a meno che ciascuno non dorma in una camera sua. Per questa ragione non era nemmeno ipotizzabile che il canale stesse in soggiorno: la sua anima sarebbe stata contaminata da quelle (impure) degli altri abitanti della casa. Si decise quindi che Elena avrebbe dormito nella camera dei bambini. I bambini avrebbero dormito nel lettone e la loro mamma, se per caso non fosse riuscita a riposare lì, si sarebbe aggiustata sul divano.

Era evidente che ricevevo un trattamento di favore. Benché sia stata sfruttata in modi molto creativi, ero esentata dall'andare a fare la spesa, dall'eseguire sforzi fisici o lavori di manovalanza, dal pulire la casa del maestro, dal trasportare o ospitare il canale. In seno al gruppo suscitavo molte invidie, e infatti venivo additata come la pupilla di Clelia. Per la verità, lei con me utilizzò una strategia un po' differente: passavamo del tempo insieme come semplici amiche, capitava che andassimo fuori a pranzo oppure a prendere un caffè. In quei momenti analizzavamo la mia vita nel dettaglio: tutto ciò che mi capitava veniva esaminato, ponderato, scandagliato alla ricerca del segnale divino che, sicuramente, celava. E con "tutto" intendo tutto. Attraversavo la strada a piedi con il rosso, un motorino mi sfrecciava a pochi centimetri: segnale. Mi addormentavo sul divano e il mattino dopo avevo il torcicollo: segnale. Incontravo Cip o Ciop: segnale. Il barista mi disegnava un cuore sul cappuccino e mi chiedeva un autografo: segnale. Tutti questi segnali, una volta individuati e decifrati, contribuivano a farmi capire se stavo percorrendo la direzione giusta o sbagliata, se stavo agendo correttamente (e accumulando karma positivo) o il contrario. Avevo con lei un rapporto totalizzante: mi controllava saziando tutti i miei bisogni emotivi. Rispetto agli altri adepti, ero sicuramente quella la cui vita quotidiana veniva monitorata con maggiore attenzione. Se avessi fumato una sigaretta, mangiato una fettina di vitello o parlato di ciò che accadeva durante le riunioni con persone estranee, lei l'avrebbe saputo.

Siccome ancora non bastava, si spinse oltre.

È cominciato nell'autunno del 2002. Clelia convinse Franchino che alcune persone della setta avrebbero potuto aiutarlo in agenzia. In particolare Simona, per tutti i lavori di fatica e le commissioni, e Giovanni. Lì per lì, la trovammo tutti una buona idea, anch'io: Simona avrebbe avuto un lavoro più sicuro del precedente e sarebbe stata vicina a me; Giovanni, che era molto volenteroso, umile e in gamba, ma faticava a trovare una vocazione, avrebbe avuto una possibilità per crearsi una professionalità, imparando dal migliore.

Pietro, il figlio maggiore di Clelia, studiava storia dell'arte, aveva un'inclinazione artistica molto spiccata: dipingeva, suonava la chitarra… Era molto legato alla madre e credeva senza esitazione nelle sue rivelazioni. Suo fratello Giovanni, al contrario, era la pecora nera della famiglia, perché dubitava. Viveva con la madre, ma era indeciso se sposare la sua causa o allontanarsi da lei e dalla setta per trasferirsi dal padre. Era iscritto all'università ma era inquieto: talvolta affermava di voler partire zaino in spalla, alla scoperta di altri Paesi, idea che Clelia detestava, visto che non avrebbe più potuto esercitare su di lui alcun ascendente.

Entrambi erano persone adorabili. Simpatici e intelligenti, riuscivano a portare un po' di leggerezza in un ambiente perennemente concentrato su temi solenni. Clelia li amava molto e da loro accettava di essere presa in giro nei modi classici e teneri che i figli usano con le madri. Per esempio, lasciava che raccontassero in pubblico aneddoti ridicoli della loro infanzia, in cui lei era stata particolarmente severa o maniaca del controllo, sottolineando come non avesse perso quelle caratteristiche. Questo riconduceva il tutto in un alveo familiare, come se noi fossimo i bambini e lei la mamma che, come tutte, esigeva il rispetto letterale delle regole. Avevamo sete di famiglia: eccone una pronta a non abbandonarci mai.

Ci ho messo anni a rendermi conto che c'è un confine ben preciso tra vicinanza e sorveglianza. Giovanni divenne la mia ombra. Smise di frequentare l'università, accantonò l'ipotesi di trasferirsi presso il padre e si dedicò interamente al suo nuovo lavoro. Il suo compito principale era accompagnarmi ovunque: un ruolo a cavallo tra l'autista, il bodyguard e l'assistente personale. Era lui a passarmi a prendere al mattino e a portarmi agli studi televisivi. Nell'autunno del 2002 mi accompagnò persino in Germania, dove presentavo "Deutschland sucht den Superstar" con Carsten Spengemann, un attore e presentatore tedesco.

Clelia non voleva che mi sentissi sola, quindi accettò di privarsi della compagnia del figlio per il mio bene: quanta generosità!

Durante la giornata, Giovanni era perennemente con me: prendeva nota di appuntamenti, futuri progetti, biglietti da visita, teneva la mia agenda in collaborazione con Franchino e, soprattutto, custodiva il mio telefono. Chiunque provasse a chiamarmi o a mandarmi un messaggio veniva intercettato e fermato. Compresa mia madre. Quando ci siamo ritrovate mi ha spiegato di avermi cercato migliaia di volte: se qualcuno rispondeva, non ero io; prima si trattò di Giovanni, poi di altri. Filtravano le mie chiamate e omettevano di riferirmi quelle di chi poteva costituire una minaccia per la setta. Quando capitava che il nome di mia madre lampeggiasse sullo schermo del telefono mentre ero io ad averlo in mano, come avvoltoi si affrettavano a dirmi di non rispondere: "Non va bene, sento un'energia negativa" era la scusa tipica. "Potrai risponderle in un altro momento" aggiungevano, come se effettivamente si fossero posti il dubbio sull'opportunità che parlassi o meno con mia madre.

È successo talmente tante volte che quando vedevo la telefonata ed ero sola, benché il cuore mi battesse fortissimo non lo ascoltavo. Ascoltavo invece la paura di rovinare tutto e lasciavo correre. O meglio: una parte di me voleva disperatamente rispondere, ma ero così terrorizzata al pensiero che Clelia lo scoprisse e mi punisse, che la consultavo per capire se pigiare il tasto verde e dire "Ciao mamma, come stai?" fosse cosa buona e giusta. Alla sua risposta negativa rientravo immediatamente nei ranghi, cercando di nascondere la nostalgia il più in fondo, il più lontano possibile.

Accettavo tutto questo perché mi sentivo speciale. Era una vertigine: non mi era mai successo prima. Ero sempre stata la bambina fuori dal cerchio, la figlia che non si era sentita amata, la moglie che faticava a costruire un dialogo con il padre di sua figlia. Per loro invece ero un tassello irrinunciabile di un piano più grande. Aveva senso persino subire i terribili castighi che Clelia mi infliggeva, se lo scopo era così alto e nobile.

In quello scorcio d'anno, ricordo due punizioni terribili.

La prima: la separazione da Simona. Un giorno Clelia si accorse che noi due parlavamo delle canalizzazioni senza la sua supervisione, ponendoci delle domande. Entrambe credevamo assolutamente nel percorso che avevamo intrapreso, però... Di fronte a un succo di frutta, mentre i bambini giocavano nell'altra stanza, ci guardavamo nelle palle degli occhi e ci chiedevamo se fosse possibile che Gesù, in tutto il pianeta Terra, avesse scelto di rivelarsi proprio a noi due. «Con tutta la gente che c'è al mondo bisognosa del suo conforto, chi muore di fame o di sete, chi vive in Paesi in guerra, chi nelle favelas o in zone terremotate o alluvionate, perché il Padreterno dovrebbe scomodarsi a dire a te come devi vestirti per andare in televisione e a me come fare per riconquistare mio marito?» Benché facessimo subito retromarcia, ripetendoci che comprendere le ragioni del disegno divino non era alla nostra portata e che, pertanto, potevamo solo accettare ciò che avevamo visto con i nostri occhi, vale a dire le canalizzazioni, Clelia deve essersi accorta che la nostra amicizia poteva comportare dei rischi. Nessuna forma di diffidenza, benché fossimo le prime ad arginarla, poteva essere tollerata. Cominciò a separarci, per periodi più o meno lunghi, a volte mesi interi. La ragione ufficiale era che Simona e io eravamo lo specchio l'una dell'altra: lei aveva un problema con il maschile, io con il femminile, quindi ci succhiavamo a vicenda l'energia che ci mancava, provocando uno squilibrio ancora maggiore. Era il canale a esplicitare il fatto che esercitassimo un'influenza negativa sui rispettivi percorsi spirituali e a imporre la separazione. Da quel momento non potevamo avere contatti di alcun tipo: impossibile vedersi, parlarsi al telefono o mandarsi messaggi era comunque vietato. Morale: quando ci dava la possibilità di incontrarci di nuovo (con grande gioia anche delle nostre figlie, che finalmente potevano ricominciare a giocare insieme) eravamo talmente commosse e felici che tenevamo la testa bassa e la coda tra le gambe.

Mi rendo conto che possa suonare folle, ma obbedivamo. Se avessimo trasgredito, saremmo state allontanate per sempre dalla setta, e nessuna delle due lo voleva.

La seconda: il mio primo Natale completamente da sola.

Nelle settimane precedenti avevo passato pomeriggi interi a addobbare un abete insieme ad Auri. Era gigante, occupava tutto il soggiorno e perdeva aghi come me quando avevo l'alopecia. Avevo dovuto comprare non so quante palline, non si riempiva mai. A forza di dire "Wow!" e "Che meraviglia!" per tenere vivo il suo entusiasmo e nascondere la tristezza che avevo nel cuore, avevo finito con il credere che Natale sarebbe davvero potuto essere un momento di rinascita.

Quando ero bambina, la famiglia Hunziker in occasione della Vigilia si vestiva elegante. Papà e Harold indossavano lo smoking, la mamma un abito lungo. Di mio ricordo un abitino al ginocchio di velluto verde, taglio impero, con un nastro blu che si allacciava sulla schiena in un fiocco con cocche lunghissime. Di solito eravamo solo noi quattro, ma bellissimi. A volte a noi si univa nonna Nell, una forza della natura che assomigliava alla nonna di Titti: alta un metro e cinquantadue, capelli bianchi, al termine della cena estraeva dalla borsa una scatolina d'argento con tabacco e cartine, e cominciava a rollarsi le sigarette. La tipica nonna olandese, ovviamente distante anni luce dallo standard svizzero, che prevede anziane signore con uno stile più somigliante a quello di Biancaneve, con tanto di torta di mele.

A cena mia madre cucinava gli spaghetti al ragù, prelibatezza riservata alle domeniche e alle occasioni speciali. A mezzanotte, se non ero già crollata, accompagnavo mio padre a messa. Che mi addormentassi prima o dopo, ero felice, serena, certa che tutto sarebbe andato come doveva andare. In fondo, era Natale!

Speravo di avvertire quella sensazione di pace ancora una volta. Si stava concludendo uno degli anni più difficili della mia vita. Ero sicura delle scelte che avevo compiuto, ma la sofferenza non se ne andava né accennava a diminuire: ero solo diventata più abile a dissimularla, anche con me stessa. Durante il giorno riuscivo a passare ore intere senza pensare al mio matrimonio fallito, a volte riuscivo persino a dormire tutta la notte. I miei buoni propositi per l'anno nuovo erano smettere di piangere, di soffrire così per la paura della solitudine e degli allontanamenti da Clelia. Volevo con tutto il cuore riuscire nei compiti che mi aveva affidato: portare la luce e il sorriso, dare un'immagine di purezza e gioia, imparare davvero ad amare.

Ero sicura che avrei passato il Natale con lei e i suoi figli. Auri sarebbe stata in vacanza con il papà, non vedevo mia madre ormai da mesi: non era forse lei la mia "nuova famiglia"? Clelia invece mi spiegò che avrei dovuto riflettere per conto mio sul cammino intrapreso, e mi lasciò completamente da sola. Niente maestro, niente riunioni, niente Giovanni né Pietro. Niente Simona.

Non avevo nessuno. Il pensiero di elemosinare l'invito di qualche collega non mi sfiorò nemmeno il cervello. Come quello di telefonare alla mia mamma: non ci sentivamo da tempo, sfortuna aveva voluto che avessi intercettato non più di un paio di chiamate (alle quali non avevo risposto). Avevo paura di essere sgridata: da mia madre, per la strada che avevo deciso di percorrere; da Clelia, se l'avesse saputo o se ne fosse accorta. Così avevo chiamato festosa Aurora, fingendo di avere gente a cena, per poi passare il resto della serata in silenzio, davanti all'albero di Natale. Le lucine illuminavano la stanza a intermittenza. Due secondi luce, due secondi buio, due secondi luce, due secondi buio. Una metafora perfetta della mia vita: due secondi sollievo, due secondi disperazione, due secondi sorriso, due secondi lacrime.

L'Uno

Il purgatorio venne sospeso a Capodanno, giusto in tempo per la riunione in cui sarebbe stato rivelato il destino karmico di ciascuno di noi. Un tale momento richiedeva una cornice all'altezza, quindi Clelia scelse la casa di un ragazzo che lavorava come stilista e aveva a disposizione un salone ampio e sofisticato, arredato da mano sapiente. Oltre a lei eravamo in dodici, come gli apostoli.

Non vedevo né sentivo nessuno da diverso tempo. Mi ero preparata con la massima cura. Indossavo solo capi bianchi e, al posto del profumo, qualche goccia di olio essenziale al gelsomino sui polsi e sul collo. Era una delle fragranze preferite da Clelia. A livello psichico, il gelsomino aiuterebbe la persona a riscoprire sentimenti repressi, a lasciar fluire l'amore, a superare paure e blocchi emozionali, riportando pace e serenità. Sarebbe direttamente connesso con il settimo chakra, quello che apre al legame con il divino, stimolerebbe la volontà e potenzierebbe l'autostima.

Entrata in casa, salutati alcuni degli altri con abbracci e sorrisi, cominciai a cercarla con lo sguardo. Era seduta su un'enorme sedia dorata che troneggiava a uno dei capi di una tavola riccamente imbandita. Non notai subito che il tavolo era basso, alla giapponese, e che noi adepti avremmo dovuto inginocchiarci su cuscini e tatami per poter mangiare. Vidi solo lei, che mi osservava con benevolenza e mi invitava a raggiungerla. Ritrovarla dopo essere stata allontanata era sempre un'emozione totalizzante: finalmente, avevo di nuovo un posto nel mondo. Mi sedetti vicino a lei. Clelia mi baciò in fronte, mi prese le mani e le accarezzò. Voleva sapere tutto dei giorni in cui non ci eravamo viste né sentite. Le raccontai del dolore che avevo provato. Se qualcuno ci dice che gli siamo mancati di solito ci fa piacere, no? Anche per lei era così, con la differenza che avrebbe utilizzato i miei sentimenti per punirmi ancora mille volte, negli anni successivi.

Quando fummo tutti seduti, ci rendemmo conto che al capo del tavolo opposto a Clelia c'era una seconda sedia vuota, identica a quella di lei. Un tredicesimo posto.

Dopo cena, a mezzanotte, cominciò la riunione. Tutto fu ripulito, vennero accesi candele e incensi, e noi ci sdraiammo a terra. Clelia rimase come al solito in piedi, al centro del cerchio. Recitò le Sefirot, cantò, poi Elena iniziò a canalizzare.

Quella sera fu predetto l'arrivo del compagno del maestro. Il canale lo descrisse nei minimi particolari: sarebbe stato più giovane di lei, un uomo complicato, dal passato difficile, ma molto intelligente, e avrebbe avuto a che fare con la musica. Rimanemmo tutti sconvolti: eravamo abituati a pensare a Clelia come a una sorta di madre, eravamo un po' gelosi di questo compagno che stava per arrivare, ma anche curiosi, felici per lei.

A riunione terminata, quando era ormai notte fonda, ciascuno di noi ebbe il privilegio di poter vivere un incontro individuale con il maestro e il canale. Uno per uno uscimmo da casa e salimmo in macchina, lontano da orecchie indiscrete, per scoprire quale sarebbe stato il nostro destino karmico.

Era buio e faceva freddo. L'automobile era spenta, non una luce intorno. Nel silenzio potevo sentire il battito impazzito del mio cuore. Era una situazione molto suggestiva, in cui la predisposizione già forte a credere ciecamente a quanto affermava il canale era cresciuta ancora.

Il maestro mi prese una mano, appoggiò l'altra sulla nuca del canale e lo lasciò parlare. Formalizzò allora con chiarezza il mio ruolo nel disegno: «Tu hai un compito molto importante: devi portare alle masse il messaggio di luce. Sei sospesa tra quello che credevi di essere e quello che vorresti essere: è il momento di diventare chi realmente sei».

Ad altri non andò altrettanto bene.

Uno dei ragazzi che canalizzavano venne additato come colui che avrebbe tradito il maestro. Cercò in tutte le maniere di difendersi, ma alla fine, non sapendo come confutare qualcosa che doveva ancora accadere, rispose la stessa cosa che Gesù disse a Giuda nell'Ultima Cena: «Tu l'hai detto». Tre mesi dopo, durante una riunione organizzata per celebrare l'equinozio di primavera – quando, secondo le parole di Clelia, "la natura si risveglia e l'uomo rischia di essere sedotto dalle energie più basse o dagli istinti più triviali, quindi bisogna pregare e ancora pregare" – lei gli consegnò una rosa ripetendogli le sue stesse parole, «Tu l'hai detto», e lo allontanò per sempre, prima che lui la tradisse.

Simona venne costretta ad ammettere di essere mia amica non perché mi voleva bene per la persona che ero, ma perché ero un volto pubblico. Subito negò con decisione: il fatto che io lavorassi in televisione non era per lei di alcun vantaggio. La ragionevolezza e l'obiettività, però, nulla potevano contro l'enunciazione di una verità che si pretendeva assoluta, poiché proveniente da un'entità superiore. Per questo il canale le ripeté più volte: «Devi ammetterlo con te stessa ma non ne hai la forza, l'umiltà e il coraggio...». Clelia voleva quell'ammissione, che in futuro sarebbe potuta tornare utile, e la ottenne, almeno in parte. Dio ci conosce meglio di noi stessi: chi siamo noi per contraddirlo? Simona si trovò nella strana condizione di avallare quella versione: «Non so più cosa dire» affermò pur di uscire da quella situazione. «Se lo dice il canale sarà vero...»

Qualche mese dopo accadde un episodio analogo a un altro ragazzo, fidanzato con Sara, una ballerina. Entrambi erano nella setta. Durante una riunione, il maestro ripeté all'esasperazione, anche tramite il canale, che questo ragazzo era gay. Secondo Clelia lui non era abbastanza mansueto, mentre lei era devota, bionda, bella, lavorava in TV e piaceva a suo figlio Pietro. Il disegno divino voleva che lei e Pietro formassero una coppia, e che il ragazzo venisse espulso dalla setta. Al termine di quella serata anche lui, come Simona, per quanto certo delle proprie inclinazioni sessuali, pur di chiudere finì con il dire: «Se lo sostiene il canale, sarò gay, va bene».

In entrambi i casi non successe niente, concretamente: Simona continuò a essere mia amica e a volermi bene come prima, e dubito che un eterosessuale possa cambiare i propri gusti perché gli è stato detto che, secondo le energie divine, il suo istinto fino ad allora gli ha mentito. Sta di fatto, però, che durante le riunioni tutti eravamo portati ad accettare e ammettere di essere diversi da noi stessi, di aver compiuto enormi errori di valutazione sulle nostre percezioni e i nostri sentimenti. Né Simona né l'altro ragazzo si sono alzati e sono andati via. Benché attribuissimo alle canalizzazioni moltissima importanza, quando era evidentemente Clelia a manipolarle (e a tentare di manipolare noi), minimizzavamo. Forse perché le nostre vite reali, al di fuori della setta, erano comunque un'ancora forte a sufficienza da consentirci di non perdere del tutto la rotta. Forse perché nessuno di noi era pronto a rompere con lei e con quel mondo, quindi cercavamo di ignorare e di scherzare su tutto ciò che avrebbe potuto mettere a rischio la nostra permanenza lì. Preferivamo addormentare la coscienza, chiudere un occhio, fingere di non aver sentito e farci una bella risata al girare i tacchi e sbattere la porta.

Dal primo gennaio, il maestro venne preparato ogni giorno dal canale ad accogliere il compagno che stava per arrivare. Le veniva ripetuto che si trattava di un uomo dal passato tormentato e dall'animo artistico, che lei avrebbe dovuto riconoscere e saper accettare per ciò che era, perché così sarebbe stato giusto per lei e così era scritto.

Emanuele era stato un bambino prodigio: a sei anni recitava a memoria interi canti della *Divina Commedia* e brani dell'*Iliade*. Trasudava autorevolezza. Dotato di un cervello velocissimo, non c'era argomento che non sapesse trattare: politica, finanza, giornalismo, religione… Era come Lord Voldemort: un'intelligenza superiore prestata al male. Come aveva predetto il canale, amava la musica ed era bravo a cantare e a suonare. Era un polistrumentista. Parlava con voce bassa e pacata. Quando lo faceva, era per irradiare sapere, per stupire, per approfondire a un livello che non era alla portata delle persone che lo ascoltavano. Sorrideva di rado; quando succedeva, chi aveva saputo strappargli quel momento di divertimento lo prendeva come una specie di regalo. Era inquietante, come tutte le persone con doti evidenti e un carattere chiuso. Subito ne fummo un po' intimoriti, oltre che affascinati. Tutti, tranne Clelia.

Emanuele apparve – non potrei scegliere altra parola – una sera di fine gennaio, poco dopo il mio compleanno, mentre eravamo fuori a cena. La solita cena del venerdì, nella solita enoteca, cui sarebbe seguita la riunione.

A un certo punto Elena iniziò a canalizzare. Reclinò la testa, si rivolse al maestro e affermò decisa: «Il tuo compagno è in questa stanza». Cominciammo tutti a guardarci attorno, cercando di individuare tra le decine di volti quello giusto: non aspettavamo altro. Lei lo riconobbe immediatamente. Capelli neri, occhi scuri, naso importante, spalle larghe. Imponente. Era seduto a un tavolo poco più in là. Si guardarono per qualche minuto, poi lei lo invitò a sedere con noi. Emanuele, come se salutare gli amici e accomodarsi a metà serata con dei completi sconosciuti fosse la cosa più naturale del mondo, si alzò e si unì a noi.

La sintonia tra loro due era evidente. Non saprò mai se è stata una scenetta costruita ad arte oppure no, se è accaduto veramente. Lì per lì mi sembrò tutto reale – stupefacente, ma reale. Credevo al canale, d'accordo, ma vedevo Clelia: era leggermente arrossita, si arrotolava ciocche di capelli attorno alle dita, si era fatta meno materna, meno attenta a noi, e più femminile. Non credo sarebbe andata così, se tutto fosse stato organizzato da tempo.

Durante la riunione successiva ci venne rivelata una nuova tappa del cammino.

Clelia ed Emanuele erano il femminile e il maschile, lo Yin e lo Yang, la notte e il giorno, l'ovest e l'est, la terra e l'aria, l'acqua e il fuoco. Insieme diventarono l'Uno – un unico essere inscindibile, dalla forza perfettamente bilanciata. Capaci, insieme, di abbracciare tutti gli elementi, erano la suprema autorità della setta.

Ci riunimmo. Il canale spiegò che dovevamo accogliere Emanuele in seno al gruppo, che così voleva il disegno. Lui ci avrebbe aiutato a compiere il nostro destino e a diffondere il nostro messaggio.

Emanuele vide uno spazio e se lo prese. Ora, prima della riunione, prima che il maestro intonasse la sua cantilena, suonava la chitarra e cantava qualcuna delle sue canzoni. Le cene da oratorio del venerdì, organizzate per stare insieme e alleggerire l'atmosfera, diventarono occasioni per fare sfoggio di cultura. Una volta ci capitò di parlare della parte animale di ciascuno di noi, quella che andava sublimata attraverso una dieta ferrea e l'astinenza sessuale, ed Emanuele colse la palla al balzo per spiegare che ciascuno ha dentro di sé una particolare energia animale, identificabile in base a certi tratti. Lui aveva quella del lupo, Clelia quella della lupa, Simona quella della scimmia e io quella della tigre. Da quel momento, a ogni mia arrabbiatura mi guardava di sottecchi e, per prendermi in giro, mi chiamava così, "tigre".

La nascita dell'Uno coincise con un'accelerazione del progetto di Clelia.

Il vero plagio iniziò allora.

Una sera, il canale affermò che la mia anima era vissuta durante la Seconda guerra mondiale ed era subito rinata, dandomi questa nuova occasione per risolvere i miei gravi problemi animici. In quella vita ero stata la moglie di un nazista, la cui anima riviveva oggi in Giovanni. Ecco anche il collegamento karmico con la Germania. Nota di colore: in una seduta successiva, appena prima di partire per "Deutschland sucht den Superstar", il canale mi ammonì: «Vai, porta la luce in Germania, ma non fidarti mai dei tedeschi!». Il motivo: nella mia ultima vita avevo tentato in tutti i modi di allontanare il mio maritino nazista dalla deriva politica che stava prendendo, ma lui aveva scelto di arruolarsi nelle ss. Ne avevo sofferto così tanto che mi ero ammalata di polmonite ed ero morta, nel 1945.

Giovanni mi piaceva, inutile girarci intorno. Non

che avessi chissà quale scelta: in sostanza, era l'unico uomo con cui avevo contatti. I rapporti con i colleghi finivano sulla porta degli studi televisivi, mentre lui era con me sempre, finché non tornavo a casa da mia figlia. La sera, che fossi a Milano o altrove, non uscivo quasi mai. Se capitava, era con persone della setta, e Giovanni c'era. Avevo venticinque anni e praticavo l'astinenza sessuale da un anno: lui era carino, intelligente, simpatico...

Non credo che in cuor suo volesse seguire quel percorso, né che vedesse in sua madre o nell'Uno una guida per realizzare un disegno divino. Se tra noi fosse andata diversamente, forse avrebbe finito per lasciare il lavoro in agenzia e trasferirsi altrove. Invece cominciò a occuparsi dei miei impegni a tempo pieno, sette giorni su sette. Più si legava a me, più rinsaldava il rapporto con la madre.

Presentavo "Zelig", quindi lui trascorreva cinque giorni la settimana in mezzo a comici e autori di comici: si divertiva. In più andavamo d'accordo. Il tempo passato insieme non era un peso, anzi: era piacevole salire in macchina e sapere che avrei potuto commentare ciò che mi era successo con un'altra persona informata dell'accaduto. In più, tra noi era una battuta continua: ai miei occhi, Giovanni era un'oasi di levità in un'atmosfera densa come il piombo fuso. Era quasi inevitabile che ci mettessimo insieme.

In marzo andammo in Toscana per un weekend, con Aurora. Era un tentativo per allontanarci da tutto e provare a capire che direzione far prendere alla nostra storia. In amore sono sempre stata molto seria: per me proseguire una relazione ha senso solo se c'è una progettualità comune. Clelia non mi aveva forse rimbambito a forza di ripetermi che bisogna amare al cento per cento, e che amare al cento per cento significa costruire un'unione d'anime, non tanto di corpi o di spazi o di case e documenti? Da Giovanni mi sentivo protetta, ma non ero certa di esserne innamorata. Il motivo era semplice, e lui nemmeno c'entrava: ero ancora cotta del padre di Auri. Benché ci fronteggiassimo in tribunale, benché faticassimo a comunicare, benché benché benché... era lui a farmi battere il cuore, era suo il volto che visualizzavo se pensavo al mio futuro. A Clelia ovviamente non potevo confessarlo già prima, figuriamoci dopo aver baciato suo figlio: mi avrebbe punita per sempre. Ho taciuto e aspettato, nella speranza di mettere a fuoco questo nuovo legame per quello che era, indipendentemente dalla ragnatela di rapporti professionali e spirituali in cui eravamo entrambi invischiati. Avrei voluto innamorarmi di Giovanni: sarebbe stato così semplice, così lineare, così comodo... Se solo fossi riuscita a cancellare Eros. Mi ero abituata a pensare a questo sentimento come a una malattia da cui non riuscivo a guarire e con cui dovevo per forza imparare a convivere.

Clelia non gradì del tutto questo sviluppo inatteso. Era contenta che Giovanni e io stessimo insieme, lo considerava un ulteriore passo nella sua direzione. D'altra parte, temeva che potesse essere proprio lui a svegliarmi e a spingermi a fuggire dalla setta. A volte, chiusi nella cucina di casa mia, dubitavamo insieme. Magari stavamo preparando una bruschetta con le gallette di farro, io smettevo di tagliare i pomodorini, mi giravo verso di lui, lo guardavo e gli chiedevo: «Siamo sicuri che tutto questo abbia un senso?».

E lui: «Eh, certe volte anch'io me lo domando...».

Se con Simona questi scambi finivano lì e ci affrettavamo a tornare sui binari che Clelia aveva reso dritti e lisci appositamente per noi, con Giovanni proseguivamo nella discussione. Per me Clelia era il maestro, una donna con un dono; lui era suo figlio, credere in lei come profeta di energie altissime gli risultava più ostico. Poi c'era Emanuele che, appena arrivato, aveva indossato senza remore il ruolo del patriarca assoluto. Giovanni e Pietro avevano una decina d'anni in meno di lui: abbastanza per riconoscergli una certa autorità, ma non sufficienti per considerarlo una figura paterna. Faticavano a rientrare nelle rispettive parentesi, dove lui voleva con tutta evidenza confinarli.

Morale: un gran casino. Clelia, per sicurezza, pensò che la scelta migliore fosse sfruttare il mio rapporto con Giovanni per controllarmi e punirmi. Decideva lei quando potevamo sospendere l'astinenza e quando, invece, dovevamo continuare a sublimare l'energia sessuale in energia creativa. Ogni scelta che facevo, ogni azione che compivo, ogni parola che pronunciavo poteva essere di troppo e causare un allontanamento da lei e, ora, anche da Giovanni. Non solo avrei perso quell'ombra di figura materna che Clelia era per me all'epoca, non solo sarei stata isolata dagli amici e dal mio agente, ma avrei dovuto fare a meno anche del fidanzato, che per una strana coincidenza era anche il mio assistente. Quindi obbedivo: perché ci credevo, ma anche perché avevo paura.

Un giorno Clelia mise in castigo Franchino: il più fervente dei suoi adepti, l'uomo che le era più grato, uno dei suoi pupilli. Nessuno di noi poteva crederci. Graziella rimase da sola in ufficio per un mese, con il solo aiuto delle persone della setta. Con tutta la buona volontà, nessuno di loro era un talent scout della levatura di Frank, quindi impazzì nel tentativo di mandare avanti l'attività senza perdere troppi colpi.

Durante una riunione, il canale spiegò il perché del suo allontanamento: Franchino avrebbe gestito un giro di prostituzione. Mi ricordo distintamente che scoppiai a piangere. Non ci volevo credere: Franchino, il mio Frank, un giro di prostituzione? Avrebbe sfruttato ragazze desiderose di lavorare in televisione con la promessa di un roseo avvenire? Impossibile. Quell'uomo per me era un secondo padre: la sola insinuazione mi disgustava.

Ovviamente, dato che mi rifiutavo di credere nella parola che veniva dall'alto, venni a mia volta isolata. Graziella, che gestiva non solo la contabilità dell'agenzia ma anche quella di Franchino-individuo, sapeva che si trattava di un'assurdità. Clelia la avvicinò, apparentemente per avvertirla e proteggerla, dicendole: «Graziella, devi allontanarti da lui: rischi di finire in galera… Non vuoi proteggere i tuoi figli?». In verità, voleva che cominciasse a lavorare per una nuova agenzia che ancora doveva nascere, al centro di un piano che il canale ci avrebbe svelato solo qualche settimana dopo.

Prima, accadde l'indicibile. Mi sembra così distante da me la ragazza che, nello stesso giorno in cui Graziella decide di lasciare la setta e parte con la famiglia, viene accompagnata da Clelia e Giovanni in agenzia e accetta di adempiere a quello che le è stato venduto come disegno divino. È molto magra, è sofferente, ha il cuore in frantumi. L'unica cosa che non è ancora andata in pezzi è la sua convinzione di essere dalla parte del giusto, perché farebbe troppo male realizzare che nulla di quel percorso, con tutte le scelte che ha comportato, è stato per il suo bene.

Quella ragazza riceve una sorta di "dispensa speciale" per poter incontrare Franchino mentre è in castigo. Ha in mente le parole che il canale ha pronunciato qualche giorno prima: «È arrivato il momento della tua grande ascesa. È arrivato il momento di staccarti da lui».

Franchino è seduto dietro una scrivania. Ha le dita incrociate, la schiena gobba, il volto tirato. La ragazza rimane in piedi, lì di fronte. Clelia da una parte, Giovanni dall'altra. Ripete le parole che le hanno suggerito in auto, quelle giuste, quelle che ci vogliono perché tutto accada come deve accadere: «Frank, mi dispiace, non posso più lavorare con te, ti devo lasciare».

Lui risponde: «Va bene».

Lei se ne va singhiozzando, poi viene a sua volta punita e separata dal resto del gruppo. Ha accettato di fare quello che le è stato chiesto, ma non è ancora convinta della colpevolezza di lui, non è felice di come ha agito: «Così è come se ti avessimo costretto; se vuoi progredire nel tuo percorso deve essere una scelta tua. Non posso camminare al posto tuo, Michelle…» le spiega Clelia.

Piansi per due giorni consecutivi. Ero rimasta sola, completamente sola, in balia della setta.

Appena fui riammessa alle riunioni, il canale mi interpellò direttamente. Lo speravo tanto. Dopo la separazione, sentirmi rivolgere la parola dalle energie era come avvertire il calore di casa dopo mesi nell'esercito: se il canale accettava di ascoltarmi ero ancora io, un'eletta, una persona speciale; non avevo rovinato tutto, non ero stata estromessa dal disegno.

Ricevetti una splendida notizia: era arrivato il momento della mia ascesa. «Dovremo materializzare la nostra forza in un'agenzia, un'agenzia di luce. Michelle, tu dovrai aprire la società. Non avere paura: la paura è alleata del Male. L'agenzia dovrà diffondere il nostro messaggio grazie a un gruppo di artisti dall'anima pura. Tu dovrai essere il primo di loro.»

Il canale ci disse anche il nome: Tuenda, che in latino significa "ciò che deve essere protetto". Il simbolo sarebbe dovuto essere una rosa bianca, metafora di purezza, di femminilità e autenticità, ma non solo. Legata al quarto chakra, quello del cuore, nell'iconografia mistica cristiana rappresenta il Sacro Graal, la coppa che venne utilizzata per raccogliere il sangue di Cristo in croce. Secondo le correnti di pensiero che vedono in Maria Maddalena la sua sposa, la rosa indica la progenie stessa di Gesù.

Clelia mi illustrò il messaggio del canale, spiegandomi che fondare la Tuenda era necessario per dichiarare al mondo l'esistenza di questo gruppo di artisti puri, che avrebbero contribuito a divulgare un messaggio d'amore, di chiarezza, di luminosità.

Eravamo i prescelti per rendere possibile la diffusione del verbo della nuova religione universale:

questo ruolo dava un senso a tutto. Mi ero staccata dal padre di Aurora, da mia madre, avevo perso mio padre, avevo abbandonato Franchino, mangiavo solo legumi e cereali, non bevevo neanche una birretta di nascosto, lasciavo che Giovanni tenesse il mio telefono, rispettavo i limiti dei castighi quando mi venivano imposti e praticavo astinenza sessuale, ma tutto questo potevo accettarlo solo in funzione di uno scopo più grande. Ed eccolo qui, il grande obiettivo che dava al mio lavoro l'aura e l'importanza di una missione messianica.

Era per me il momento di accettare il mio destino, di compiere il mio dharma. Non pensai nemmeno per un secondo che volessero sfruttarmi e risposi subito che sì, certo, avrei fondato l'agenzia.

Sostenni tutte le spese, lasciando la gestione a Emanuele. Anche in questo caso non dubitai che fosse la scelta migliore: Emanuele spiritualmente era molto più evoluto di me, quindi la persona perfetta per guidarci. Con lui amministratore, Giovanni e Pietro promossi sul campo a manager, Simona nel ruolo di tuttofare, la Tuenda nacque nell'esclusiva zona di via Canova a Milano, dietro il Castello Sforzesco. Gli uffici non erano enormi: c'erano un open space, dove stavano Simona e i ragazzi, una sala riunioni e una stanza per Emanuele. Il trasloco naturalmente fu a carico di Simona, che si procurò i mobili, li caricò su un furgone, li scaricò e li montò. Ricordo ancora un vaso in cemento che dovette portare in discarica, da sola, per sbloccare parte delle sue energie sessuali: lo fece rotolare su una coperta e poi lo trascinò – tuttora mi chiedo con quale forza.

Nel cerchio più stretto della setta rientravano diversi artisti. In quel momento, a parte me, un paio di ballerine e qualche cantante che faticava a sfondare, gli altri scapparono. Emanuele avrebbe voluto attirarne di nuovi, ma non ci riusciva. Chissà perché... Tutti, comprensibilmente, avevano timore ad avvicinarsi a quella situazione. Il che fece sì che la Tuenda e chi ci lavorava vivessero di me, la star che aveva finanziato l'intera operazione.

Dopo due o tre settimane, Emanuele mi ordinò di cedergli gratuitamente le mie quote della società. Mi umiliò accusandomi, di fronte a tutti, di essere assetata di denaro: «Guadagni su te stessa, vergognati». Questa osservazione mi ferì: avevo fatto alla lettera ciò che mi era stato chiesto, creato lavoro per l'intero gruppo e avrei dovuto vergognarmi? Nemmeno capivo bene che cosa intendesse. Clelia, con la consueta dolcezza, intervenne per chiarirmi il senso delle parole di Emanuele. Si trattava di un problema energetico: come socia dell'agenzia avrei guadagnato non solo grazie al mio lavoro, ma anche grazie agli eventuali utili, e avrei finito con l'accumulare troppa energia-denaro. Con questa "donazione" avrei potuto innescare un meccanismo virtuoso, rimettendo in circolo un'energia bassa e ricavandone una più alta. Sarebbe stato per il mio bene e per il bene del gruppo, quindi della mia nuova famiglia.

Le conoscenze acquisite durante il percorso spirituale sull'energia-materia erano uno dei motivi per cui avevo accettato di finanziare l'apertura della Tuenda, per questo le aveva citate. Avevamo affrontato quel discorso decine di volte, quindi sapevo a menadito che l'energia-soldi è sì quella che fa girare il mondo, ma è anche la più pesante in assoluto e, secondo l'esoterismo, la più vicina all'anticristo. Pertanto, accumularla senza rimetterla in circolo nuoce gravemente, non solo alla salute ma anche all'anima e alla psiche. Gli esempi di famiglie ricchissime colpite da terribili tragedie erano innumerevoli: gli Onassis, i Kennedy, gli Agnelli… Clelia ci insegnava come utilizzare il denaro in modo virtuoso: in quell'occasione, se avessi accettato di donare e condividere il mio con il gruppo, avrei ottenuto indietro un'energia buona, positiva per me e per il mio percorso.

Lo scopo finale mi sfuggiva del tutto: non vedevo che stava provando a creare una comunità in grado di mantenersi grazie al mio lavoro, completamente chiusa e autosufficiente. "L'unione fa la forza" si dice, ma Clelia andava oltre: l'unione ci avrebbe protetto e consentito di librarci sul mondo esterno, conquistandolo un artista per volta.

Impiegai diversi giorni per accettare di regalare le mie quote a Emanuele. In fin dei conti, l'agenzia l'avevo fondata io, con le mie risorse. Ero io ad alimentarla e a riempire l'agenda di tutti. Cedetti quando il canale tornò sul tema. Si rivolse a me e mi disse che essere socia della Tuenda appesantiva la mia energia creativa, quella più elevata. Se avessi continuato a rimanere nella compagine societaria, non sarei più stata in grado di portare il messaggio. Il mio ruolo era quello, esclusivamente quello: qualsiasi altra cosa sulla quale mi fossi concentrata sarebbe stata una perdita di tempo e di focalizzazione.

Condivido il pensiero che si ottenga di più lavorando sostenuti dalla passione che spinti dalla brama di denaro e credo che sia nobilissimo creare posti di lavoro. Proprio non capivo fino in fondo, però, perché il ruolo dell'imprenditrice fosse così incompatibile con quello di artista, soprattutto visto che non gestivo nulla, e che tutte le decisioni erano demandate all'elevatissimo Emanuele.

Comunque, invece di farmi sbattere fuori, obbedii. Ancora una volta.

Con la Tuenda costituita, Emanuele come nuovo agente, Giovanni alle calcagna e Clelia nel ruolo di amica e consigliera spirituale, ottenni il ragguardevole risultato di non essere più sola, neanche per un istante.

Il canale cominciò a occuparsi anche del mio aspetto e delle mie scelte artistiche, cosa che non era accaduta finché a gestirle era stato Franchino.

A maggio del 2003 Clelia decise che era giunto il momento di rinforzare l'immagine della Tuenda e della setta presentando Giovanni in società. L'occasione ideale era la serata dei Telegatti, che avrebbero premiato il successo di "Zelig".

Non avevo nessun desiderio di affrontare il pubblico e i flash dei fotografi al fianco di Giovanni. Non ero sicura dei miei sentimenti, stavo ancora cercando di capire se la nostra storia poteva avere un futuro oppure no. Lo percepivo come una persona positiva. Era la mia ora d'aria, la possibilità di parlare d'altro, di non pensare al mio amore monco per il padre di Aurora né alle energie, alle vite precedenti e ai blocchi spirituali. Avevo pur sempre lasciato Franchino, ero alle prese con un momento di svolta nella mia carriera, ricevevo spesso telefonate degli avvocati e convocazioni in tribunale. Continuavo a soffrire per la mancanza di mia madre, per quella di Eros. E quella sera sarebbe stato presente anche lui. Non volevo fargli questo, presentarmi tutta in ghingheri al braccio di un altro uomo.

Quando convincermi diventava difficile interveniva il canale, ed è ciò che accadde anche quella volta. Durante l'ennesima riunione, Elena, canalizzando, affermò che il disegno prevedeva che inviassi un segnale importante dell'unione con Giovanni e dell'unione con la Tuenda. Clelia voleva dare una dimostrazione di forza, più che altro: "Guardate, mio figlio è ufficialmente accanto a lei".

Come sempre, avevo accettato. Ricordo ancora l'abito bianco che indossavo, un modello meraviglioso, ritenuto perfetto perché mi avrebbe fatto assomigliare alla donna chic e raffinata che, secondo la setta, sarei dovuta diventare.

Ero stata bravissima. Avevo interpretato nel migliore dei modi il mio ruolo di messaggero. Potevo essere fiera di me. Eppure, avrei voluto morire. Il pubblico doveva averlo notato. Appena avevo mosso un passo sul red carpet tutte le persone presenti avevano cominciato a urlare: «Michelle! Cosa ci fai con quello lì?! Torna con Eros! Dovete stare insieme, siete anime gemelle!». Con il mio cuore spezzato avevo sorriso, mandato baci e mi ero fatta scortare fino in platea dal compagno che le energie verticali avevano legittimato. Salita sul palco, avevo visto la faccia emaciata del padre di

Aurora, seduto in prima fila, elegantissimo e teso almeno quanto me. Avrei voluto correre ad abbracciarlo, invece a fine serata avevo lasciato che Giovanni mi aiutasse a indossare il cappotto e mi ero fatta riaccompagnare a casa.

Un gruppo di eletti

Smisi di essere libera.

La sera tornavo da Aurora e con me c'era Giovanni, l'unico compagno che ho portato a casa finché non ho conosciuto Tomaso, che poi è diventato mio marito. Auri se lo ricorda bene, perché passare del tempo insieme a lui le piaceva: una delle caratteristiche che mi avevano attirato di Giovanni era proprio la sua capacità di divertirsi con i bambini, come se fosse un bimbo lui stesso. Da Auri si lasciava strapazzare: al mare organizzava la gara di tuffi e di spruzzi, giocava con le Barbie, saltava sui tappeti elastici, disegnava e fingeva di bere il tè da tazzine di plastica rigorosamente vuote. Si poneva come un amico più grande, assolutamente non in competizione con il papà – come era giusto. I ruoli erano chiari e Aurora era serena: viveva con me e vedeva spessissimo suo padre e la nonna. Tutto sommato, era una situazione tranquilla.

Non credo che Giovanni fosse uno spietato calcolatore. Penso a lui come a un ragazzo giovane e fragile, proprio come me. Era anche lui una vittima. Da studente indeciso sul da farsi, era stato gettato da Clelia nel mondo dello spettacolo: per legarlo a sé, l'aveva affascinato con i lustrini, la possibilità di frequentare persone interessanti e la sottoscritta. Per quanto gli piacessi, se pure mi avesse amato, alla fine rimaneva prima di tutto suo figlio: un fardello troppo pesante, che in quel contesto prevedeva cieca obbedienza.

Non so quanto si chiedesse se era giusto nei miei confronti filtrare le chiamate che ricevevo al cellulare mentre lavoravo, rispondere a mia madre che non c'ero, non potevo, "Provi a richiamare e sarà più fortunata". La domanda giusta, però, è: avrebbe potuto farlo? Eravamo entrambi succubi di una situazione che assorbiva le nostre vite completamente.

A parte il tempo che trascorrevo con Aurora e i momenti in cui effettivamente svolgevo la mia professione (stando sul palco, facendo le prove, confrontandomi con gli autori e così via), dal momento in cui Emanuele e la Tuenda presero in mano il mio lavoro non ci fu più area della mia esistenza che non fosse in qualche maniera controllata dalla setta. E la setta era diventata un mostro a due teste: non era più diretta dalla sola Clelia, la nostra guida spirituale, perché Emanuele aveva assunto il controllo del business.

Uno dei miei errori fu affidarmi a lui come prima mi ero affidata a Franchino. Peccato che, mentre Frank era un professionista di spessore, Emanuele fosse privo di esperienza nell'ambiente, benché molto intelligente. Lasciai che si occupasse non solo delle questioni contrattuali, ma che tenesse a mio nome anche i rapporti professionali con colleghi, autori, direttori di rete e così via. Era un compito cui lui teneva moltissimo, ragion per cui non volevo indispettirlo, temendo di rimediare una qualche punizione. Impossibilitata a comunicare al di fuori della setta, delegai come sempre a Emanuele il compito di gestire la mia uscita da "Zelig" in un momento particolarmente critico: avevamo avuto un successo stellare, stavamo preparando la seconda edizione di "Zelig in Tour" quando il padre di Aurora, all'ultimo momento, mi comunicò che doveva recarsi all'estero per lavoro. Avevamo pianificato che nostra figlia trascorresse con lui il mese di luglio (mentre io sarei stata in tournée) e con me quello di agosto; ma lui, in luglio, sarebbe dovuto partire. Avevo due scelte: onorare comunque l'impegno preso, portandola con me, oppure rimanere a casa e fare la mamma. Per Auri partire sarebbe stato faticoso, oltre che noiosissimo: non avrebbe visto una piscina neanche col binocolo perché avrei dovuto lavorare tutto il giorno, quindi decisi di dedicarmi a mia figlia. Era la cosa giusta, ma mi causò una sofferenza atroce il non poterne parlare con i colleghi che, informati in modo brutale da Emanuele, non capirono. Da fuori, ciò che si vedeva era che mi ero ritirata in una sorta di silenzio stampa e avevo mandato il mio agente a portare la bella notizia. Lasciando "Zelig in Tour" stavo dicendo addio anche all'edizione invernale del programma, cosa che avrei volentieri provato a scongiurare se Emanuele non si fosse imposto al grido di: «È quando le cose vanno bene che bisogna mollare». Peccato che "Zelig" fosse una famiglia, prima che una trasmissione. È come se, comportandomi in quel modo, avessi tradito gli amici con i quali avevo condiviso l'esperienza di anni, in primis gli autori e Claudio Bisio. Claudio e io eravamo talmente affiatati che ci avevano proposto di girare una sit-com sulla falsa riga di *Casa Vianello*, addirittura un musical! Cerco di pensare il meno possibile a come Emanuele gestì quella situazione. Ho tentato di rimediare anni dopo, spiegando il perché di quella scelta. Gino e Michele mi risposero come si farebbe con una figlia: «Perché non ce l'hai detto? Noi avremmo compreso...». Semplicemente, non andai da loro perché non potevo. Il canale mi ripeteva che non dovevo occuparmi d'altro che del lato artistico delle mie esibizioni, tutto il resto doveva essere affidato ad altri, affinché la mia creatività non fosse compromessa. Io ci credevo e ho lasciato che le cose andassero così. In quel caso e in tanti altri. Ricordo uno spot per le caramelle Tic Tac, con la regia di Luca Tommassini. Finito di truccarmi, stavo per uscire dal camerino quando Emanuele mi bloccò sulla porta: «Dove stai andando?» mi chiese.

«A scambiare due chiacchiere con i ballerini...»

«No. Devi rimanere nascosta.»

«Come mai?»

«Perché devi preservare la tua energia. Bisogna creare attesa attorno al tuo personaggio: è parte del tuo compito di messaggero. Apparirai all'ultimo, vestita di bianco, e li abbaglierai.»

Ero vestita di bianco perché le Tic Tac sono, appunto, bianche. Mi piaceva indossare colori chiari, non era un problema. Lo era, invece, rimodellare il mio carattere. Sono un'estroversa, una curiosa: in una situazione del genere, con venti ballerini intenti a scaldarsi, il mio istinto mi porta a uscire dal camerino per conoscerli tutti, uno a uno, e scambiare qualche battuta. Erano i miei colleghi, non capivo perché fosse sbagliato. Non vedevo il tentativo di isolarmi e di proteggere la setta, più che la mia energia: pensavo che fosse giusto così, di essere sbagliata io e di dovermi correggere.

Lezione imparata: oggi tengo direttamente i rapporti con tutti. Qualsiasi cosa succeda, prendo il telefono e chiamo, prendo la macchina e vado a bussare a una porta. Di intermediazioni non ho più voluto saperne, a livello professionale e personale.

Questo fu solo uno degli innumerevoli casi in cui fui invitata a comportarmi sul lavoro in base a regole spirituali. A parte ciò che riguardava Aurora, tutto il resto cominciò ad avere una motivazione più alta, legata al disegno divino: Elena canalizzava informazioni di ogni tipo, vite passate, le cause della nostra morte, quale correlazione esisteva tra i nostri problemi animici e quelli fisici, blocchi e squilibri energetici nella vita attuale...

Pareva che in tutte le mie vite precedenti fossi morta a causa di un problema ai polmoni. In questa avevo due alternative: seguire correttamente il mio percorso spirituale, elevarmi, vivere felice e dare alla mia anima altre possibilità di crescita per arrivare a fondersi con il divino, oppure ammalarmi ai polmoni e morire, proprio come mi era accaduto nel 1945, e innumerevoli volte prima. Visto che mi erano già state date tante opportunità, questa era la mia ultima chance di apprendere determinate lezioni: se mi fossi allontanata dal percorso, quando fosse giunta la mia ora non sarebbe morto solo il mio corpo, ma anche la mia anima. Niente aldilà, niente ciclo delle nascite: ci sarebbe stato solo il vuoto, per me. Un vuoto lungo come tutta l'eternità.

Clelia ci aveva spiegato che l'aria conteneva l'essenza di ogni forma di vita e di ciascuno degli altri elementi, come la terra, il fuoco e l'acqua, e che pertanto il fiato era una delle sostanze terrene più connesse con il divino. Per questo inspirare ed espirare profondamente era un modo per lavare il corpo fisico, ma anche quello sottile e quello spirituale. Non poterlo fare significava spegnere tutta la vita dentro di noi, anche quella dell'anima. Era un incubo cui non volevo nemmeno pensare.

Dal punto di vista della psicomedicina, i polmoni sono collegati al bisogno di libertà e all'autostima. Si ammalerebbero perché la persona è troppo scoraggiata, non riesce a vivere appieno la propria vita o avverte un profondo senso di colpa per il solo fatto di essere al mondo. Per ciò che sapevo di me all'epoca, quadrava tutto perfettamente. Risultato: la notte, a letto, mi sentivo mancare il fiato alla sola idea di non riuscire a respirare e di morire soffocata, e questo non faceva che confermare la correttezza della diagnosi.

Mi consideravo molto fortunata ad aver incontrato persone in grado di guidarmi sulla retta via. Pensavo, semmai, di non essere io all'altezza della situazione. Tutti intorno a me, per esempio, continuavano ad avere esperienze incredibili: regressioni, visualizzazioni, sogni rivelatori, esperienze extracorporee... A me non era mai capitato nulla del genere, *nada*, *nichts*. Non avevo avuto neanche una visioncina, non avevo percepito nemmeno un colore, per quanto sbiadito. Meno male, mi dico oggi, credo che mi sarei spaventata a morte; allora un po' ne soffrivo, come se fossi una discepola di secondo livello, in perenne attesa di essere finalmente pura a sufficienza per questo tipo di rivelazioni.

Credevo nel mio percorso spirituale con tutto il cuore. Anche perché Clelia non chiedeva nulla in cambio, almeno in apparenza. Se si eccettua il pagamento della tariffa per partecipare alla riunione, la sensazione era davvero quella di far parte di un gruppo di eletti cui era stato affidato un compito nobile. Non ci fu mai chiesto di predicare o reclutare, anzi: tutto ciò che accadeva nelle riunioni era e doveva rimanere segretissimo, proprio perché destinato a una cerchia ristretta di persone. Se i "pazienti" fissi di Clelia erano almeno una cinquantina, se non di più, alle riunioni non sono mai state presenti più di ventidue persone. Le entità superiori, inoltre, sceglievano con chi parlare: alcuni continuavano a partecipare alle riunioni speranzosi che venisse il loro turno, ma non arrivava mai. Quando sentivo dire, per bocca di Elena, «Sento che il cuore di Michelle ha delle domande», andavo in estasi, letteralmente: era il momento di unione suprema con il divino, che scendeva in mezzo a noi per aiutare la mia anima. Questo non aveva prezzo, ed ecco anche perché ci sentivamo tutti sempre in debito. Nessuno se ne andava non solo perché il disegno stava per compiersi (vuoi non vedere come va a finire?), ma anche perché sarebbe stata una scelta da ingrati. Dopo tutto quello che lei ci aveva dato

– nel mio caso e secondo lei: mio padre, l'indipendenza, l'autonomia, la possibilità di crescere professionalmente e di avere successo, l'ascolto, l'amore di una madre, una nuova famiglia – chi avrebbe anche solo osato pensare di andarsene, lasciandola da sola? Sarebbe stato in primo luogo un orribile tradimento. Nonostante tutto quello che mi stava succedendo, continuavo a credere in lei, in Clelia la persona, l'amica. Bene o male, era lì per me ogni giorno. Rispondeva alle mie domande, mi consolava quando ero triste, mi sosteneva nelle sfide che dovevo affrontare. Era talmente più elevata di me che consideravo le sue valutazioni più ponderate delle mie, in tutti i campi.

Gli altri adepti mal sopportavano che lei e io avessimo una sorta di rapporto esclusivo, grazie al quale potevo trasgredire alcune regole: per esempio, potevo accedere alla casa del maestro in jeans, cosa agli altri vietatissima. Nel circolo più ristretto passavo per essere quella furba, che voleva ingraziarsi il maestro mettendosi con il figlio; nessuno notava che, così facendo, ero riuscita solo a perdere la libertà, perché essere seguita con così tanta attenzione da Clelia, ma anche da Emanuele, Pietro e dallo stesso Giovanni, era percepito come un privilegio.

Come io non capivo loro, così loro non capivano me. Il maestro voleva esattamente questo: non ci si può aspettare una rivolta da un gruppo frammentato. Avvertivamo una sintonia in nome dell'appartenenza a quella missione, niente di più. Eravamo suggestionati dall'avere uno scopo comune particolarmente elevato e dall'affrontare insieme, settimana dopo settimana, i passi di un percorso spirituale che toccava le nostre corde più intime, ma ciascuno di noi era infastidito dal dover convivere con persone che, al di fuori, non avrebbe mai frequentato, per i motivi più diversi. Con l'eccezione di Franchino, Graziella e Simona, che erano miei amici prima di entrare nella setta, in un'altra situazione probabilmente non avrei mai avvicinato nessuno degli altri, così come loro non avrebbero scelto di passare del tempo con me.

In particolare, a mostrare una notevole insofferenza nei miei confronti era Veronica, stylist notissima nel mondo dell'alta moda, che trovava inconcepibile il fatto che una donna della levatura spirituale di Clelia potesse puntare su una come me. Diciamolo pure: vengo da Sorengo, ero abbastanza truzza. Lei passava dal backstage di una sfilata di Valentino al set per la campagna di Yves Saint Laurent, mentre io ero la quintessenza del pop, con i miei camperos bianchi, le minigonne di jeans, le treccine da Heidi e le borse a tracolla. Secondo Gino e Michele faceva parte del mio fascino, secondo Veronica ero di una grossolanità e di una pacchianeria irrecuperabili. I miei capelli non avevano il punto giusto di biondo, ero sgraziata nei movimenti, troppo allegra, troppo sorridente, con troppo seno e troppa muscolatura... Non avevo un briciolo dell'eleganza innata di certe signore della buona borghesia, che sprizzano classe da tutti i pori anche con una camicia bianca e un paio di ballerine.

Per mettere pace tra gli ulivi, Clelia decise di obbligarla a collaborare con me. Lo scopo era favorire la nascita di un rapporto tra di noi, sotto il suo controllo. Una sera il canale esordì con: «Oggi affronteremo il rapporto tra Veronica e Michelle». Sbiancammo entrambe. «Veronica, Michelle, siete una lo specchio dell'altra: gli obiettivi che ciascuna ha raggiunto, per l'altra sono ancora lontani.» Pura psicologia: quando due persone a pelle non vanno d'accordo, di solito c'è sotto qualcosa di più. Secondo Clelia, il problema era che Veronica non sarebbe progredita, finché non avesse accettato di confrontarsi con il mondo che io incarnavo, e viceversa.

Il canale proseguì: «Veronica, dovrai sostenere una prova molto importante: imparare a volere bene a Michelle. E tu, Michelle, il contrario: dovrai imparare ad amare Veronica».

Si decise che Veronica avrebbe dovuto seguirmi sempre, anche in Germania, dove in autunno avevo in programma una nuova edizione di "Deutschland sucht den Superstar".

Inizialmente fu un disastro. Veronica soffriva anche solo nel dover pensare a come pettinarmi, truccarmi e vestirmi. Mentre mi acconciava, in camerino, mi raccontava di essere arrivata di corsa, dopo aver finito di elargire consigli a Eva Herzigova o Naomi Campbell, che meritavano la sua opera perché "loro non sono come te". Cioè grezze. Da un lato ridevo sotto i baffi al pensiero di quanto patisse nel backstage del "Festivalbar", un contesto assai differente dalla Settimana della Moda di Milano. D'altra parte, se mi guardavo attraverso le sue lenti, percepivo tutti i miei limiti: ennesimo spunto distruttivo per la mia fragile autostima.

Nel tempo, per fortuna, la situazione cambiò

leggermente: frequentandoci più spesso, scoprendo cosa c'era sotto la superficie, cominciammo a comprenderci a vicenda. Durante una riunione, qualche mese più avanti, Veronica condivise con il gruppo la nuova visione che aveva di me: quella di una donna in gamba, indipendentemente dai camperos bianchi (che continuai a mettere per un sacco di anni, e che ancora posseggo, ben nascosti in fondo all'armadio). Io mi commossi e da quel momento siamo andate d'amore e d'accordo, per la gioia di Clelia. Ad affiancarmi non erano più solo lei, Emanuele e Giovanni, ma anche Veronica, una sua fervente e convinta discepola.

Le linee guida per il mio nuovo look vennero naturalmente dettate dal canale. Se riguardo le fotografie uscite sui giornali in quei mesi, non so se ridere o piangere: via il novanta per cento dei tessuti, avanti la seta, in tutte le sue forme e i lavaggi. A ottobre, in due diverse occasioni, la finale del "Festivalbar" e i "German Television Awards", mi invitarono a indossare una tunica cucita a mano da una stilista che produceva solo modelli misticheggianti. Al dito portavo un enorme anello a forma di rosa (il simbolo della purezza, oltre che della Tuenda) e profumavo di olio essenziale al gelsomino. Alè.

Da fuori si poteva cogliere chiaramente lo scopo della setta, ma io mi ostinavo a credere che Clelia volesse solo aiutarmi a essere il miglior messaggero possibile. Gli abiti di seta, il trucco e il parrucco di Veronica, gli oli essenziali, le rose, la guida artistica di Emanuele: tutto era necessario affinché il disegno si realizzasse. E dunque lo accettavo, anche se non mi convinceva fino in fondo. Anche se comportava un inasprimento dei rapporti con il padre di Aurora.

Ci eravamo rivisti sul palco del "Festivalbar": lui aveva vinto la gara, l'avevo baciato sulla guancia ed ero tornata nel backstage, dove mi aspettavano Emanuele, Giovanni, Clelia e Veronica. Avevo il cuore in gola, ma come sempre l'avevo prontamente deglutito e richiamato all'ordine.

Per come la vedo oggi, Eros era comprensibilmente preoccupato. Nessuno era al corrente di ciò che accadeva durante le riunioni, quindi nell'ambiente si favoleggiava alla grande. In più, lui sapeva fin troppo bene quanto tenessi a Franchino: il fatto che l'avessi abbandonato per farmi assistere dal clan di Clelia anche sotto il profilo professionale lo insospettì, e non poco. Cominciò a porsi domande sull'opportunità che nostra figlia continuasse a vivere insieme a me. Forse si sarebbe risolto tutto molto più velocemente se ne avessimo parlato tra noi, ma eravamo entrambi timorosi di rovinare l'equilibrio trovato, che per Aurora stava funzionando, e così non avevamo più affrontato l'argomento Clelia, nonostante ci sentissimo più volte al giorno per parlare di nostra figlia. Purtroppo, la sua scelta di affidare agli esperti del tribunale la valutazione della mia idoneità come madre scatenò una sorta di linciaggio.

Ricordo due episodi in particolare. Il primo è una fotografia scattata dietro le quinte del "Festivalbar" e pubblicata con il titolo: *La Hunziker viene segnata da una guerriera della luce*, come se Veronica mi stesse benedicendo invece che sistemando il fondotinta sulla fronte.

Il secondo riguarda padre Amorth, il famosissimo esorcista del Vaticano. Una mattina mi svegliai, aprii un giornale e vidi un fotomontaggio di me e lui. Titolo: *La Hunziker posseduta dal demonio.* Il quotidiano tedesco "Bild" aveva pubblicato un virgolettato a lui attribuito, che recitava: "Nel comportamento di Michelle Hunziker vedo i segni di una possessione diabolica. Chi entra in contatto con il Maligno perde la gioia di vivere, si secca interiormente, non ha più volontà, si lascia guidare totalmente dalla persona che le trasmette gli spiriti diabolici. Può anche avere successo nel lavoro, però non prova piacere per quello che fa perché è il Maligno a pilotare le sue azioni. L'unico rimedio è scacciare il Maligno, ma bisogna farlo al più presto, subito, poiché la possessione demoniaca potrebbe trasmettersi alla figlia di sei anni che per la sua età è ancora più indifesa". Il resto dell'articolo parlava di magia nera, di presenze malefiche e della concreta possibilità che io fossi finita tra le grinfie di Satana.

Rimasi sconvolta. Pensai: "Allora è vero. La mia anima è segnata. Questa è la mia ultima possibilità per evolvere, altrimenti scomparirò per sempre nel vuoto". Niente Dio, per me. Niente Paradiso né Inferno. Mi sentii mancare. Il telefono cominciò a squillare a tutte le ore: i giornalisti mi cercarono al cellulare, tramite la Tuenda e l'ufficio stampa. Non volevo parlare con nessuno, ero solo terrorizzata: per mia figlia, per il tribunale, per la mia anima. Il gossip era in visibilio: la notizia venne rilanciata in tutte le salse, da tutte le riviste, online, offline, dappertutto si parlava di me e della mia presunta possessione demoniaca. D'altra parte: l'aveva detto padre Amorth, un vero esperto. Come poteva essere una bufala?

Clelia rimase al telefono con me per ore, rincuorandomi. Non ero posseduta, secondo lei. Certo, avevo dei problemi animici, ma avevo scelto di camminare al suo fianco, nella luce. In questa vita c'era lei a proteggermi.

Quelle parole mi toccavano e mi convincevano perché l'avevo già vista proteggerci. Una sera, durante una riunione, il canale aveva affermato deciso che in casa era presente un'energia brutta. Questo è un altro degli eventi che non so spiegare. Era buio, le fiammelle delle candele cominciarono a tremolare. Non so se fosse suggestione, ma sentivamo tutti un odore strano, come di zolfo. Il maestro ci fece alzare e rintanare in un angolo della stanza. Di fianco a me avevo Simona e un altro ragazzo, che ripeteva: «Dite il *Padre Nostro*, dite il *Padre Nostro...*». Eravamo terrorizzati. Il maestro, davanti a noi, fronteggiava l'energia negativa con quella buona, con le braccia tese in avanti e le mani aperte.

Il canale, comunque, mi confermò che non ero posseduta. Per fortuna.

Questa allegra atmosfera da caccia alle streghe mi spinse sempre di più nelle braccia della setta. Non potevo credere che stesse accadendo veramente. La stampa mi poneva domande come: "Lei è posseduta?", "La sua futura suocera è davvero una strega?". Eros e io eravamo finiti a discutere dell'affidamento di Aurora in tribunale. Non parlavo con mia madre da più di un anno. E tutto perché avevo scelto di intraprendere un percorso spirituale. Nel tentativo di tornare con i piedi per terra, rispondevo in due modi: con il mio lavoro e ribattendo punto su punto a qualsiasi insinuazione. "Che reato sarebbe fare un percorso spirituale?", "No, Clelia non è una maga", "No, non mi ha stregato affinché mi innamorassi di suo figlio", "No, non esiste nessuna setta", "Scusi, io vengo da lei a chiederle se è buddista o cattolico?", "Non c'è niente di strano nel fatto che mi sia messa con il mio manager", e così via all'infinito, ogni giorno, per settimane, per mesi. Pur di rafforzare il mio legame con Giovanni agli occhi della stampa, arrivai a dichiarare che volevo un figlio da lui, cosa non vera. Mi era stato fatto notare che per anni avevo pubblicamente ripetuto che le storie per me avevano senso solo se c'era un progetto... Dunque, ecco il progetto: "Ogni donna innamorata desidera dare un figlio al proprio uomo". Quindi, sottinteso, anch'io.

So di essere ripetitiva, ma giova dirlo: ci credevo veramente. E in parte credo tuttora che quella campagna massacrante poggiasse su presupposti sbagliati. Avevo scelto di intraprendere un cammino spirituale, non nuocevo a mia figlia: non vedevo il problema. Giovanni era davvero il mio manager, era carino, gentile, divertente e piaceva ad Aurora: anche in questo caso, non vedevo il problema.

Il problema, benché grosso come una nave da crociera, non riguardava nessun altro a parte me e le persone che mi volevano bene davvero. Ed era che, da bravo guerriero della luce, combattevo per qualcosa che nel profondo non volevo difendere, per tutelarmi da chi avrei voluto avere accanto – cioè il padre di Aurora e mia madre.

Sognavo di trovarmela sotto casa, in modo da non poterla eludere anche se fossi stata accompagnata da qualcuno della setta, ma non succedeva mai. Provava a contattarmi per telefono, venendo regolarmente respinta o ignorata. Quando parlavo con Clelia dell'ipotesi di chiamarla, una volta le energie erano contrarie, un'altra la data non era propizia. Se insistevo troppo, mi sentivo dire: «Perché vuoi raccontartela a tutti i costi? Se avesse veramente tenuto a te, sarebbe venuta a bussarti alla porta. È mai venuta in questi anni? No, quindi...». Ci riflettevo e piangevo, chiedendomi: "Perché non l'ho mai vista sotto casa? Avranno ragione loro: perché non mi ama". Mi convincevo che la setta era la mia nuova famiglia e mi sentivo persino un'ingrata ad aver ipotizzato di cercare mia madre – come se fosse in competizione con Clelia, come se provare a ricostruire il rapporto con lei fosse un insulto a quello che avevo con il maestro.

Sognavo anche che, alla fine di una qualsiasi delle udienze o una delle millemila volte che ha riaccompagnato a casa Aurora, suo padre mi prendesse per mano e mi dicesse: "Dài, abbiamo scherzato. Ci hai creduto veramente? Vieni, andiamo via insieme". Non l'ha fatto e lo capisco. Non riesco a immaginare come mi sarei comportata se fosse stato lui a venire ghermito da Clelia. Allora, di tutto ciò che mi accadeva capivo poco. Mi interrogavo molto, ero decisamente mal consigliata e di conseguenza soffrivo come un cane bastonato, sentendomi in colpa nei confronti di tutti.

Penso che Clelia fosse profondamente convinta della bontà del percorso che aveva disegnato per noi. Credeva nel suo dono, nel disegno divino, nel canale. Credeva che portare un messaggio di luce, purezza e amore fosse il modo per aiutare gli altri a sentirsi meglio e che diffondere una religione universale avrebbe ridotto i conflitti e reso il mondo un posto migliore. Aveva studiato per tutta la vita per arrivare lì, ad affrontare quella sfida. Quando interpellava le energie lo faceva con cognizione di causa; sapeva tutto della Cabala, degli angeli, della Bibbia, del Corano e dei Veda. Quando sceglieva le essenze da indossare, le candele da accendere e gli oli essenziali, i tessuti da mettersi addosso e le pietanze da portare in tavola lo faceva nella certezza che fosse per il nostro bene. I miei dubbi riguardano piuttosto le punizioni e gli allontanamenti, ma tendo a credere che non li utilizzasse in maniera strumentale, almeno all'inizio.

L'errore di noi adepti è stato pensare che esistano esseri umani perfetti. Anche i maestri sono umani, anche Clelia era umana. Come tutti, era vulnerabile. La sua fragilità stava nell'ego. Tutti noi siamo chiamati a misurarci con il nostro ego. Avendo un dono come quello della pranoterapia, per lei la prova era ancora più grande: avrebbe dovuto mettere il suo dono al servizio del bene, utilizzarlo per aiutare effettivamente gli altri; invece lo sfruttò per acquisire potere.

Forse Clelia era stata poco riconosciuta in passato, forse soffriva anche lei di scarsa autostima, chi lo sa. Fatto sta che il suo ego è esploso all'arrivo di Emanuele. Più giovane di quindici anni, intelligente e molto più scaltro, non si sarebbe mai accontentato di recitare il ruolo del compagno del maestro: Emanuele voleva un ruolo da capo. Ed ecco che lei, per accontentarlo, ha preso l'autorevolezza che aveva accumulato presso di noi e gliene ha regalata la metà. Insieme sono diventati una bomba atomica: per ottenere potere erano pronti a tutto, capaci di tutto, persino di sfruttare una cosa così preziosa e rara come un dono.

La sorella di Gesù

A Natale, per il secondo anno di fila, fui isolata dal resto del gruppo. Come sempre, non sapevo quale peccato avessi commesso per meritarlo: avevo cercato di rimanere il più pulita possibile per evitare che Finzione si impossessasse di me, eppure qualcosa dovevo avere fatto, perché Clelia mi ordinò di purificarmi rimanendo lontano dal resto del gruppo.

Per giorni andai a letto chiedendomi se avessi tolto qualcosa a qualcuno, se fossi stata scorretta, se avessi trasgredito qualche ordine o messo a rischio il disegno divino.

Mi capitò decine di volte in quegli anni di essere costretta a trascorrere lunghi periodi in totale solitudine, scelti accuratamente tra quelli in cui Aurora stava con suo padre. Ricordo una miriade di serate passate cucinando per me sola, piangendo, nella penombra. Non accendevo nemmeno la luce perché mi sentivo il nero dentro, il vuoto, un dolore pazzesco. Credevo che Clelia mi punisse per il mio bene: quale percorso di crescita non richiede sacrifici? Pensavo che la sua decisione (e il mio dolore) fossero giustificati dalla persona che sarei diventata in futuro, una persona migliore, degna di essere accettata e amata. Mi dicevo che il castigo era giusto e che a essere in torto ero io. Da sola non riuscivo proprio a ravvedermi: era colpa mia se non avevo ottenuto l'amore di nessuno. Mi fustigavo come donna, come madre, come discepola: ero così orribile da essere arrivata a mettere a rischio persino l'affetto innegabile di Clelia e degli altri appartenenti al gruppo. Ero sicura che mi volessero bene: avevo perso tutti, fuori; non volevo perdere anche loro.

La punizione finì subito dopo Capodanno, con una telefonata di Emanuele, abilissimo giocoliere dei sensi di colpa altrui. Mi umiliò al punto che mi misi a piangere. Ero così ripugnante, così inquinata dalla sporcizia e dalle energie basse che non avrei meritato di venire riaccolta. Loro, però, erano caritatevoli al punto da accettare di riprendermi. Il loro amore per me e per l'umanità tutta era talmente elevato da riuscire a superare anche il disgusto che era normale provare nell'avere a che fare con una schifosa come me.

Ringraziai, mi pentii, mi scusai, chiesi come fare per migliorare, promisi di obbedire e corsi subito da Clelia. La quale, maternamente, mi abbracciò e mi fece sentire subito meglio. Tra le sue braccia ritrovavo il senso della mia esistenza, riuscivo addirittura a vedere che al mondo c'era posto anche per me.

Quando Emanuele si sentì saldo al comando del business della setta, cominciò ad allargarsi. Voleva farsi riconoscere come maestro spirituale, e in parte ci riuscì. In che modo? Redarguendoci. Le sue sgridate avevano una risonanza maggiore di quelle di Clelia. Lei ci abbatteva psicologicamente, ma in maniera pacata; lui alzava la voce, ci disprezzava, piantandoci addosso come chiodi quegli occhi cupi. Era una strategia per conquistare il predominio, e credo che lei non se ne sia accorta. Altrimenti, immagino, avrebbe provato a fermarlo.

Visto che lavoravamo insieme, aveva infinite possibilità di frustrare il mio ego, stroncandomi quotidianamente. Ogni frase che usciva dalla mia bocca veniva bollata come irrilevante, inutile, infantile. Era furbo perché, proprio come Clelia, non inventava nulla, limitandosi a deformare le nostre debolezze reali fino a renderle mostruose ai nostri occhi. Allora, assisteva all'esplosione. So di non avere finito un liceo italiano e di aver smesso di andare a scuola a sedici anni, ma oggi so anche che non per questo sono stupida né valgo meno degli altri. Ho altre competenze, maturate in modo diverso. Al tempo non ne ero sicura. Ed ecco qua: «Ma cosa ne sai tu, che non hai neanche studiato?» era la pietra tombale con cui chiudeva qualsiasi discussione, su qualsiasi tema. «Limitati a fare quello che devi.» Dovevo stare più che altro zitta e svolgere il mio lavoro, l'unica cosa che ero capace di fare. Per fortuna, giù dal palcoscenico, c'era lui a guidarmi e a suggerirmi come dosare le energie e rimandare l'immagine giusta per portare il messaggio. Non gradiva che comunicassi troppo con i colleghi, quindi mi invitava costantemente a mantenere le distanze, a isolarmi anche in contesti in cui sarebbe stato naturale mescolarsi con gli altri. Obbedivo, a costo di apparire la snob che non sono (ricordiamoci dei camperos bianchi!). Ne soffrivo ma mi dicevo: "Pazienza, è il compagno di Clelia, lei è il maestro, lui è spiritualmente più evoluto di me, quindi saprà di certo che cosa è meglio fare".

A corroborare questa convinzione contribuiva il fatto che continuassi a ricevere proposte, risultato attribuito unicamente al sostegno spirituale di Clelia e all'attenta gestione di Emanuele. A inizio 2004 venni contattata da Fatma Ruffini, celeberrima autrice che avevo conosciuto in occasione di "Scherzi a parte". Fatma mi sottopose un format canadese che, secondo lei, sarebbe stato perfetto per me. Guardai i video: spaziali. Moderni, esilaranti, incredibili. Finito di ridere, chiamai Emanuele e gli dissi che volevo assolutamente dire di sì. Dovevamo solo trovare un partner. Fatma lo individuò in Fabio De Luigi: ci siamo conosciuti, ci siamo piaciuti, in maggio abbiamo girato le prime puntate. Le lezioni della mitica Belita Moreno mostrarono finalmente la loro utilità: dovevamo portare a casa quattordici minuti di girato al giorno, tantissimo per le modalità di ripresa previste. Significava riuscire a recitare almeno quattro o cinque sketch in presa diretta, senza stacchi. Per il novanta per cento, *Love Bugs* era improvvisazione, "dinamica di coppia" tra Fabio e me: essendo due persone molto a loro agio nel recitare la parte del deficiente, ci siamo divertiti da matti.

In quel momento Emanuele iniziò a confrontarsi con Antonio Ricci. "Striscia la notizia" stava attraversando l'unica, lieve flessione negli ascolti che abbia mai avuto e Antonio stava ragionando sull'opportunità di apportare qualche cambiamento, affidando la conduzione a una coppia mista. La prima donna ad aver avuto l'onore di presentare "Striscia" è stata Alba Parietti, nel 1994, insieme a Enzo Iacchetti nei panni della signora Coriandoli: per i successivi dieci anni vi fu un monopolio maschile, con l'eccezione di due partecipazioni di Anna Maria Barbera, proprio nel 2004. Antonio, comunque, decise di provare a tastare il terreno. Si ricorda bene di quelle settimane perché Emanuele lo sfiniva di telefonate, gli capitava "casualmente" in ufficio a tutte le ore e lo intratteneva su una varietà di temi, dalla finanza alla psicologia, passando per la storia della comicità o recitandogli qualche brano dell'*Odissea*. A volte, ancora oggi mi chiede di lui, osservando: «Non ho più incontrato uno così preparato su qualsiasi argomento come il buon Emanuele...».

Mentre *Love Bugs* andava in onda, nell'autunno di quell'anno, facendo ridere mezza Italia e confermando il fiuto di Fatma per i nuovi programmi, i semi della mia presenza a "Striscia" cominciarono a germogliare. Dopo l'antica edizione di "Paperissima Sprint" che aveva dato il via alla mia carriera, Antonio decise per la seconda volta di credere in me e mi piazzò dietro il bancone insieme a Ezio Greggio. Mai avrei pensato di potermi sedere lì, un giorno. Ero talmente emozionata che, quando Emanuele pronunciò di nuovo la frase «Bisogna mollare i programmi quando sono al top», gli credetti e abbandonai il povero Fabio De Luigi al suo destino. La modalità fu la solita, imposta dalla setta, dalle energie e dal mio karma: Fabio venne informato da altri. Con il senno di poi, so che girare entrambi i programmi sarebbe stato impossibile. Forse potrei riuscirci oggi, grazie ai vent'anni di esperienza che ho accumulato, allora scegliere era inevitabile. Tuttavia, anche in questo caso l'assurdità fu lasciar gestire la mia uscita da *Love Bugs* ad altri, in quel modo: Fabio si sentì tradito, senza contare che dovette girare non so quante puntate da solo, fingendo di telefonarmi e di essere stato lasciato all'improvviso (come, in effetti, era...).

Lo ritrovai poche settimane dopo aver abbandonato Clelia e la setta. *Love Bugs* si aggiudicò una Telegrolla come miglior sit-com e presi parte alla premiazione: era la mia prima uscita ufficiale senza nessuno della Tuenda ad accompagnarmi. Appena incontrai Fabio lo pregai di ascoltarmi, lui gentilmente mi diede la possibilità di spiegargli tutto, per filo e per segno. Alla fine, commentò con un lapidario: «Che tranvata!», mi prese sottobraccio e rimase vicino a me tutta la sera.

Non so come la mia carriera sia sopravvissuta a quel periodo... Anche perché, gestione della Tuenda a parte, nel frattempo accadevano cose che voi umani eccetera eccetera.

Ad aprile 2004, mentre frequentavo Eros nell'ambito di un percorso di terapia sotto l'attento occhio del tribunale, mentre Giovanni cominciava a rivelarsi per quello che era, un amico ma non un amore, e la nostra storia dava i primi segni di scricchiolamento, Clelia ed Emanuele si sentirono sicuri a sufficienza per rivelarci nuove pagine del disegno divino che ci attendeva.

Clelia affermò che Elena era in grado di canalizzare un'energia messianica. Venne fuori che le anime di chi partecipava alle riunioni erano già presenti al tempo di Gesù. Alcuni di noi, addirittura, erano imparentati con lui. In pratica, eravamo i suoi discendenti.

La straordinaria possibilità di comunicare con l'energia elevatissima che Elena canalizzava avrebbe dato ulteriore forza e motivazione al nostro agire per il disegno divino. In più, Gesù (o chi per lui) ci avrebbe rivelato un percorso parallelo, di natura esclusivamente spirituale, che ci avrebbe permesso di ripulire i nostri karma da quanto di negativo avevamo commesso nelle nostre vite passate, e in particolare nelle vite vissute al tempo del Messia: tutti l'avevamo tradito, e tutti dovevamo espiare compiendo le missioni che il canale ci avrebbe affidato.

Le riunioni diventarono pesantissime. L'energia comunicava le esatte coordinate dei luoghi che avremmo dovuto visitare e affidava compiti precisi a ciascuno di noi. Non solo, dunque, dovevamo essere guerrieri della luce, divulgando il messaggio della religione universale essendone l'esempio vivente, ma dovevamo risolvere i karma di alcune persone del gruppo, intervenendo in modo più massiccio di quanto era stato fatto fino ad allora. Il gruppo si decimò. Rimanemmo – forse un caso, forse no – in ventidue, compresi Clelia e il gotha della setta: il medesimo numero degli apostoli che, secondo alcune scritture, lasciarono la Galilea dopo la crocifissione di Gesù e partirono alla volta della Gallia.

Era una grande storia, di quelle che lasciano traccia nella memoria e muovono eserciti. Prendeva spunto dalla vita dell'uomo più straordinario di sempre, almeno per la cultura occidentale, aggiungeva dettagli, apriva parentesi, offriva letture possibili. Dava a noi, che ci sentivamo incompresi e smarriti, la possibilità di farne parte, un senso di famiglia nuovo e potente. Non eravamo i soli e i primi a essere stati additati come matti da una società vittima del pensiero dominante: era accaduto anche ai Ventidue. Resistere era la nostra missione, un obiettivo in sé.

Se prima ero coinvolta, dopo aver ascoltato ero letteralmente rapita.

Gesù era un esseno. Gli Esseni erano una comunità semitica, discendente come tante altre tribù da Sem, uno dei tre figli di Noè. Vivevano una vita ritirata, ai margini del deserto, ed erano depositari di un antico sapere spirituale, che consentiva di curare il corpo fisico influenzando quello sottile grazie al potere delle vibrazioni e della luce. Avevano stretti rapporti con i sacerdoti del Tempio Supremo di Heliopolis, in Egitto, dove avevano studiato numerosi iniziati – come Pitagora o Tutmosis III. Con la civiltà di Heliopolis condividevano un segreto ignoto ai più, ovvero la discendenza dell'uomo da una mitica fratellanza originaria delle stelle.

Da bambina sognavo di arrivare fino alla Nasa per penetrare i misteri dello spazio, ma tutto ciò che la mia immaginazione di allora aveva potuto creare era nulla in confronto a questa rivelazione: l'umanità intera era polvere di stelle.

I testi sacri ovviamente eludono queste conoscenze: questione di scelte, di opportunità, della sete di potere di chi, al tempo, riordinò le Scritture. Tuttavia, nemmeno la Bibbia ha potuto tacere il fatto che due patriarchi esseni, il profeta Elia ed Enoch, discendente di Adamo ed Eva, siano stati portati in cielo da un carro di fuoco, come se fosse stato il Sole stesso a volerli condurre a sé. Guarda caso, una delle possibili etimologie di "Esseni" traduce il termine come "Figli del Sole".

Gli Esseni portavano i capelli lunghi, come i Fratelli delle Stelle quando erano scesi sulla Terra a indicarci la via, e un rosario di 108 grani, tanti quanti quelli dei rosari tibetani e indù, e tanti quanti i fratelli che avrebbero seguito Gesù negli ultimi giorni, tolti i dodici apostoli. (Anche Clelia ne aveva uno, che metteva al collo o arrotolava attorno al polso destro.) Indossavano vesti di lino bianche e, prima di entrare in casa, lavavano mani e piedi con l'acqua di una brocca appositamente posta davanti alla porta, in cortile. Consideravano il venerdì un giorno sacro, poiché dedicato a Venere (detta anche Luna-Sole): era quello il momento per celebrare riti e cerimonie, per eseguire esercizi di respirazione e meditazioni volte a sublimare le energie basse, tramutandole in onde d'amore e di creatività.

I giovani della comunità che mostravano di possedere l'attitudine a sviluppare il dono della guarigione venivano inviati a studiare per sette anni in un monastero sul Monte Carmelo: Gesù era uno di loro. Era giunto in un piccolo villaggio della Galilea al seguito del padre, un uomo anziano che lavorava il legno, e della madre, Myriam. Entrambi erano molto stimati e tenuti in gran conto dal resto della comunità: lui per la saggezza e la bontà, lei per essere stata vestale del tempio di Helios a Gerusalemme, dove aveva condotto una vita casta a guardia di una tradizione le cui origini si perdevano nella notte dei tempi.

Al monastero, i giovani apprendevano che ogni essere umano non possiede un solo corpo, quello di carne, ma tre corpi di luce. Tutti e tre insieme, questi corpi formavano l'aura, che i giovani non iniziati imparavano nel tempo a percepire. Subito avrebbero visto la parte più luminosa, cioè l'ovale che avvolge la testa e che si allunga sulla sommità in una sorta di fiammella. Poi avrebbero appreso a percepire la rete dei nadi e la circolazione del prana, ma anche le ruote di luce (che in Oriente sono chiamate chakra): spirali attraverso le quali l'energia viene convogliata nel corpo. I tre strati dell'aura corrispondono ad altrettanti corpi: il corpo vitale, strettamente correlato alla salute fisica, talmente denso da sembrare quasi materiale; il corpo emozionale, nel quale si riverberano desideri, angosce, turbamenti ed emozioni; il corpo mentale, collegato alla coscienza di ogni uomo. Ciascun essere umano produce di continuo scorie nei suoi corpi di luce, semplicemente ragionando o provando sentimenti. Queste scorie impediscono all'aura di irradiare la sua luce come dovrebbe. Se accumulate, possono causare problemi: ogni malessere a livello del corpo fisico sarebbe infatti generato da un'emanazione negativa del cuore o da un problema animico. Ecco perché per Clelia era così importante mantenere l'aura pulita e rimuovere i blocchi energetici.

I guaritori esseni imparavano a leggere i corpi degli altri, e dunque a guarirli. Potevano intercettare le disfunzioni grazie alle vibrazioni dissonanti che mandavano rispetto al resto del corpo e curare irradiando la parte malata con il proprio corpo di luce. Per fare questo c'erano più tecniche. Una prevedeva l'uso delle mani, in particolare della mano sinistra, che veniva posta prima sul quarto chakra, quello del cuore, quindi a una spanna di distanza dal corpo del paziente; un'altra si basava sull'uso della "voce lattea", resa dolce dalle vibrazioni vivificanti di certe sillabe e parole, pronunciate secondo criteri noti ai soli iniziati. Un po' come faceva Clelia durante le sedute di pranoterapia e quando mi "massaggiava" al telefono scegliendo quale lettera dell'alfabeto ebraico ripetere.

Gesù, dunque. Anche gli Esseni riconoscevano in lui il Messia, il Figlio di Dio. Questa storia contribuiva a riempire anche una lacuna lasciata dai Vangeli, ovvero che cosa fece Gesù dai diciassette ai ventinove anni: Clelia la riempì spiegandoci che, al termine della formazione sul Monte Carmelo, viaggiò fino in India, dove conobbe altri insigni maestri e apprese tecniche di meditazione. Inutile dire che Gesù avrebbe creduto nella reincarnazione e parlato in termini di chakra e di kundalini, l'energia che l'induismo rappresenta come un serpente avvolto attorno alla base della colonna vertebrale, dove si trova il primo chakra. La kundalini avrebbe due facce: da un lato sarebbe la forza materna, con tutte le potenzialità di tramutarsi in coscienza e, dunque, di dare corpo fisico a un'anima; dall'altro una forza destabilizzante, illusoria, collegata con gli elementi oscuri che operano nel cosmo.

Tornato in Galilea, Gesù aveva intrapreso il cammino che l'avrebbe condotto alla crocifissione, portando la parola di Dio. Il suo scopo era diffondere la pace tra gli uomini, creando insieme ai suoi discepoli una rete invisibile di pensieri d'amore e benevolenza, grazie alla quale il mondo avrebbe riscoperto una sensibilità dimenticata e compreso spontaneamente che era possibile vivere altrimenti, in maniera più evoluta. A quel punto, i cuori dell'Umanità e della Terra si sarebbero aperti, avrebbero palpitato all'unisono e la religione universale avrebbe trionfato. Per comodità, Clelia utilizzava il termine "religione", ma ci teneva molto a differenziarlo da "chiesa". Non era parte della missione fondare alcuna "chiesa", con tanto di dogmi e precetti – anche se la nostra setta era l'apoteosi di dogmi e precetti: di chiese ce n'erano già troppe. L'espressione "religione universale" indicava un sistema di credenze, ma non di leggi, che discendevano direttamente dall'amore divino, dalla luce, dalla purezza: era ciò che Gesù aveva chiesto ai suoi discepoli di diffondere, dopo la sua crocifissione, ed era ciò che lei voleva fare. Portare agli altri un pensiero d'amore.

Inviare questo tipo di emozioni nell'universo poteva sprigionare un potere straordinario, del quale non avevamo consapevolezza. Pare infatti che la coscienza possa modificare la materia densa, esistono diversi studi sul tema. Clelia sosteneva che, se un terzo degli esseri umani, nello stesso istante e con la stessa motivazione, avesse emesso pensieri di pace e d'amore, la struttura della materia ne sarebbe stata alterata per sempre, in meglio.

Ne era sicura perché era già accaduto, durante e dopo la Crocifissione. Gesù in quel momento non sarebbe morto, ma avrebbe semplicemente compiuto il suo destino messianico. La sua grandezza stava nell'avere in sé tutta la forza del cosmo, ma anche la debolezza dell'uomo. Accettando di salire sul Golgota, Gesù si era fatto carico di tutti i mali della storia e, al momento della crocifissione, aveva purificato interamente l'anima dell'umanità, inondando il nostro mondo di amore e purezza. Deposto dalla croce, sarebbe stato curato dagli Esseni e dai Fratelli delle Stelle e sarebbe sopravvissuto. La sua sarebbe stata una sorta di "morte iniziatica", come anche quella di Lazzaro: la coscienza si separerebbe dal corpo per tre giorni, durante i quali si unirebbe ai mondi di luce, per poi fare ritorno alla dimensione fisica. Non sappiamo dove sia finito, poi; solo che ha sconfitto la materia bassa, quel pesante, sporco vestito intriso del Demonio che ciascuno di noi è costretto a indossare quando nasce e che rallenta il nostro avanzamento spirituale. Il corpo non era considerato dagli Esseni qualcosa di negativo in sé: costituiva però una sfida per ogni uomo, una prova che il divino ci chiedeva di superare scegliendo la purificazione. Come amava ripetere Clelia: «Solo dalla purezza nasce la libertà».

Dopo la crocifissione, Gesù aveva riunito ventidue discepoli e li aveva invitati a recarsi in Gallia, nel Sud della Francia. Là avrebbero dovuto portare la parola del Signore, ma anche seppellire una coppa, quella che tutti conosciamo come Sacro Graal. Questa coppa era stata affidata a uno dei Ventidue, Giuseppe di Arimatea, con il compito di raccogliervi un po' del sangue che zampillava dalle ferite inferte a Gesù mentre era sulla croce. Gesù non chiedeva di conservare una reliquia, ma l'oggetto era entrato in contatto con le potentissime energie che, in quel momento, erano fuoriuscite dal suo corpo. La coppa, dunque, non era solo il simbolo della coscienza divina che alberga in ciascuno di noi, ma distillava essa stessa un'energia insospettabile: andava sepolta in Francia, dove si avvertiva battere il cuore della Terra.

La Terra aveva infatti un cuore, che risentiva dei sentimenti e delle emozioni di ciascun essere umano. Per questo Clelia ci invitava sempre a tenere alti i cuori e a mandare nel mondo pensieri positivi: tutto ciò che di negativo promana da noi andrebbe ad appesantire e avvelenare il cuore della Terra. Ecco la ragione per cui mi aveva detto che la mia negatività e i miei pensieri d'amore nei confronti del padre di Aurora avrebbero distrutto il gruppo!

Finalmente, tutto era diventato chiaro, tutto tornava: la scelta del venerdì sera per le riunioni, il rosario di Clelia, il suo dono, il colore degli abiti, la richiesta di toglierci le scarpe, di lavarci le mani, di purificarci fisicamente e spiritualmente, il legame tra religioni occidentali e orientali, il messaggio e la via per diffonderlo.

Ciò che eravamo chiamati a fare, come discepoli, era raggiungere i luoghi che il canale ci avrebbe indicato e, lì, sprigionare pensieri di pace. Così facendo, avremmo tessuto una sorta di tela gigantesca e purissima di luce, che avrebbe permesso alla nuova religione universale di irradiarsi nel cuore di ogni uomo. «Il momento è oggi» diceva Clelia. «Perché chi porta la verità dovrebbe essere già vissuto o dover ancora arrivare? Siamo noi, qui e ora, ad avere la possibilità di portare al mondo la verità.» Avevamo il privilegio di vivere accanto a un grande maestro e la possibilità di lasciare un segno profondo e positivo nella storia del mondo: perché non provarci? «Vi resta non la scelta, ma la libertà di avanzare un po' di più» disse Clelia. E noi, tanto per cambiare, la seguimmo completamente incantati.

Per essere all'altezza di questo obiettivo, eravamo chiamati prima di tutto a risolvere alcuni gravi problemi sottili che sporcavano le nostre anime. Il canale ci rivelò che ciascuno di noi sarebbe stato la reincarnazione di un'anima vissuta ai tempi di Gesù. Tutti l'avremmo tradito, tranne Clelia, che era la sua seconda moglie. La prima era naturalmente Myriam di Magdala, cioè Maria Maddalena. Myriam non sarebbe stata affatto una prostituta, come era stata bollata per secoli, ma una donna libera, che mal sopportava le convenzioni dell'epoca. Era un'essena, una guaritrice esperta di oli, la compagna di Gesù, la madre dei suoi figli. L'Apostola degli Apostoli. Con lei Gesù aveva messo al mondo un maschio e una femmina, le cui anime si erano reincarnate in Pietro, figlio di Clelia, e nella sua fidanzata, Sara. Quando Maria Maddalena era partita per la Gallia con gli apostoli e i figli, per trasmettere a quei popoli l'arte del guarire, Gesù si era risposato con un'altra donna, la cui anima si era reincarnata in Clelia. Elena, il canale, sarebbe stata figlia di questa donna e dell'esseno che aveva sposato prima di incontrare Gesù. Giovanni portava addirittura lo stesso nome di allora: era l'evangelista, il discepolo che Gesù amava, l'unico presente sotto la croce e l'unico di noi a non averlo mai tradito. Rimaneva fuori Emanuele, che aveva il destino scritto nel nome: così viene chiamato Cristo nel Vangelo secondo Matteo. Non era lui, però, il Messia: chi avrebbe dovuto guidarci e rivelare al mondo la nuova religione era una donna, ed era naturalmente il maestro.

Non tutti sanno che Gesù aveva due sorelle: una ero io, l'altra era Simona. Il fatto di essere state sorelle in una vita passata ci piaceva moltissimo. Mi piaceva meno ciò che avevo fatto a Gesù… Lui mi adorava, io altrettanto. Per molto tempo l'avevo seguito nel suo percorso messianico, finché non l'avevo rinnegato per amore di un soldato romano che perseguitava gli Esseni. Gesù mi avvertì che quell'uomo non era giusto per me e che la sua anima non si sarebbe mai convertita. Nonostante ciò, persi la testa per questo miscredente al punto da decidere di lasciare mio fratello e la nostra comunità per seguirlo a Roma. Là condussi una vita di amarezze e rinunce: il soldato diede prova di non amarmi davvero, come Gesù aveva previsto, mi trattava male e mi percepiva come una sua proprietà. Grazie alla mia vicinanza e a quella di Gesù, anche lui avrebbe avuto la possibilità di scegliere la luce: l'aveva avuta a quel tempo e in tutte le sue vite successive, ma la sua anima aveva sempre deciso di seguire la sporcizia, la menzogna. Era segnato da Finzione.

Al tempo avevo fatto il pieno di karma negativo: come si sconta un peccato del genere? Lontano dal mio mondo, in una terra che non parlava la mia lingua e non credeva nel mio Dio, avevo vissuto in totale solitudine, visto che dal soldato romano non ebbi figli. Troppo orgogliosa per fare marcia indietro e cercare l'aiuto di mio fratello, rividi Gesù solo sulla croce. Ero là, in lontananza, con il cuore a pezzi e un senso di colpa straziante, che divenne il fil rouge di tutte le mie vite successive. Avevo profondamente danneggiato allora anche il mio femminile, per non aver avuto il coraggio di aprire il mio cuore al messaggio di Dio. Su entrambi gli aspetti non a caso il maestro mi aveva spesso invitato a riflettere e a lavorare.

Il compito della mia anima era sempre stato ed era nella vita presente quello di imparare ad ascoltare il cuore e a compiere le scelte giuste. Grazie all'incontro con Clelia avevo accettato di progredire nella luce: era un primo passo. Se avessi continuato su questa strada avrei pulito definitivamente il mio karma. Se mi fossi fermata e avessi lasciato la setta, be', sarei ripiombata nel buio assoluto per l'eternità. Mi sarei ammalata e sarei morta, e lo stesso destino del mio corpo mortale avrebbe colpito la mia anima, che si sarebbe dissolta nel vuoto come se non fosse mai esistita. Era la mia ultima possibilità, un'ottima possibilità se solo non l'avessi sprecata: grazie all'antica parentela con Gesù mi era stata data l'opportunità di portare il messaggio, comunicando con le masse. Questo privilegio significava che le energie verticali riconoscevano l'esistenza della luce nella mia anima: dovevo solo proseguire nel cammino per non smarrirla, e lei sarebbe venuta a galla, liberandomi per sempre dall'odioso tradimento che avevo commesso.

Percepivo Clelia come la mia salvatrice. Grazie a lei avrei potuto lavare via anche un peccato come quello che avevo commesso, talmente enorme e orribile da non riuscire a immaginarlo. Secondo lei ci erano volute tante vite per condurmi fino a questo punto, ma purificarmi era alla mia portata: dovevo solo accettare di portare a termine le missioni che mi sarebbero state affidate.

Le missioni

La prima di noi a vedersi insignita del compito di eseguire una missione fu Veronica. Dovette andare a Cisterna di Latina, al Giardino di Ninfa. Scattò delle fotografie: era un posto meraviglioso. Il giardino si sviluppa attorno a un laghetto sulle rive del fiume Ninfa. Un tempo lì si trovava una cittadina medievale, della quale erano visibili i ruderi, sorta a sua volta su un tempio classico dedicato alle Ninfe. Il parco era gestito da un signore appartenente all'ordine dei cavalieri Templari, e non era un caso: tra le varie rovine, una apparteneva a una chiesa sconsacrata. Sprigionava particolari energie che Veronica avrebbe dovuto assorbire e riportare a Milano, per condividerle con il resto del gruppo.

Della seconda missione si incaricò Clelia stessa. Era particolarmente gravosa, quindi partì con altri adepti al seguito. Erano i primi giorni di luglio. Andò a Roma, con due obiettivi: parlare con il papa e liberare delle anime.

La missione venne preparata minuziosamente durante una lunga serie di riunioni. Il canale diede istruzioni precisissime: per liberare le anime Clelia avrebbe dovuto recarsi in piazza San Pietro, vestita di verde. Lì, si sarebbe inginocchiata sulla sola gamba sinistra, tenendo il ginocchio destro alzato, e avrebbe tenuto le mani giunte. Gli altri adepti si sarebbero disposti intorno a lei in cerchio. Lei avrebbe pregato e, grazie al suo sforzo, tante anime intrappolate sulla Terra avrebbero potuto ricongiungersi con il divino. In quell'occasione scoppiò un incendio dalle cause sconosciute in un capannone occupato al Prenestino: Clelia ci spiegò che erano stati gli spiriti negativi a reagire in quel modo alle sue azioni. Per lei era stata dura, aveva avvertito la presenza di ogni singola anima, ma per fortuna era riuscita a liberarle. Non ricordo esattamente come andò con il papa: mi pare che avesse una sorta di appuntamento, o che fosse in lista per un'udienza, ma so per certo che venne fermata prima di intercettarlo e che non lo vide mai.

Le missioni alle quali partecipai io avvennero d'estate, in agosto, mentre Auri era in vacanza con il papà. A quelle precedenti non avevo potuto prendere parte per una ragione molto pratica: avevo sempre qualche paparazzo alle calcagna e Clelia non poteva permettersi di essere colta in flagrante durante lo svolgimento di qualche cerimonia sospetta. La soluzione, dunque, era semplice: lasciamo Michelle a casa.

Prima che ricevessi anch'io un incarico, però, Simona uscì dalla setta.

Il marito, dal quale era separata e con il quale condivideva l'affidamento dei figli, osservava impotente il trasformarsi di quello che inizialmente sembrava essere niente più di un percorso spirituale in una sorta di prigione che toccava ogni ambito della sua vita.

Benché fossi rappresentata dalla Tuenda, il mio lavoro si svolgeva al di fuori dall'agenzia, negli studi televisivi, su set fotografici, nei teatri. Non ero mai sola, con me c'erano sempre Emanuele oppure Giovanni, ma mi rapportavo anche con altri. La sera, quando arrivavo a casa, ero sola con Aurora e Giovanni. Prendevo fiato. A volte Auri e io passavamo i pomeriggi con Simona e i suoi bambini. Già io avevo scarsi spazi di autonomia, ma lei ne aveva ancora meno da quando aveva accettato di collaborare con la Tuenda. Si era trovata a dover obbedire continuamente a qualcuno della setta: a Clelia per tutto ciò che riguardava la sua anima, a Emanuele, Giovanni e Pietro sul lavoro. Era in servizio ventiquattro ore al giorno: per il maestro come massaggiatrice, come donna delle pulizie e persona incaricata di svolgere commissioni, per la Tuenda come tuttofare. Come il padre di Aurora, anche il marito di Simona era comprensibilmente insospettito da ciò che accadeva nel gruppo e che nessuno di noi raccontava all'esterno. Ricorse a un avvocato, Simona a sua volta ne consultò un altro. Fu lui a spiegarle, senza mezzi termini, che stava mettendo seriamente a rischio l'affidamento congiunto dei bambini. Non perse un secondo: telefonò a Clelia dallo studio legale, di fronte all'avvocato, ordinandole di non contattarla mai più, neanche per errore. «Da oggi non considerarmi. Non mi telefonare, non mi scrivere, ignorami: comportati come se non fossi mai esistita» chiosò. Clelia naturalmente provò a recuperarla in diversi modi, promettendole amore e serenità, ma Simona non cedette e, letteralmente, scomparve.

Per la setta fu un colpo, per me un dramma. Loro avevano perso una persona capace di muovere le montagne (fisicamente, ma non solo), di risolvere qualsiasi problema si presentasse in agenzia o in altri ambiti; io avevo perso la mia migliore amica, colei che consideravo mia sorella, indipendentemente dalle parentele messianiche. Simona per me è tuttora fondamentale, allora lo era ancora di più. Le nostre figlie si adorano, io adoro lei. Abbiamo un legame familiare. Se una è triste, l'altra sa il perché senza che ci sia bisogno di parole. Ridiamo di cose stupide e semplici, e questo all'epoca ci permetteva di evadere dai nostri rispettivi drammi esistenziali e matrimoniali. Condividere il percorso spirituale, se possibile, ci aveva unito ancora di più: quando ci interrogavamo o ci raccontavamo sensazioni e riflessioni, tutto acquisiva un'aria di normalità.

Siccome non frequentavo nessuno al di fuori della setta, scoprire che lei non ci sarebbe stata più mi avvilì. Fine delle risate, fine della familiarità, pietra tombale sugli affetti incondizionati.

Uscita dallo studio legale, Simona mi cercò per spiegarmi l'accaduto. La capii. Ero dispiaciuta e preoccupata per lei, per la sua situazione ma anche perché Clelia l'aveva avvertita che, se avesse interrotto il cammino al suo fianco, sarebbe morta. L'ipotesi di perderla era raggelante: non poteva accadere, non doveva accadere. Mi ripromisi di fare tutto ciò che era possibile per aiutarla ed esserle comunque vicina. «Ho già perso mia madre, non voglio perdere anche te» le dissi. Tempo dieci giorni, avevo smesso di accettare le sue chiamate. La sola idea di parlarle era una tentazione che dovevo cancellare a tutti i costi, pena il venire contaminata da Finzione.

Clelia mi fornì una versione alternativa. Simona mi aveva mentito. E non poteva essere altrimenti, visto che la sua amicizia nei miei confronti era interessata. Teneva a me solo in funzione del mio lavoro: gliel'aveva confessato lei stessa anni prima. Clelia non me l'aveva riferito per risparmiarmi una sofferenza. Simona non se ne era andata: era stata mandata via perché aveva le mani sporche. La sua mancanza di disciplina non le permetteva di risolvere uno dei suoi principali problemi, che riguardava la materia e l'energia-soldi, e dunque accumulava scorie su scorie a livello animico. La accusò di avere rubato dal conto della Tuenda. In quell'occasione, mi disse, si era resa conto che tutta la benevolenza del mondo non sarebbe stata sufficiente per consentirle di evolverle spiritualmente. In quel momento, poi, il disegno ci chiedeva un cambio di passo e Simona non era all'altezza. Dunque, l'unica possibilità era stata allontanarla, affinché non trascinasse in basso tutto il gruppo. Anche in questa occasione Clelia aveva manipolato una verità di fondo, tramutandola in un drago a tre teste. Simona aveva effettivamente le mani bucate e un amore smisurato per lo shopping. Clelia l'aveva notato e nel tempo aveva sfruttato questa sua caratteristica in maniera pretestuosa. Se voleva alleggerire il suo problema con il denaro e sbloccare le sue energie, Simona avrebbe dovuto spendere, ma non per sé: per la setta. Acquistando ciò che Clelia le ordinava. Quando uscì, era indebitata per diverse migliaia di euro, che aveva sborsato per libri, un'automobile, persino un divano, nonché per mantenere Elena di tutto punto.

Non ci sentimmo per diversi mesi. Lei provava a chiamarmi, Giovanni o Emanuele respingevano i suoi tentativi, eliminandone ogni traccia. Anche il telefono di casa era un vicolo cieco: Giovanni era molto spesso a casa mia e rispondeva al mio posto. Se Simona provava a cercarmi di sera, ero io a scegliere di non farmi trovare. Vedendo il suo nome comparire sullo schermo del cellulare mi commuovevo all'istante, ma ero troppo invischiata nella tela del ragno per decidere di aprirmi.

Ci parlammo di nuovo a dicembre, quando avevo ormai lasciato Giovanni. Mi svegliai a causa degli squilli del telefono fisso, risposi mezza imbambolata e sentii la sua voce. Il cuore cominciò a battermi all'impazzata. Una parte di me era felice, l'altra spaventata. È stranissimo il meccanismo di difesa che scatta quando sei in preda al tuo carnefice.

Simona mi disse: «Mich, sto benissimo! Non sono morta, non mi sono ammalata, non mi è successo niente di brutto. Fidati, fuori c'è il mondo! Non sono tutti cattivi e inquinati… È come aprire la finestra e prendere una boccata di ossigeno». Non volevo ascoltarla. Fu una scelta completamente irrazionale: sapevo che Simona era mia amica, non avevo il minimo dubbio sul fatto che mi volesse bene, non credevo che fosse una ladra, ma ero davvero terrorizzata al pensiero di morire, se fossi uscita dalla setta. Era strano che a lei non fosse ancora successo, ora che se n'era andata, ma doveva essere solo questione di tempo. Mentre Simona mi invitava a guardare oltre quell'esperienza, a riappropriarmi della mia vita, io ritenevo sporca e contaminante la sola ipotesi. Se avessi accettato di ragionarci su, sarebbe stato come ammettere di aver combattuto per niente. Di aver trascorso gli ultimi tre anni (tre anni!) nel più grande errore. La mia sofferenza, i miei sforzi, la paura e le rinunce: tutto sarebbe stato vano. Non potevo accettarlo. Non so se provi sentimenti analoghi chi è affetto dalla sindrome di Stoccolma, che colpisce chi viene rapito spingendolo ad affezionarsi al proprio sequestratore, ma è indubbio che in quel momento – di fronte alla scelta tra la mia amica e il mio carnefice – decisi di volgermi ancora una volta al ragno.

Replicai fredda: «Se mi vuoi bene come dici, rispetti la mia scelta e mi lasci stare». Era una frase che esigeva una sola risposta: «Va bene». E fu quella che ebbi.

Ne parlai con Clelia, che lodò il mio stoicismo: avevo superato la prova che mi si era presentata, avevo resistito alla manipolazione. «Brava, amore» mi disse. «Oggi è il giorno in cui hai accettato di toglierti la corazza per toccarti il cuore: prendilo, è tuo.»

Nel 2004 Aurora trascorse con me il mese di luglio e quello di agosto con il papà. Mentre era via, partii con la mia nuova famiglia per il Sud della Francia. Potevamo passare per un gruppo vacanze: nessuno sapeva che ci stavamo apprestando a compiere una missione ardua, riservata solo ai più predestinati tra i predestinati, a chi aveva scelto di purificare la propria anima fino in fondo.

Avremmo fatto base nella grande casa di una persona del gruppo, nell'entroterra di Saint-Raphaël, una quarantina di chilometri a ovest di Cannes. Elena, insieme a Sara e ad altre adepte, si era avviata per prima: avevano il compito di pulire e disinfettare perfettamente tutti gli ambienti, in particolare la camera e il bagno che avrebbe utilizzato il maestro. Io fui tra gli ultimi ad arrivare, insieme a Giovanni: fuggimmo da Milano alle tre e mezza del mattino, per evitare paparazzi, occhi e orecchi indiscreti.

Dopo sei ore di autostrada raggiungemmo finalmente una villa di campagna strepitosa – come si confaceva a un'esteta come Clelia. Da lì, saremmo partiti tutti insieme per diverse destinazioni, dove avremmo svolto i nostri compiti. Ci fu assegnata una stanza. Durante la nostra deliziosa cena a base di quinoa e pomodorini cominciammo a discutere del giorno dopo. Eravamo tutti molto puliti, magrissimi e poco spumeggianti. L'atmosfera in casa era austera: eravamo concentrati sulle missioni, nessuno voleva rompere quell'incantesimo se non con il favore di Clelia. Per fortuna, alcune delle persone più bersagliate dalla necessità di accumulare karma positivo, come Sara, cominciarono a prendersi in giro. Clelia rideva sempre quando qualcuno si lamentava per il fatto di aver dovuto strofinare bagni o sgrassare pavimenti, oppure per le privazioni alimentari. Ricordo di aver raccontato che in autogrill mi era venuta l'acquolina di fronte a un croissant scongelato e probabilmente vecchio di qualche giorno che, però, a me era sembrato così croccante fuori e soffice dentro, così dolce, così francese... Niente, l'avevo lasciato al suo posto e mi ero bevuta un succo di frutta senza zuccheri aggiunti. Forse per questo – o perché anche il maestro aveva i suoi raptus di fronte ai dolci francesi – qualche giorno dopo ci venne concesso di mangiare una crêpe. Era minuscola, una mezza porzione, ma era pur sempre una crêpe! Avrei divorato tutti gli ingredienti così com'erano e l'intero carretto dell'uomo che ce la preparò, ma essendo ligia mi trattenni. Ricordo ancora la goduria infinita di poter finalmente mettere sotto i denti questa cosa morbida e buonissima, piena di latte, burro e cioccolato... È stata la crêpe più buona della mia vita.

Saint-Raphaël era un punto strategico: distava poco da numerosi luoghi dove si narra che abbiano predicato Maria Maddalena, gli apostoli partiti insieme a lei e i suoi figli – la discendenza di Gesù – che la leggenda vuole siano vissuti proprio in Francia. Non voglio spezzare una lancia a favore di Clelia, ma va detto che questa storia ha ispirato movimenti di pensiero, logge segrete, scrittori, sceneggiatori, registi, pittori e artisti di tutte le epoche, a testimonianza del fatto che Myriam di Magdala muove sentimenti forti e contrastanti. Indubbiamente, al di là delle manipolazioni della setta, fino a che punto Gesù fosse un uomo e l'eventualità di una stirpe che faccia capo a lui è un tema affascinante.

Ci svegliavamo presto al mattino, facevamo

una colazione molto leggera, pregavamo, poi partivamo per le missioni. La sera ci riunivamo attorno a una candela bianca e a Clelia, che induceva Elena a canalizzare e a "darci le pagelle" del giorno: era andato tutto bene? Qualcuno poteva migliorare sotto qualche aspetto? Qualcuno aveva trasgredito?

Uno dei primi luoghi che visitammo fu La Sainte-Baume, a venticinque chilometri da Saint-Raphaël. Si narra che Maria Maddalena, dopo aver portato la parola di Gesù in diversi luoghi, si sia ritirata lì e abbia vissuto in eremitaggio in una grotta per gli ultimi trent'anni della sua esistenza. Lì sarebbe morta, vecchissima, e lì il suo corpo avrebbe ricevuto una prima sepoltura "ufficiale", a opera degli abati del Priorato della Sainte-Baume, che vegliavano sui luoghi santi dove Maria Maddalena aveva vissuto e ne tenevano vivo il culto.

La grotta, naturale, è stata scavata dall'erosione in tempi antichissimi circa a metà di una parete rocciosa praticamente verticale. Il sentiero per raggiungerla attraversa una fitta foresta dai profumi mediterranei e termina con una scala di ben centocinquanta gradini, che conduce all'accesso del santuario dedicato alla santa. Il Priorato prima e i Domenicani poi edificarono il sito, erigendo un portale e coprendo la grotta con una facciata. L'aria familiare di queste strutture, con mattoni a vista e bifore finemente decorate, non intacca di un millesimo lo stupore che si prova entrando nella grotta. Dentro, il freddo è intenso, come l'oscurità, tagliata solo da lame di luce colorate che filtrano attraverso le vetrate. Benché siano presenti alcuni arredi sacri e numerose statue della Maddalena, la grotta rimane un luogo di intima comunione con la natura. Le pietre – gelide e lisce per i tanti pellegrini che le hanno calcate – sembrano parlare. E così l'acqua, che filtra dalle pareti e dal soffitto e cade sul pavimento in grosse gocce.

Seduti sulle panche e sugli inginocchiatoi, prestammo orecchio al racconto di Clelia.

Ci parlò di Myriam di Magdala, l'Apostola degli Apostoli, che ricevette da Gesù la Conoscenza. Nelle vetrate, la figura femminile rappresentata compare sempre con un vaso accanto o in mano: sarebbe il simbolo del sapere divino, affidato a questa donna direttamente dal Figlio di Dio dopo la Resurrezione. Secondo alcuni il calice, dunque il Sacro Graal, non sarebbe tanto una coppa, quanto la Conoscenza che ciascuno di noi era chiamato a cercare e a scoprire in sé. Clelia ci invitò a spingerci oltre per trovare il nostro calice, riconoscerci esattamente per ciò che eravamo e accendere la scintilla divina che serbavamo nel cuore.

L'acqua che sentivamo scorrere era la stessa che Myriam avrebbe sfruttato per ottenere oli medicinali. Gli Esseni curavano infatti grazie agli oli, sostanze fluide a sufficienza per penetrare nella materia densa e sottili a sufficienza per assumere su di sé proprietà curative. La leggenda racconta che Maria Maddalena abbia tramandato ai popoli che vivevano in Gallia la sua sapienza e che sia riuscita a creare proprio lì l'Olio perfetto, una sostanza capace non solo di guarire ma anche di portare la parola di Dio. Il rimando all'acqua non era un caso: è l'elemento femminile della materia, e la Maddalena del femminile è l'icona per eccellenza. Clelia mi invitò a meditare per superare i miei squilibri, e rimasi per diverso tempo raccolta in preghiera.

Fra le altre tappe di quel viaggio ricordo la basilica nel centro di Saint-Maximin, dedicata sempre alla Maddalena. Nella cripta, minuscola e fiocamente illuminata, sono conservati cinque sarcofagi: quello che funge da altare apparterrebbe alla santa. È sormontato da un reliquiario contenente il suo teschio e un brandello della pelle della fronte, che Gesù avrebbe accarezzato il mattino della Resurrezione. Visitammo anche un'altra chiesa nelle vicinanze, della quale non ricordo il nome, dove sarebbe conservato uno dei chiodi che trafissero Gesù sulla Croce.

Di giorno e di sera, prima e dopo le riunioni, ci veniva chiesto di meditare e assorbire le energie positive del luogo: il nostro scopo ultimo era purificarci dai peccati commessi nella vita al tempo degli Esseni e alleggerire finalmente le nostre anime da quel fardello.

La missione più importante richiese un viaggio lunghissimo. Raggiungemmo Oradour-sur-Glane, un paesino vicino a Limoges, nella regione del Limousin, a più di sette ore di auto da Saint-Raphaël. La mattina partimmo prima dell'alba, suddivisi in due automobili. Viaggiavo con Emanuele, Clelia, Giovanni ed Elena. Lungo la strada Elena canalizzava e forniva istruzioni su come avremmo dovuto affrontare la giornata. A un certo punto, dopo ore di viaggio, ci chiese di alzare gli occhi al cielo e di leggere i segnali: casualmente, le nuvole si erano allineate a formare una striscia e indicavano la direzione che stavamo percorrendo. Parlammo per tutto il tempo degli Esseni, di Gesù, delle vite passate, della missione che stavamo per compiere: mai come allora mi sentivo parte di un disegno divino sublime. Avevo pagato un prezzo alto ma ero lì, a un passo dalla purificazione.

Oradour-sur-Glane è stato teatro di un terrificante massacro nazista. Nel 1944, dopo lo sbarco in Normandia, le truppe tedesche ricevettero l'ordine di convergere sulle coste nordoccidentali. Alcune compagnie partirono da Sud e attraversarono il Limousin, affrontando e reprimendo rivolte partigiane. Uno dei comandanti tedeschi cadde vittima di un'imboscata e qualche giorno dopo, per ripicca, il suo battaglione sterminò letteralmente tutti gli abitanti del villaggio di Oradour.

Ordinarono alla popolazione di riunirsi nella piazza principale, apparentemente al solo scopo di verificare i documenti. Gli uomini vennero gambizzati e intrappolati nei granai: quando non furono più in grado di muoversi, le ss diedero fuoco ai granai. Donne e bambini furono chiusi in chiesa, e anche quella venne data alle fiamme. Morirono più di seicento persone, nessuna delle quali apparteneva alla resistenza francese. Il villaggio venne saccheggiato e distrutto. Oggi, per volontà di Charles de Gaulle, è una sorta di museo a cielo aperto degli orrori della guerra. Non c'è edificio che non sia in rovina. Le automobili degli anni Quaranta sono state lasciate dov'erano quando sono andate a fuoco. La natura – l'erba, gli alberi – si sta riprendendo ciò che era suo e colora di verde ogni spazio che non sia stato asfaltato. È un luogo di grande fascino, benché un fascino macabro.

Clelia ci raccontò che la storia ufficiale non svelava tutta la verità e lasciava alcune domande irrisolte. Perché i nazisti, per quanto crudeli, decisero di sterminare un intero villaggio a fronte della morte di un solo ufficiale? Perché quel massacro avvenne nell'Oradour sbagliato? Il comandante nazista, infatti, sarebbe stato ucciso a Oradour-sur-Vayres, a circa venticinque chilometri di distanza – imprecisione non da poco. A spiegare la furia con la quale le ss si accanirono contro questo villaggio è una teoria della quale Hitler era seguace. Il Führer era ossessionato dall'esoterismo, dai misteri, dall'occulto. Inviò uomini in mezzo mondo alla ricerca di oggetti come la lancia di Longino (che, secondo la leggenda, trafisse il costato di Cristo mentre era sulla Croce) o l'Arca dell'Alleanza, la cassa di legno che avrebbe contenuto le Tavole della Legge. Ciò che desiderava più di ogni altra cosa, però, era il Sacro Graal, perché una superstizione vuole che al suo possessore venga concessa l'invulnerabilità. Sembra che, dopo lunghe ricerche, Hitler fosse certo di averlo individuato a Oradour. Si dice che le ss distrussero il paese e ne sterminarono la popolazione convinti che i cittadini volessero nasconderlo.

Comunque sia andata, quei luoghi sprigionavano una palpabile energia negativa. Il nostro compito era purificarli con l'ausilio della preghiera e della meditazione. Clelia ci condusse subito alla chiesa, dove erano morte centinaia di persone. Si inginocchiò al centro, su un pavimento dissestato, di fronte allo spoglio altare di pietra. Sopra di noi, il cielo: il tetto era crollato e potevamo sentire l'aria accarezzarci il volto e i capelli. Giunse le mani. Noi ci disponemmo in cerchio intorno a lei e la sentimmo intonare canti e preghiere in una lingua antica e dolce. Raggiungemmo poi una delle navate laterali, ancora coperta dalle arcate superiori. Lì, in penombra, cominciammo la nostra riunione. In un momento di grande intensità, il canale annunciò che avrebbe rivelato poco a poco ulteriori dettagli delle vite passate di tutti gli adepti, per aumentare la nostra consapevolezza sul percorso che stavamo compiendo. A me ripeté che ero la sorella di Gesù e che l'avevo tradito nel modo orribile di cui mi aveva già parlato, scappando lontano da lui al seguito di un soldato romano. Caso mai le coincidenze non mi fossero state fino a quel momento sufficientemente chiare (soldato romano, come Eros; posseduto da Finzione, come Eros; aveva avuto l'occasione di redimersi ma l'aveva sprecata, come Eros), il canale esplicitò che l'anima di quel soldato romano riviveva proprio in quel momento storico. Nel corpo di chi? Ma di Eros, naturalmente!

«So che quanto sto per dirti ti traumatizzerà» precisò «ma devi saperlo per salvare la tua anima.» Sembrava che la sua anima e la mia fossero quelle che si definiscono "anime compagne", versione esoterica delle anime gemelle: anime originariamente parte di un unico essere in cui femminile e maschile si bilanciavano perfettamente, poi separate da forze divine, quindi costrette a viaggiare insieme nel tempo, in cerca una dell'altra di epoca in epoca. Non per caso ci eravamo conosciuti in questa vita, ma perché il nostro era stato l'ennesimo incontro karmico: nelle vite precedenti ci eravamo già conosciuti e sposati diverse volte, continuando a rinascere e a incrociare i nostri destini perché incapaci di non commettere gli stessi errori. Lui sbagliava perché era segnato da Finzione, io per amore suo. Affinché non me ne dimenticassi, mi ripeté anche che mia madre era una bomba di energie negative. Intorno avevo avuto solo il Male, in tantissime forme. La vita che stavo vivendo era la mia occasione per comprendere e scegliere la luce: grazie a Clelia avevo imboccato la strada giusta, ma dovevo tenere duro. Altrimenti la mia anima sarebbe morta per sempre. Potevo decidere: o la condanna eterna al nulla o (finalmente) la redenzione di peccati millenari.

Per i Romani una delle pene peggiori era la *damnatio memoriae*, riservata ai nemici di Roma. Consisteva nella cancellazione del ricordo di una persona e nella distruzione di qualsiasi traccia potesse tramandarla ai posteri. Non lasciare nessun ricordo sarebbe come non essere mai esistiti, giusto? Allo stesso modo, scomparire senza nessuna possibilità di ritorno o di perdono, che destino è? Chi vorrebbe questo per sé? Soggiogata da questa visione, avevo il terrore di una simile prospettiva. Non sarebbe stato possibile per me immaginare di sfidarla, non allora. Anche perché il disegno stava per compiersi e – per quanto comprendessi che avrei sempre avuto bisogno di una guida – nella mia ingenuità credevo che avrei presto risolto i miei problemi più gravi e, quanto meno, avrei salvato l'anima.

Uscimmo dalla chiesa piangendo, e piangendo ci dividemmo nei due gruppi secondo quanto ordinato dal canale. Solo sette di noi oltre al maestro, infatti, avrebbero potuto essere messi al corrente della successiva missione che avremmo dovuto affrontare. Mi accodai a Clelia, Emanuele, Elena, Giovanni, Pietro e altri due adepti e ci avviammo lungo il crinale di una collina nei dintorni. Era pomeriggio, faceva caldo, non avevamo mangiato, ero stanca per il viaggio e tutto quel camminare: mi sentivo debole fisicamente, oltre che psicologicamente. Mentre mettevo un piede davanti all'altro, mi chiedevo se sarei stata in grado di sopportare le nuove sfide che mi si ponevano. Avevo una cistite emorragica. Sanguinavo, sudavo freddo, avevo l'impressione che le gambe non mi avrebbero retto ancora per molto. Avevo chiesto giorni prima di poter chiamare un medico, ma il canale aveva attribuito la malattia non tanto alla debilitazione del mio sistema immunitario, quanto a uno squilibrio del femminile. Non avendo ancora risolto quel problema, un accumulo di scorie a livello del primo chakra si era riverberato sulle mie vie urinarie. Era una prova. Se volevo mantenermi pura, dovevo superarla senza prendere medicinali. Così, avevo rinunciato al medico e mi ero tenuta il dolore. Inspiegabilmente, ero certa che, se fossi stata male davvero, chi mi voleva bene mi avrebbe aiutato. Ma che cosa significava per me allora "stare male davvero"? Dove pensavo che fosse il limite?

Sulla cima del colle, al termine di un percorso infinito, senza ombra né acqua, interrotto da decine di tappe per meditare, il canale dichiarò che la sera stessa avremmo dovuto tenere una riunione molto speciale. Noi otto eravamo stati convocati lì per prepararci a quanto sarebbe accaduto. Non saremmo dovuti crollare né arretrare di fronte a ciò che ci aspettava. Una delle adepte, Erica, era posseduta dal Maligno. Non c'era altro modo per liberare la sua anima se non praticare un esorcismo. Clelia era chiamata a questo alto compito, noi ad assisterla, rafforzando i suoi poteri grazie alle nostre energie positive.

Erica era una ragazza bellissima. Molto magra, piccolina, aveva le movenze di una ballerina di danza classica e l'aspetto etereo delle fate: aveva lineamenti delicati, carnagione lattea, corti capelli neri. Sembrava potesse rompersi da un momento all'altro, e forse era proprio così: era molto vulnerabile, sensibile, impressionabile. Completamente vittima degli insegnamenti della setta e di Clelia, che la ricambiava mettendo in atto i soliti sistemi di ricatto emotivo, veniva additata da sempre come un'anima segnata: pareva che in una delle vite precedenti avesse commesso un peccato talmente grave da non poter essere rivelato se non a lei stessa. Per emendarsi, il maestro la costringeva quotidianamente a svolgere compiti umilianti, che lei eseguiva senza fiatare. Spesso durante le riunioni piangeva, soprattutto quando Emanuele o Clelia la redarguivano per la sua supposta inettitudine o per l'enorme, inemendabile errore che nel passato aveva commesso. E ora questo: benché avesse accettato di camminare nella luce, Erica non riusciva a evolvere non tanto perché era segnata o aveva dentro di sé Finzione, ma perché era posseduta. Era il momento per il maestro di liberarla.

Non ho ricordi del viaggio di ritorno, penso di aver dormito. So che era notte fonda quando ci riunimmo tutti nel salone della casa di Saint-Raphaël. Clelia ed Emanuele si ritirarono per qualche minuto in privato, quindi ci raggiunsero. Lei indossava, come spesso accadeva, la sua tunica bianca e il rosario al collo. Tutti questi particolari avevano acquisito in quei pochi giorni un senso nuovo: la dimensione spirituale permeava tutto, vestiti, profumi, la mia storia, quella degli altri adepti. Ero spaventata – la parola "esorcismo" incute un certo timore, giusto? – ma mi sentivo al sicuro. C'era Clelia a proteggerci. C'erano le energie verticali. Con lei, con il canale al nostro fianco, non ci sarebbe successo niente.

Il maestro cominciò a pregare. Fu Emanuele quella volta a pronunciare la frase: «Il canale è pronto». E aggiunse: «Sta per accadere qualcosa che potrebbe segnarvi. Siate pronti».

Elena canalizzava un'energia che fu attribuita allo Spirito Santo.

Ero seduta accanto a Erica. Il canale ordinò: «Vieni fuori. Palesati. Vieni fuori».

Erica cambiò faccia. Il corpo era il suo, ma ad abitarlo non era più lei. Divenne brutta, rossa in volto, digrignò i denti. Contorse il collo, aveva spasmi ovunque: alla bocca, alle braccia, alle gambe. Urlava in una lingua incomprensibile, con una voce che non poteva essere di donna, né tantomeno la sua. Mi rendo conto che possa sembrare folle, ma so cosa hanno sentito i miei sensi: quell'odore me lo ricordo ed era un orribile odore di capra, talmente intenso da ferirmi le narici. Erica si mise a quattro zampe, cominciò a bestemmiare, a insultare, a provocare. Mentre il canale le era addosso e pregava con Clelia, mentre noi – pallidi e sconcertati – pregavamo a nostra volta, prese a saltare per la stanza. Gambe e braccia si muovevano come se appartenessero a un fantoccio, non a un essere umano.

Si vedeva il dolore. Non solo per le urla, per le lacrime, per i muscoli attraversati da spasmi. Era come se il dolore dell'anima fosse emerso e si fosse impresso sullo strato più superficiale della pelle.

Quando il canale decise di fermarsi, Erica svenne, Clelia recitò qualche preghiera e la riunione finì. Qualcuno la prese in braccio e la portò nella sua stanza.

Mi rintanai nella mia insieme a Giovanni, incerta se raccontargli che me la stavo facendo addosso. E non parlo della cistite. Era troppo per una sola giornata: la traccia energetica negativa lasciata da un massacro nazista, chiese sconsacrate, cripte grondanti reliquie, Maria Maddalena e il femminile dappertutto, gli Esseni, la storia mai raccontata di Gesù, la mia vita precedente al suo fianco, il mio orribile tradimento. E ora questo: la puzza di capra, la voce di un uomo in bocca a una donna, quei salti, quei movimenti, quelle torsioni. Era troppo. Ci stavamo spingendo troppo oltre.

È stato allora che ho cominciato a provare nei confronti di Clelia un sentimento che nemmeno immaginavo potesse infiltrarsi nel nostro rapporto: la paura.

Quello non era più un percorso spirituale: era il delirio di onnipotenza di due persone che, insieme, credevano di poter dominare il mondo materiale e quello sottile. Intuivo che un nuovo disegno stava prendendo forma e non ero più certa di volerne fare parte.

L'inizio del cambiamento

L'esordio a "Striscia la Notizia" fu esplosivo, emozionante, esaltante. La prima puntata andò in onda il 27 settembre del 2004: avevo la pelle d'oca per l'agitazione e la gioia. Insieme a me, dietro le quinte, l'immancabile Emanuele.

Benché con Ezio Greggio fosse scattata subito una scintilla artistica e la natura stessa del programma richiedesse una buona dose di improvvisazione, volevo essere preparatissima per giocarmi quell'occasione al meglio. Così, mentre *Love Bugs* andava in onda e facevo la spola con la Germania per la nuova edizione di "Deutschland sucht den Superstar", passavo le giornate divisa tra Aurora e un mare di pagine da studiare per prepararmi.

Avevo cominciato a raffreddarmi leggermente nei confronti della setta. Clelia, sospettando che non mi sentissi più a mio agio come un tempo, mi aveva rassicurato in tutte le maniere. Mi aveva detto che il nostro era un percorso nella gioia, «e la gioia non può mai generare violenza». Mi aveva spiegato che avremmo dovuto intraprendere altre missioni, che la mia anima non aveva ancora ripulito il suo karma, ma che potevo stare tranquilla: gli importanti passi avanti che stavo compiendo a livello professionale non erano altro che i frutti del percorso spirituale intrapreso al suo fianco.

Emanuele, per suo conto, mi chiariva ogni giorno che avevo raggiunto quel risultato solo grazie a lui, alle sue intuizioni e alla sua abilità. Se mi avesse abbandonato sarei scomparsa in un secondo dal piccolo schermo, ignorante, stupida e insignificante com'ero.

Ero terrorizzata. Per ciò che avevo visto in Francia. Per la faccia e la voce di Erica. Per quell'odore di capra. Per Emanuele e le sue minacce. Al pensiero di rimanere effettivamente sola. Ero terrorizzata all'idea di restare e a quella di andarmene. Ero sicura che sarei morta, se avessi interrotto il percorso.

In diverse interviste rilasciai intenzionalmente dichiarazioni riguardo a mia madre, affermando che "per lei le porte erano sempre aperte". Era un tentativo di mandarle un segnale, un sos. Ai miei occhi era una richiesta di aiuto rossa e lampeggiante: mi rendo conto che sia difficile da credere, ma nella situazione in cui ero davvero non avrei potuto fare di più. Ero talmente abituata a ragionare con le regole imposte dalla setta che, dopo anni di gelide dichiarazioni su mia madre, pensavo che bastasse una frase più accogliente perché lei montasse in sella a un cavallo bianco e venisse a liberarmi. Non è successo.

Se le mie speranze erano state deluse, la certezza di ricevere una punizione fu invece puntualmente confermata. Emanuele non poteva credere che avessi alzato la testa in quel modo e si applicò con diligenza certosina nell'abbattere la mia autostima. «Chi ti credi di essere, eh? Senza di me non sei niente. Niente. Senza di noi saresti completamente sola, perché fai schifo. Chi si avvicinerebbe a te? Forza, dimmelo! Fai così schifo che nemmeno tua madre ti vuole. Hai detto quelle cose e credevi che lei sarebbe corsa a bussare alla tua porta? È andata così? Povera bambina che cerca la mamma... Guardati: tua madre ti ha abbandonato, di te non gliene frega niente, non ti vuole bene e non ti vuole nemmeno vedere, perché le fai schifo. Vogliamo parlare di tuo padre? Quello che preferiva ubriacarsi piuttosto che stare con sua figlia? Dovresti ringraziarmi, dovresti ringraziarci. Invece cosa fai? Cerchi la mamma... Non ci arrivi proprio, eh? Non ci arrivi al fatto che siamo gli unici sulla Terra ad accettare di starti accanto? Perché lo facciamo, poi non lo so... Ma è così, è buon cuore. C'è un limite a tutto, però, sappilo, anche al disgusto che si può decidere di ignorare per starti accanto.» Piangevo, mi disperavo, e gli credevo. Era vero. L'aveva detto Clelia, l'aveva detto il canale, sentirmelo ripetere una volta in più riapriva solo le mie ferite infette. Era vero: ero così orribile che nessuno mi amava. Non ero neppure riuscita a tenermi vicino il padre di mia figlia.

Lo sapevano che la solitudine mi spaventava più di ogni altra cosa. Per essere certi di mantenere il controllo, avevano messo le mani avanti e introdotto un livello superiore del terrore, cioè la morte dell'anima, ma finché non fosse stato necessario preferivano continuare a ricorrere al vecchio, consolidato metodo dell'isolamento. Un sistema che non perdeva un grammo della sua efficacia perché, nonostante tutto, continuavo a percepire Clelia e il suo gruppo come i miei salvatori. Non li avrei mai lasciati mentre ero in castigo.

Funziona come una tecnica di addestramento: si nutre, si coccola e si vezzeggia un cane solo mentre sta nella gabbia; appena fa confusione, si agita, abbaia o latra troppo forte, lo si piazza fuori al freddo, senza cibo, senza affetto. Il cane non si sente libero: si sente abbandonato. È terrorizzato e non può realizzare che gli basterebbe fare quattro passi per trovare qualcuno che potrebbe aiutarlo e prendersi cura di lui. L'unica cosa che desidera è tornare nella gabbia.

È terribile, ma mi sentivo esattamente così. Mentre ero fuori dalla gabbia volevo solo riavere la mia cuccia calda, un pasto sicuro e una carezza sulla testa.

In novembre, riaccolta, ricevetti dal canale l'incarico di assistere Emanuele nell'ambito di una nuova missione. Sarebbe dovuto partire alla volta di Parigi per visitare alcuni luoghi dedicati al culto di Maria Maddalena. Giovanni e io avremmo dovuto accompagnarlo per raccogliere energie e purificarci. Per me sarebbe stata un'ulteriore occasione per lavorare sul femminile. La scusa professionale fu scattarmi alcune foto nel Cour Napoléon, di fronte alla piramide del Louvre, da tenere in archivio. Non si trattava di un luogo scelto a caso, ma di uno dei punti attraversati dalla linea rosa, il meridiano che taglia a metà Parigi e la Francia – simbolo, per certi studiosi, della discendenza di Gesù. Nella sua corsa, la linea tocca anche Rennes-le-Château, nella Linguadoca, altro luogo chiave per la storia del Sacro Graal, di Maria Maddalena, di abati al corrente di segreti inconfessabili e di cavalieri disposti a tutto pur di difenderli.

Ci recammo prima di tutto a Notre-Dame, ad assorbire energie positive. Secondo Clelia esistevano indizi a supporto del fatto che tutte le centinaia e centinaia di cattedrali di Francia che portano questo nome fossero in realtà dedicate a Maria di Magdala, non alla Vergine Maria. Poi, mentre Emanuele si sarebbe recato a Saint-Sulpice, che la linea rosa taglia diagonalmente, Giovanni e io avremmo avuto qualche ora libera, che sfruttammo andando a zonzo per la città. Ci sentimmo naturalmente molto in colpa: ogni passo che muovevamo avrebbe dovuto essere motivato da uno scopo, un senso esoterico più grande. Sarebbe stato meglio se avessimo scelto di percorrere a ritroso la linea rosa, cercato tutte le statue di santa Roseline (il cui nome contiene sia la parola linea, "line", che la parola rosa, "rose") o pattugliato cripte alla ricerca di qualche reliquia di cui magari Clelia ci aveva parlato mesi addietro. Era sfibrante, troppo persino per una ligia come me. Appesantita dal rimorso perenne, affamata e sicura che Giovanni fosse mio alleato, commisi un peccato gravissimo.

Passammo davanti alle vetrine di una pasticceria. Attirarono la mia attenzione perché erano coloratissime: dentro, decine e decine di macaron azzurri, gialli, rosa, arancioni e verdi, disposti in file, pile e piramidi ordinatissime. Che meraviglia! Avevamo pranzato ore prima con un'insalata verde "al naturale", un modo elegante per dire scondita. Avevo fame, e quei macaron dovevano essere così buoni… E poi erano minuscoli! Inchiodammo entrambi i nasi al vetro. «E se entriamo e ne mangiamo qualcuno?» sussurrai a Giovanni.

Era vietatissimo. Potevo sentire l'odore del burro. Sicuramente contenevano lieviti, per non parlare del latte e di chissà quale sbobba chimica necessaria a tingerli in maniera così perfetta e omogenea. Però li volevo. Non desideravo nient'altro. Mangiavo pochissimo, soffrivo tantissimo e volevo quei macaron: me li meritavo! Ripensai alla crêpe dell'estate, al cioccolato che mi si scioglieva in bocca, ai cristalli di zucchero croccanti, alla pasta morbidissima… ed entrai, tirandomi dietro Giovanni.

Avrebbe potuto resistere. Riconosco che fosse una grande prova, ma quando gli chiesi se voleva ordinare qualcosa avrebbe potuto dire: "No, grazie". Invece la carne è debole, l'uomo è peccatore e via discorrendo, quindi uscimmo con una scatola da dodici, piena di dolcetti di tutti i colori. Li assaporammo in religioso silenzio sotto un albero, seduti su una panchina, ciascuno immerso nel proprio piacere proibito.

Prima di alzarci, presi la mano di Giovanni, lo guardai negli occhi e gli dissi: «Se lo riferisci a tua madre è finita». Era più che altro uno scherzo, non pensavo che potesse cantare. Perché, poi? Non ci purificavamo già abbastanza?

A notte fonda, saranno state le due del mattino, mi svegliai per gli squilli del telefono. Entrai subito nel panico, pensando che fosse successo qualcosa ad Aurora. Quando sentii la voce di Emanuele, tirai un sospiro di sollievo. Mi disse: «Il maestro ti vuole parlare». Cercai Giovanni con lo sguardo: non c'era.

Seduta stante chiamai Clelia. Non mi salutò nemmeno. «Tu hai Finzione dentro» asserì. «Sei stata segnata...» Proseguì con anatemi vari e mi colpevolizzò per una buona decina di minuti, perché avevo mangiato sei macaron! In tre anni, era la prima volta che trasgredivo una regola. Era andata così: Giovanni, soggiogato dalla madre forse persino più di me, era angosciato al punto da non riuscire a prendere sonno; dopo un po', mentre dormivo saporitamente, era andato a parlarne con Emanuele, che, com'è ovvio, l'aveva indirizzato da Clelia. Lei, sconcertata da quella rivelazione, aveva deciso di punire entrambi: Giovanni in modo più leggero e me – l'Eva istigatrice – in modo pesantissimo. Mi aggiudicai così un isolamento che durò da novembre fino a Natale e oltre. Avrei dovuto riflettere e meditare sul mio comportamento. Non potei parlare con lei in alcun modo né accedere alle riunioni. Persino il mio ruolo nel disegno venne messo in dubbio. Continuai a frequentare e a vedere Emanuele e Giovanni per motivi di lavoro, ma il primo mi rivolgeva la parola principalmente per disprezzarmi, il secondo solo per questioni pratiche.

Lasciai Giovanni quella sera stessa, al ritorno in camera, prima di trincerarmi nel silenzio "vero" che il maestro si attendeva da me, "non quello futile e narcisista, nient'altro che un modo per attirare l'attenzione". Eravamo in crisi da un po': era evidente a entrambi che fossimo amici, niente di più. Ci appoggiavamo uno all'altro per attraversare un mare molto agitato, ma non costruivamo progetti, non avevamo slanci, non coltivavamo sogni.

Quando riferì la mia prima e unica violazione, capii che forse non eravamo più nemmeno amici; almeno, non come credevo. Non mi arrabbiai: lo capivo fin troppo bene. Anch'io mi sentivo sporca per aver mangiato i macaron e può darsi che, nella sua posizione, anch'io avrei confessato. Però sapevo che un rapporto del genere, all'ombra di una terza persona, non era abbastanza. L'uomo che mi stava accanto avrebbe dovuto essere solidale prima di tutto con me. Niente poteva intaccare questa mia granitica consapevolezza – corretta, peraltro – che Clelia aveva contribuito a costruire.

Nessuno si accorse che Giovanni e io ci eravamo lasciati perché lui continuava ad accompagnarmi in giro. Non avevo la minima voglia di sollevare polveroni mediatici, quindi tenni per me questa grande notizia e proseguii il mio lavoro e il mio silenzioso pentimento.

A Natale ero ancora in castigo, quindi decisi di chiedere a Eros la possibilità di passare parte delle vacanze con Auri. La prospettiva di trascorrere le feste come i due anni precedenti mi atterriva: l'albero addobbato con finta gioia, la sera della Vigilia passata a cucinarmi due uova in penombra nell'olio di semi di mais. Partimmo per Zermatt. Ero felice: avremmo vissuto delle splendide giornate, sciato, costruito un pupazzo e giocato a palle di neve.

Appena arrivate in hotel, scoprii che nel bagno della nostra camera c'era una vasca idromassaggio. Come tendevo a fare sempre più spesso, provai a mascherare la mia tristezza con l'euforia. Ogni volta che guardavo Auri negli occhi vedevo suo padre. Quando la mettevo a letto, aspettavo che si addormentasse, poi tornavo nella sua cameretta per darle un bacio e fermarmi a guardarla: era così bella mentre dormiva... Non passava notte in cui, anche per un solo secondo, non vedessi in lei i tratti di lui. Mi mancava da impazzire. Mi sentivo in colpa perché l'amavo e mi sentivo in colpa perché non accettavo quell'amore, perché lo respingevo, me ne vergognavo. Ero triste, deperita, logorata dalla lotta quotidiana tra chi credevo di voler essere e chi veramente ero, tra i sentimenti che cercavo di provare e quelli che reprimevo, tra il desiderio di essere amata e la paura che nessuno potesse volermi, e per nascondere tutto questo agli occhi di mia figlia – la persona che più amavo e più di ogni altro volevo proteggere – la intrattenevo come se fosse il mio pubblico. Ero tutta un sorriso e una battuta, uno scherzo e una gag.

Quel giorno la sommersi di entusiasmo per la vasca grande, il bagno caldo, i mille giochi che ci saremmo inventate di lì a poco. Ci immergemmo e: «Wow! Amore, facciamo le bolle!». Facevo le smorfie, le voci, la spruzzavo... Auri era immobile. Mi guardò con quei suoi enormi occhi scuri, che ridono solo quando lo vuole lei, e mi disse: «Io rivoglio la mia mamma bionda e sorridente, oppure con te non gioco più». È stata una pugnalata al cuore.

I dolori grandi spesso segnano l'inizio di un cambiamento. Sono così pervasivi e intensi da camuffarlo: nessuno si rende conto che per lui ci sarà un domani migliore, mentre soffre in maniera devastante. Eppure è così. Quel momento, quel dolore, è stato per me l'inizio del percorso che mi ha portato fuori dalla setta – non la paura, non la ragione, non la consapevolezza, ma l'amore di mia figlia. La sua nostalgia della mamma che ero.

Il prezzo della redenzione

All'inizio dell'anno nuovo realizzai uno dei miei sogni. Un musical.

Emanuele amava molto la musica, sotto pseudonimo pubblicava canzoni e album lui stesso. Anni prima aveva collaborato al casting di una versione de *I dieci comandamenti*, un musical sul rapporto tra Gesù e Giuda. Comprendeva bene il mio desiderio di cantare su un palco. L'uomo del destino in questo caso fu Saverio Marconi, regista quotatissimo che era riuscito a portare in Italia produzioni di alto livello: per esempio, era sua la regia di *Grease* con Lorella Cuccarini. Lavorava con la Compagnia della Rancia, una banda di artisti strepitosa. Al nostro primo incontro mi tremavano le gambe: «Non ho mai partecipato a nessun musical» confessai subito «ma è il mio sogno».

Qualche giorno dopo, Emanuele ricevette una sua chiamata. Me lo passò: «Che ne pensi di *Tutti insieme appassionatamente*?».

Sussulto al cuore. Insieme a quella di Mary Poppins, era la storia che amavo di più. Avevo guardato e riguardato il film fino a consumare la videocassetta prima, il DVD poi. Oggi chiaramente l'ho scaricato sul computer: mai rimanere senza la famiglia von Trapp! Adoravo Julie Andrews e il suo ruolo, quello di una donna ingenua cui l'amore schiude un nuovo destino; adoravo i sette figli del comandante, cui il canto insegna come aprirsi alla vita e superare il dolore per la perdita della madre; adoravo il comandante stesso e il suo fermo rifiuto di servire i nazisti. Alla fine scappavano tutti in Svizzera: il mio Paese! Come avrei potuto non esserne entusiasta?

Iniziai una preparazione paramilitare, che forse fu persino più bella del musical stesso. Per settimane cantai, ballai e recitai contemporaneamente, per ore e ore e ore al giorno. Quando arrivavo a casa, ne approfittavo per ripassare i copioni. Non è stato tutto rose e fiori: appena venivo allontanata dalla setta (e in quel periodo capitava spesso) tendevo a scoraggiarmi e la stanchezza si faceva sentire. Avrei rischiato di perdere di vista l'obiettivo se Saverio non fosse stato così paziente da asciugare le mie lacrime, confermarmi la sua fiducia e spronarmi ad andare avanti. Le aspettative erano molto alte e mi capitava di accusare un po' di tensione. A volte avevo l'impressione che, più che salire sul palco per esibirmi, l'avrei fatto per venire massacrata dalle critiche. Ero certa di non essere all'altezza di quella sfida. Certa.

La prima fu a gennaio del 2005. Mi sentivo morire. In platea erano schierati giornalisti, colleghi, critici. Pensavo: "Se fallisco, è la volta buona che dico addio al mio lavoro per sempre". Invece, che spettacolo! Toccammo solo due città, restando per diversi mesi a Milano e altrettanti a Roma, ma ogni sera i teatri registrarono il tutto esaurito. Rimanere così stanziali era stato un rischio, ma Aurora era piccola e non mi ero sentita di partire in tournée rischiando di non vederla per tanto tempo. Invece, a Roma era con me: di mattino lei frequentava la sede locale della scuola cui era iscritta a Milano, io facevo le prove. Passavamo tutti i pomeriggi insieme e, la sera, mi esibivo.

La storia aveva tutti gli elementi giusti: l'amore, la guerra, sette bambini canterini bravissimi in scena... Fu un grande successo. Qualcosa che, per me, sarebbe stato inimmaginabile. Raccogliere gli applausi dal vivo è tutt'altra cosa rispetto al controllare i dati d'ascolto la mattina dopo essere andati in onda: è una conferma delle proprie capacità in tempo reale. Davanti a quel pubblico che mi applaudiva e mi chiamava non ero più la ragazzina bionda alle prime armi, una iena ridens, ero un'artista capace di cantare, ballare e recitare. E pure di far ridere!

Credo di aver cominciato a rendermi conto in quel periodo che i miei traguardi professionali non erano solo merito della setta e del percorso spirituale. Sapevo bene quanto tempo era stato necessario per portare quello spettacolo sul palco, quante ore di allenamento, di prove, di studio. Sapevo di aver fatto una cosa difficile. Il riscontro che ricevevo – qualcosa di molto concreto, mani che battevano, richieste di autografi, gente che mi fermava per strada e voleva cantare con me – non poteva dipendere solo dal fatto che fossi il messaggero e che portassi con me la luce.

È assurdo che non mi sia svegliata allora, che non

sia scesa dal palco, sia tornata da Aurora e abbia semplicemente smesso di rispondere alle loro telefonate, delegando a un avvocato la gestione dei rapporti con la Tuenda. Eppure, mi ci sono voluti ancora nove mesi, il tempo di una gravidanza, per arrivare a tagliare i rapporti con la setta.

Nel frattempo, li seguii per un weekend a un ritiro yoga nelle colline laziali. Eravamo sei o sette. Sveglia all'alba, colazione e karma yoga, cioè una tecnica modello "metti la cera, togli la cera" che ci avrebbe aiutato a purificarci: ciascuno di noi doveva collaborare alla gestione del centro, quindi c'era chi puliva, chi si occupava del cibo, chi delle attrezzature... Tutti avevamo un compito. Clelia naturalmente fu entusiasta di questo concetto e ne approfittò, al ritorno, per estenderlo ad altri adepti: chiunque avesse dovuto purificarsi (cioè tutti, a parte Emanuele, i suoi figli e in parte me), avrebbe dovuto fare le pulizie a casa sua.

Karma yoga a parte, il posto era bellissimo, un'oasi di pace e verde a pochi chilometri da una città caotica come Roma. Non so se l'idea venne alla parte maschile o a quella femminile dell'Uno inscindibile, fatto sta che in capo a poche settimane mi sentii dire dal canale che il disegno aveva per noi un nuovo compito. Avremmo dovuto creare un "day hospital" per l'anima, per accogliere chi si sentiva perso e disorientato nella frenesia della vita moderna. In questa struttura si sarebbero tenute lezioni di yoga e sessioni di meditazione guidata, affinché le persone potessero rigenerarsi e riscoprire se stesse. La struttura avrebbe dovuto essere nelle vicinanze di Milano ma immersa in un grande parco. Tutto doveva essere curato da architetti esperti di Feng Shui, tranne la pianta del centro e il punto esatto in cui sarebbe sorto. A questo avrebbe pensato Emanuele, che stava studiando a tale proposito le geometrie sacre. Scoprii che cattedrali e basiliche non erano state edificate dove capitava, e che non è un caso se spesso sorgono sulle basi di antichi templi. In determinati punti della superficie le energie della Terra emergono con maggiore potenza: è questo il motivo per cui in certi luoghi ci sentiamo particolarmente rilassati o sereni. I posti nei quali erigere le chiese sono stati a lungo scelti secondo questi criteri. Un discorso analogo vale per le loro piante: piazzare pareti e transetti con un certo orientamento facilita lo scorrere delle energie. Sarebbe dunque stato Emanuele a individuare l'area dove costruire questo grande centro e a definirne la planimetria. Io avrei dovuto finanziare l'intera operazione, creando una società della quale non sarei stata socia, per non appesantirmi. Svuotandomi dell'energia-denaro e rimettendo la materia in circolo avrei espiato le mie colpe e sarei progredita verso un livello superiore di coscienza.

Non la presi benissimo. Quando mi era stato rivelato dal canale che avrei dovuto aprire la Tuenda avevo accettato immediatamente, senza esitazioni. Non pensavo che Clelia o Emanuele volessero sfruttarmi, nemmeno allora, però non ero entusiasta di investire in un business che non conoscevo e che con me non avrebbe avuto alcuna relazione. Del centro si sarebbe occupata Clelia, io avrei dovuto limitarmi a pubblicizzarlo come facevo con la nuova religione universale – niente di più, niente di meno.

Se Aurora non mi avesse chiesto indietro "la sua mamma bionda e sorridente", se non avessi assistito a un esorcismo, se non fossi stata tradita da Giovanni per sei macaron, se *Tutti insieme appassionatamente* non fosse stato un successo, credo che avrei detto di sì. Certo, perbacco, accetto il mio ruolo. Grazie per avermi dato questa opportunità. Invece titubai, presi tempo, e venni punita con l'ennesimo, lungo allontanamento.

Accaddero alcune cose strane.

Ad aprile subii un furto, mentre ero fuori. Aurora per fortuna era dal papà. Per l'occasione venni graziata e riammessa nel cerchio e Clelia mi accompagnò insieme a Emanuele a presentare denuncia.

La casa era un macello: tutto sottosopra, cassetti aperti, armadi svuotati. L'allarme non era scattato. Secondo i carabinieri si era trattato probabilmente di una coppia di ladri formata da un adulto e un bambino: il primo avrebbe segato le grate di una finestrella minuscola del bagno, che non avevo collegato all'allarme; il secondo sarebbe entrato, avrebbe scassinato la cassaforte e portato fuori gioielli e Telegatti. Il pensiero di quel ladro bambino, della taglia giusta per infilarsi dove altri non avrebbero potuto e capace di scassinare una cassaforte a, quanto?, otto anni, mi era insopportabile. Era assurda anche la scelta di rubare i premi televisivi, invendibili su qualsiasi mercato nero.

In una riunione successiva, il canale affermò che il furto era stato commissionato. Clelia diede prima la colpa al padre di Aurora, che sarebbe stato mosso dall'intento di minacciarmi. Era un'ipotesi così poco credibile che persino lei la ritrattò. «Mi sono sbagliata» mi disse «ho frainteso i segnali. A commissionare il furto è stata Simona.»

Simona, la donna che non mi sarebbe mai stata davvero amica ma avrebbe voluto tenermi vicina solo per trarre vantaggio dalla mia celebrità, secondo il maestro aveva ancora gravi problemi con l'energia-denaro. Ingolosita dai miei gioielli, avrebbe contattato dei ladri e consegnato loro la chiave di casa mia e il codice dell'allarme. Le sbarre segate? Una tecnica per depistare le indagini!

Simona disponeva in effetti di tutti questi strumenti, perché trascorrevamo tanto tempo insieme e di lei mi fidavo ciecamente. Da quando era uscita dalla setta non ci eravamo più viste, tra noi c'era stata solo una telefonata, ma certo non avevo pensato a chiederle indietro le chiavi... Faticavo a credere che potesse entrarci in qualche maniera, ma Clelia insistette per raccontarlo ai carabinieri, i quali la contattarono come persona informata sui fatti. Finì tutto in una bolla di sapone, ma nel frattempo la setta ne approfittò per rinsaldare il legame con me.

Di nuovo, sfruttarono un momento di fragilità. Ero sconvolta dal pensiero che uno sconosciuto fosse entrato in casa mia e di Aurora: e se fosse capitato ancora? Magari con noi presenti? Mentre rimettevo in ordine vestiti e oggetti, cercando di ricostruire gli ambienti esattamente com'erano perché Auri al suo ritorno non si accorgesse di niente, sussultavo per ogni scricchiolio, mi giravo di scatto a ogni granello di polvere che si muoveva. Avevo chiesto a Clelia di stare lì con me e lei, astutamente, aveva inviato Giovanni, nella malcelata speranza che tra noi potesse rinascere qualcosa.

La strategia fallì, con Giovanni con nacque niente, ma era tutto così familiare, abituale, noto, che riaccomodarmi nelle dinamiche della setta fu per qualche verso rassicurante. Quale paura era più grande: considerare di famiglia persone capaci di praticare esorcismi o rimanere da sola? La risposta era sempre la stessa. D'altra parte stare lì, garantirsi la culla era semplice. Bastava obbedire. Per loro non era cambiato niente, e niente sarebbe mai dovuto cambiare. Non era così per me. Come in tutte le famiglie, anche in quella stavamo affrontando un momento complicato, e cercavo di mantenere un po' le distanze.

In parte, anche perché avevo altro per la testa. A giugno si celebrò una nuova udienza di affidamento: Eros aveva ottenuto tempo prima che Aurora non frequentasse Clelia, anche se non era mai successo, poi la situazione si era stabilizzata. Non capivo come fosse possibile che mi mettesse nuovamente in discussione come madre, dopo il percorso di terapia affrontato l'anno precedente e concluso benissimo. Tra me e me dicevo: "Se pure la mia scelta spirituale non fosse condivisibile, sarò libera di credere in ciò che voglio, se questo non danneggia mia figlia?". Aurora era sana, serena, viveva la vita normale di una bambina di otto anni. Infilata com'ero nelle maglie della setta, non potevo capire perché suo padre non riuscisse a separare la donna che aveva scelto un percorso spirituale dalla madre presente, amorevole e gioiosa che ero per lei. Mi sembrava che quel supplizio di raccomandate, udienze e decine di articoli sui giornali – che tutte le volte raccontavano da capo la storia della maga, dei Guerrieri della Luce, parlando di Clelia e di me in termini di carnefice e vittima – dovesse non finire mai. "Forse Aurora compirà diciotto anni e noi staremo ancora discutendo per il suo affidamento..." mi dicevo, brandendo il sarcasmo come un'arma di difesa.

Oggi, se mi metto nei suoi panni, lo capisco. Capisco lui e capisco mia madre, che hanno cercato di tutelare Aurora temendo che non fossi lucida a sufficienza per non coinvolgerla. Allora invece mi arrabbiavo. L'idea che lui e la mia mamma mi avessero abbandonato continuava a farmi male e trovavo incomprensibile la loro scelta di non parlare mai direttamente con me, ma di farlo sempre in maniera mediata – tramite avvocati. L'amore, per me, era un'altra cosa, aveva un'altra forma e parlava un'altra lingua. Per la me di allora era inimmaginabile che nel ricorrere ancora una volta al tribunale ci fosse amore: eppure, era proprio così. Quello era il tentativo estremo di un gruppo di persone che mi volevano bene: mia madre, il padre di Aurora, Simona.

Una volta uscita, Simona decise che in qualche maniera doveva aiutarmi: visto che non rispondevo ai suoi messaggi e le avevo chiesto di lasciarmi stare, lo fece per procura. Prima contattò mia madre. Incauta! La mitica Ineke cominciò a tempestarla di telefonate: tre, quattro volte al giorno. Non le sembrava vero di poter parlare con qualcuno che aveva frequentato il mio stesso ambiente, che ne conosceva le regole e i segreti. E, soprattutto, poteva spiegarle che cosa mi passava per la testa. Era distrutta: le foto di lei sorridente al mare con Aurora e suo padre, che gentilmente in quegli anni la tenne vicina a sé, non raccontano il suo dolore. Le si era letteralmente spezzato il cuore. Per aiutarlo a battere al ritmo giusto avevano dovuto metterle un pacemaker.

Qualche tempo dopo, Simona chiamò Eros e gli offrì il suo aiuto. Gli raccontò delle riunioni, di Finzione, delle vite passate, delle missioni. Gli disse che Clelia lo additava come se fosse l'anticristo, la manifestazione stessa del male, che io vivevo divisa a metà tra la paura di perdere le uniche persone che credevo mi fossero rimaste al mondo e i sentimenti che provavo per lui. Lui le chiese quale molla l'avesse indotta a decidere di andarsene. La sua risposta fu semplice e ineccepibile: «La paura di perdere i miei bambini». Sicuri entrambi che amassi Aurora più di ogni altro, me stessa compresa, pensarono che di fronte al rischio di vedermela portare via sarei rinsavita. Paradossalmente, Eros mi sfidò sull'affidamento contando sul fatto che fossi prima di tutto una madre, e che per niente al mondo avrei accettato di rinunciare a mia figlia. È un ragionamento contorto, ma in questa storia – come nella vita – di lineare, di dritto e di semplice c'è davvero poco.

Se ritorno con la mente a quello scorcio di primavera del 2005, quando mi fu recapitata l'ingiunzione sull'affidamento di Aurora, sento ancora il male fisico che ho provato: la bocca dello stomaco che si chiude, le gambe che cedono, il cuore che si ferma, il freddo che si diffonde. Subito dopo, l'ennesima telefonata a Clelia. La rabbia, la conferma di essere nel giusto, la convinzione che il padre di Auri volesse distruggermi come persona e come professionista, mettendomi economicamente alla prova con l'ennesimo confronto legale. Riattaccato il telefono, mille domande: perché mi fa questo? Perché non vuole che faccia da madre a nostra figlia? Perché non si arrende all'evidenza? Avevo accettato qualsiasi richiesta del tribunale e avevo sempre vinto, perché non c'è legge che impedisca ai genitori di scegliere i percorsi spirituali che preferiscono, a patto che non nuocciano ai figli. E Aurora aveva superato brillantemente tutti i colloqui con gli esperti, gli psicologi, i consulenti. La sua mamma bionda e sorridente si era momentaneamente eclissata, quella attuale soffriva parecchio, ma non era una ragione sufficiente per separarle.

Tutto questo dolore, tutta questa fatica (la sua, la mia), e cinque, sei mesi dopo era tutto a posto. Fine delle carte bollate, una cena fuori per chiarirci. Stop. Se a giugno me l'avessero predetto non ci avrei creduto.

Ero ancora succube delle figure chiave della setta. Clelia continuava a essere un punto di riferimento imprescindibile, ma il nostro rapporto scontava il fatto che lei l'estate precedente avesse attraversato un confine che per me era sacro. In più c'erano questi continui allontanamenti, che si erano fatti via via più assidui. In realtà, per ragioni di lavoro dovevo comunque continuare a frequentare Emanuele e Giovanni; perciò, benché accusassi la sua assenza e la separazione da lei e dal resto del gruppo mi facesse sentire sola e umiliata, non ero proprio senza nessuno intorno.

A volte mi chiedo che cosa sarebbe accaduto se anche solo uno di tutti questi tasselli della mia storia avesse avuto un'altra forma o si fosse disposto diversamente. Come una combinazione di fattori piccoli, alcuni minuscoli, mi aveva indotto ad attraversare le porte di una setta e a chiuderle alle mie spalle, così una nuova catena di eventi me ne stava conducendo fuori. All'apparenza, l'unico legame tra loro era quello della sincronia, eppure hanno influito uno sull'altro fino a fare sì che finalmente la mia mente concedesse udienza ai dubbi sempre più numerosi che mi assillavano, poi si acquietasse e mi lasciasse ascoltare il cuore.

Grazie a *Tutti insieme appassionatamente* Emanuele aveva scoperto la mia voce e di avere una passione in comune con me: quella per la musica. Era capitato che ci ritrovassimo negli uffici della Tuenda solo io e lui, per comporre canzoni alla chitarra. Lui si sentiva compreso come musicista e sostenuto nel suo percorso artistico, io ero entusiasta di aver trovato un modo per farmi rispettare: durante gli orari di lavoro, durante le riunioni, continuava a insultarmi, ma quando cantavamo si creava tra noi una sorta di complicità.

Una mattina, mentre mi massacrava ripetendomi i soliti "Non vali niente" e "Studia, ignorante", mi si accese una lampadina: "E se fosse invaghito?". Mi sembrò che mi disprezzasse alla maniera di quei compagni delle medie che ti fanno i dispetti per attirare la tua attenzione, o di quegli adulti che ti maltrattano perché sono consapevoli di non poterti avere.

Fu un secondo. Nella mia testa scattò qualcosa. Cominciai a guardarlo con altri occhi, accavallai le gambe in maniera diversa. Avevo lasciato Giovanni a novembre dell'anno precedente, era luglio ed Emanuele era letteralmente l'unico uomo che frequentavo. Pensare di poter esercitare su di lui un potere era un'ipotesi eccitante: non solo perché era il maschio alfa, il capobranco, ma perché il suo interesse sollevava il velo su tutti quegli insulti. Piacergli mi restituiva dignità e mi dava modo di vederlo sotto una luce diversa: non era più una creatura evolutissima, ma un uomo. Nient'altro che un uomo come tutti.

Appena intravide una possibilità, Emanuele ordì un piano diabolico: conquistare Michelle, magari sposarla per assicurarsi l'avvenire, diventare il capo incontrastato della Tuenda e il gran maestro della setta, tenendo il gruppo unito in modo da avere anche un piccolo esercito alle sue dipendenze.

Mi lanciava sguardi pieni di sottintesi. Se eravamo vicini mi sfiorava casualmente la mano. Cominciò a comportarsi in modo più galante, ad aprirmi le porte e a lasciarmi passare per prima. Ero talmente succube che non potevo crederci. Secondo il canale, Emanuele e Clelia insieme erano l'Uno, e l'Uno non si poteva spezzare. L'amore tra loro faceva parte del disegno divino, era eterno, indistruttibile. In più, il maestro era una donna capace di canalizzare energie altissime, di parlare con gli angeli, era colei che avrebbe svelato al mondo la nuova religione universale: non esisteva nessuno spiritualmente più elevato di lei. E il suo compagno provava a sedurre me? L'imperfetta, impura, ignorantissima e schifosa, per usare le sue parole, Michelle? Impossibile. L'avevo preso come un esperimento, niente di più.

Poi, un pomeriggio di luglio, mentre cantavamo, mandò via tutti e mi baciò. Il sublime, supremo Emanuele si abbassò a baciare me.

Appena vidi che stava avvicinando il suo volto al mio capii che non potevo tirarmi indietro: il castello di sabbia stava crollando e a dare la prima picconata ero stata io. Scappai, letteralmente, lasciando lì lui, la chitarra e gli spartiti.

Il giorno dopo partii per Varigotti con Aurora.

Ero sconcertata. La divina perfezione, l'infrangibilità dell'Uno: era tutto falso. Mi sentivo come i bambini quando scoprono che Babbo Natale non esiste. Ero delusa dai miei "genitori spirituali", che improvvisamente vedevo per quello che erano: degli esseri umani. Passai tutto il viaggio e l'intera giornata a interrogarmi su ciò che era successo: se avevo spezzato l'Uno, allora Clelia ed Emanuele non erano anime gemelle; se non lo erano, ci avevano raccontato delle bugie. Fin dove arrivava la verità, e dove cominciava la menzogna? Qual era il confine?

Nelle settimane successive mi scontrai con il potere dell'abitudine. Pare che bastino sessantasei giorni per apprendere una nuova abitudine, qualsiasi essa sia, dallo svegliarsi presto al fare sport tutte le sere. Negli ultimi quattro anni – più o meno, 1460 giorni – ogni volta che mi era accaduto qualcosa di straniante, di spaventoso, oppure mi ero posta un dubbio, avevo chiamato Clelia. E lei mi aveva aiutato a ragionare sulla base di categorie esoteriche che avevo imparato, almeno in parte, a maneggiare: era sempre una questione di energie, di scorie depositate nel corpo sottile, di maschile e di femminile, di vite passate, di ruolo nel disegno divino, di Bene e di Male. Bastava saper decifrare i segnali.

Questa volta non era il caso che la cercassi per sottoporle i miei dubbi. Avevo commesso il più vietato, il più sporco, il più infimo degli atti. Ero terrorizzata dalla sua reazione quando l'avrebbe scoperto. Perché di questo ero certa: l'avrebbe scoperto.

Credo che, se avesse anche solo avuto il sentore che qualcosa di simile sarebbe potuto accadere, non avrebbe esitato a proibire in maniera esplicita qualsiasi tipo di contatto fisico con l'Uno. Ma si sentiva talmente sicura del suo ruolo nel gruppo da non vedere che essere al centro dell'attenzione solleticava il narcisismo di Emanuele: amava essere considerato il capo, esercitare una sorta di attrazione gravitazionale sulle adepte denutrite e impegnate a elevarsi tramite l'astinenza sessuale. Elena, per esempio, era spudoratamente innamorata di lui. Lo guardava con occhi a forma di cuore: era evidente che sognava un futuro insieme, lontano da tutto e da tutti, così come era evidente che reprimeva i suoi sentimenti, perché schiava dei meccanismi manipolatori di Clelia. Emanuele adorava essere adorato, e il maestro l'aveva messo nella posizione ideale.

Ero piena di domande, ma non potevo fare a meno di utilizzare gli strumenti che avevo acquisito negli ultimi anni. Sforzarmi di ragionare su presupposti diversi – sempre che allora ne fossi capace – avrebbe significato accettare che fosse tutto finto. Mi dissi che era accaduto un evento inaspettato, gravissimo, ma che non tutto per questo era da buttare. Continuavo ad avere un compito nel disegno divino. Le mie vite passate erano quelle che mi avevano raccontato. Il mio karma doveva essere pulito a fondo. Eppure, una parte di me sapeva e premeva per uscire. "Se l'Uno è inesistente" mi scoprivo a riflettere "allora è tutto falso. Un gioco. Non siamo eletti, non esiste nessun disegno, non esiste nessun maestro." Come quando ne parlavo con Simona e con Giovanni, però, non facevo in tempo a finire il pensiero che mi trovavo a domandarmi: "Non è possibile. E i canali?".

I canali erano una questione ineludibile. Li avevo visti con i miei occhi, ascoltati con le mie orecchie. Se a volte poteva sembrare che fossero eterodiretti da Clelia, che avessero ricevuto istruzioni per esprimersi in un senso o nell'altro, nella stragrande maggioranza dei casi ci avevano preso. E la carezza di mio padre? E il nomignolo "Lole"? E le decine di volte che avevano pronosticato eventi o incontri che poi si erano puntualmente verificati? E ciò che era successo l'estate precedente? L'odore di capra l'avevo sentito con le mie narici. La voce maschile e mostruosa che usciva dalla bocca di Erica l'avevo sentita con le mie orecchie. Ero ipnotizzata? Ero suggestionata? È possibile governare le percezioni di altri? La pranoterapia con me aveva funzionato, i massaggi vocali avevano funzionato: erano bugie anche quelli?

Oscillavo tra due posizioni ugualmente estreme e inconciliabili: o era tutto menzogna o era tutto verità. Non riuscivo a decidermi. Nell'incertezza, propendevo per il continuare a credere – l'unico modo possibile, in quel momento, per non crollare.

Emanuele giocò benissimo le sue carte.

Mentre ero al mare mi inviava messaggi inquieti. Mi scriveva presto al mattino, per raccontarmi che gli ero apparsa in sogno. Tutte le notti tornava a una dimensione in cui lui e io stavamo insieme: vivevamo vicino a una scogliera, io osservavo l'orizzonte vestita di bianco, con il vento tra i capelli, poi mi giravo, gli sorridevo e gli correvo incontro. Questi sogni – dei segnali, evidentemente – gli causavano una sofferenza inimmaginabile. Era il compagno del maestro, parte dell'Uno: non si dava pace. Si sentiva sporco, sbagliato, un traditore.

Una sera, era molto tardi, mi telefonò. Disse solo: «Ho capito. Aspettami». Era tutto molto tragico e drammatico, ma anche abbastanza eccitante. Un santone rock, il più tenebroso e potente degli uomini, uno che maneggiava con disinvoltura il divino, si esprimeva per enigmi e sentenze, mi trovava inadeguata e inferiore, si sparava due ore e mezza di macchina, di notte, per venire a parlare con me. Dopo i macaron, era la cosa più proibita che mi fosse capitata.

Arrivò alle due del mattino. Mi scrisse che mi avrebbe atteso in spiaggia, quindi lasciai Auri con la tata e lo raggiunsi.

Mi prese la mano. Si avvicinò e mi guardò negli occhi.

«Ho capito» esordì. «Ho consultato il canale, domani verrà da noi. Questa è la strada.»

Ero agitata, incredula, curiosa.

«Il canale ha sentito che doveva parlare con me, senza il maestro. È venuto da me, capisci? L'energia più alta in assoluto mi ha chiesto di adempiere a una nuova missione. Mi è stato chiesto di intraprendere un cammino impossibile, per il bene della tua anima. Il peccato che hai commesso nel passato ti ha segnato così nel profondo che nessuna azione in questa vita potrebbe salvarti. Sei condannata a sparire per sempre, questo è il tuo destino. Le energie però sono infinitamente buone e desiderano riaccoglierti. La tua redenzione ha un prezzo, e sarò io a pagarlo.»

Solo la comunione con un'anima elevatissima avrebbe potuto salvarmi l'anima. Emanuele lo era, ed era anche talmente forte da poter sopportare una così ardua prova: staccarsi dal maestro, sfidare il destino, dare a me una possibilità di redenzione.

Era tutto surreale... Eravamo un uomo e una donna (chiaramente vestiti di bianco) di fronte a un mare con onde altissime. Non potevamo semplicemente prenderci per mano e baciarci: no! Meglio mettere in mezzo i canali, le energie, le anime e un rischio da scongiurare a qualsiasi costo.

Mi ero presa una cotta per Emanuele, lui per me. Fine. Ero però intrappolata in una cornice che non mi avrebbe consentito mai di vivere questa storia per quello che era – l'avventura estiva di una ragazza di ventotto anni che ha poche occasioni di conoscere persone nuove. Non avrei mai tradito Clelia. Quindi lui, per mettermi in condizione di farlo, dovette ammantare il tutto di una sovrastruttura spirituale, la traduzione in "settese" del suo piano perfetto.

Il giorno dopo Elena ci raggiunse. Ero molto indecisa: l'idea di un'avventura con Emanuele mi stuzzicava, ma temevo la reazione di Clelia. E poi avevo l'impressione di commettere un peccato. Ricordo che alla domanda «Michelle, che cosa pesa sul tuo cuore?», risposi dicendo che avevo paura. Mi sembrava di infilarmi in una dinamica che non sarei stata in grado di dominare, molto più grande di me, troppo complessa.

Il canale, però, era molto sicuro: «No, questa è la strada giusta».

Mi tenne sveglia tutta la notte per convincermi che quello era il volere divino. Ricordo che ridevo: «Ma dài! E come farebbe a salvarmi?».

«Attraverso la comunione di anima e corpo con quelli di Emanuele la tua anima si monderà per sempre dal peccato che la opprime. Così e solo così potrà essere definitivamente salva.»

Il canale mi ripeté per ore e ore che questo era il destino, questo era il disegno. Le energie non avevano voluto rivelarlo tutto subito, non saremmo stati in grado di comprenderlo. Quindi ce lo comunicavano a puntate, un pezzo per volta.

Con la sua benedizione, «È così che deve essere», mentre Emanuele insisteva sul fatto che tutto ciò era voluto da Dio, che mi amava e voleva salvarmi, tornammo a Milano da fidanzatini.

Per lui, però, non era abbastanza. Si sentiva così potente che volle spingersi oltre. Perché limitarsi a vendere questa storia a me, quando poteva condividerla con tutti gli adepti e chiedere il loro sostegno per il suo estremo sacrificio?

Ai primi di agosto, dopo che Aurora partì con il papà, convocò negli uffici della Tuenda l'intero gruppo, una ventina di persone. Tremavo. "È il momento" mi dicevo. Avrei scoperto se era tutto vero oppure no, se era tutta una gigantesca finzione.

Emanuele prese la parola, spiegò che avrebbe dovuto sacrificarsi e per quale motivo. Si decise di interpellare il canale. Elena, che pendeva dalle sue labbra, confermò quanto aveva detto a me al mare: «Emanuele non ha scelta: deve attenersi al disegno. Così è stato deciso dall'alto. Il maestro dovrà prendersi del tempo per elaborare gli eventi, e intanto Emanuele potrà disporre da solo del canale».

Questo aspetto ci lasciò tutti di stucco: il maestro era Clelia, nessuno l'avrebbe mai messo in dubbio. Il potere di riconoscere le energie verticali e di tradurne i messaggi a volte criptici era suo. Emanuele aveva un ruolo di primo piano, ma non era mai stato riconosciuto come maestro.

La setta si spaccò. Metà degli adepti si schierarono con Clelia, metà con Emanuele. Tra questi ultimi c'erano anche Giovanni e Pietro.

Clelia era disperata. Non sembrava più lei. In un colpo solo era stata tradita dal compagno, dai figli, dal canale e dalla sua pupilla. Cominciò a piangere come una bambina. Elena provò a consolarla, modificò leggermente versione e aggiunse che, per favorire il passaggio e la buona riuscita della missione, avrebbe canalizzato con entrambi i maestri.

La riunione si concluse con l'indicazione di non

rompere il gruppo. Eravamo i prescelti e avremmo dovuto continuare a camminare uniti. Per rafforzare il legame e mostrare al mondo che eravamo una cosa sola, il canale disse che saremmo dovuti andare in vacanza tutti insieme. A Pantelleria.

Non so se Elena nutrisse particolari rancori nei confronti di Clelia, può essere: per anni era stata colpevolizzata a causa delle sue debolezze e tiranneggiata, costretta a espiare dando al maestro disponibilità totale. Era innamorata di Emanuele: non posso credere che nella canalizzazione di quel giorno non ci fosse neanche una piccola ripicca della persona-Elena nei confronti della persona-Clelia. Forse sperava di convincere Emanuele a creare un gruppo più ristretto di adepti. E magari, un domani, quando io me ne fossi andata o fossi stata dannata per l'eternità, avrebbero potuto essere loro due a regnare su quel manipolo di anime perdute. Fatto sta che Clelia credette al canale, o comunque mostrò di comportarsi come le era stato richiesto: si prese qualche giorno quindi ricomparve, di bianco vestita, per organizzare la partenza.

Mi bastarono quarantotto ore per capire che mettermi con Emanuele era stato un terribile errore.

L'alchimia non si crea a tavolino, né può venire comandata dall'alto: c'è o non c'è. Con lui non c'era. Sperimentarlo, però, fu la mia salvezza. Capisco che possa suonare strano, ma è così: se tutto questo non fosse successo, non so quando avrei aperto gli occhi.

La vacanza a Pantelleria fu una tragedia.

C'è una foto in cui Clelia mi bacia sulla bocca davanti a tutto il gruppo, sugli scogli. «Giuda» mi sta dicendo «ti perdono.» Non so se quell'atto fosse sincero o un modo per mostrare ai giornalisti, appostati dappertutto, che non aveva perso un grammo del suo potere su di me.

Era pomeriggio, quel mattino ci eravamo parlate.

Alloggiavamo come al solito tutti in una stessa, enorme casa. Nel giardino c'era un'amaca. La vidi lì, da sola, all'ombra. Era dimagrita, era molto silenziosa, indossava sempre occhiali da sole. Cercava di dissimularlo, ma stava malissimo. Presi il coraggio a due mani e andai da lei.

Mi sedetti lì vicino, la guardai senza osare toccarla. Girò la testa verso di me, sospirò, si sollevò a sedere e tolse gli occhiali da sole. «Voglio essere onesta con te» mi disse mentre le lacrime cominciavano a rigarle il volto. «Sei stata per me la figlia che non ho avuto. Lo capisco, Emanuele. Sei giovane, sei bella. Hai successo. Hai ottenuto tutto ciò che desideravi. Ma tu... avevi già tutto e ti sei presa anche il mio uomo. Io che cos'ho, invece? Niente. Non mi è rimasto niente.»

Faceva caldo. Eravamo entrambe in costume da bagno. Guardavo il seno di Clelia, quel simbolo materno che mi aveva incantato quando ci eravamo conosciute, sul quale mi ero appoggiata in cerca di coccole e di rassicurazione. Le ero così vicina da poter sentire il suo profumo di rose. Avevo davanti lei, ma non ero sicura che si trattasse della stessa persona che avevo sempre considerato "il maestro". Chi mi stava parlando era una donna ferita, alle prese con la gelosia, l'invidia, la frustrazione, la nostalgia per il tempo che passa – sentimenti che non avrebbero nemmeno dovuto sfiorarla. Se davvero fosse stata evoluta quanto affermava, tutta quella storia sarebbe dovuta scivolarle addosso, come acqua sulla roccia. Avrebbe dovuto provare solo benevolenza e perdonare. Non lo dico con il tono capriccioso di una bambina che fatica a rendersi conto dei limiti della madre: era stata Clelia a inculcarmi quella certezza, a voler recitare per noi il ruolo di chi tutto sa, tutto vede, tutto può, quello della guru talmente elevata che l'unica scelta sensata era affidarsi.

Capii allora quanto fosse anche lei intrappolata nelle sue convinzioni. Per certi versi, cominciai a considerarla una vittima. Tutte le persone intorno a me oggi la odiano, mentre per me sarebbe impossibile. È vero: mi ha fatto del male, mi ha allontanato da mia madre e dalle persone che amavo, mi ha sfruttato dal punto di vista economico, inventava ogni giorno una nuova motivazione per giustificare atti inaccettabili, ma non aveva pianificato tutto. Secondo me non era una pura, gelida calcolatrice. Quel giorno, osservandola alle prese con il fallimento, compresi quanto profondamente e sinceramente credesse nel suo progetto. Aveva messo in discussione tutto: il canale, il disegno divino, la sua missione su questa Terra, il senso stesso della sua esistenza. Non sapeva più chi era: era il maestro oppure no? Esisteva davvero un maestro? E le energie: le aveva lette correttamente? Il dono: era reale, almeno quello?

Poneva tutte queste domande al canale: Elena correva da una stanza all'altra perché sia Clelia sia Emanuele esigevano di poter consultare le energie. L'atmosfera era irrespirabile.

Gli equilibri erano saltati, nessuno si trovava a proprio agio con questi nuovi ruoli – tranne, forse, Emanuele, il cui ego era troppo smisurato per permettergli di capire che il suo piano stava travolgendo ogni cosa.

L'ultimo anatema

Più vero di "Beautiful", più incredibile di "Twin Peaks", più contorto di "Dallas", al rompicapo dell'estate manca solo un tassello: [...] Michelle sarà felice?; È la setta del libero amore; Fossero stati tutti sposati, per la legge sarebbe incesto; Quando la realtà supera la fiction: sono solo alcuni dei titoli usciti in quelle settimane. La stampa andò in visibilio. Come non capire... Quando avevo lasciato Giovanni non avevo diramato comunicati, Emanuele era noto per essere il mio manager e il compagno di Clelia, la mia ex "suocera" oltre che consigliera spirituale. Dietro ogni angolo c'era appostato un paparazzo armato di teleobiettivo: sugli scogli di fronte alla spiaggia di Pantelleria, sotto casa mia, sotto casa di Clelia, lungo la strada per l'ufficio, davanti al bar dove prendevo il caffè... ovunque. Ricevemmo alcuni giornalisti in Tuenda, con lo scopo di mostrare che non c'era niente di strano e che eravamo tutti tranquilli. Rilasciai sobrie dichiarazioni per calmare gli animi, ma non ci fu nulla da fare.

Ero su una giostra e dovevo girare: ogni giorno un commento, un'ipotesi, un'indiscrezione vera o presunta, un vip che si schierava, uno psicologo che sentenziava, una scrittrice che romanzava. Un tribunale che convocava.

Il padre di Aurora richiese un'udienza urgente per l'affidamento, affinché nostra figlia non frequentasse Emanuele. Non poteva sapere che intendevo lasciare lui, Clelia, la Tuenda e tutto il gruppo. Né poteva immaginare che quell'avventura di poche settimane con Emanuele sarebbe stata la mia salvezza. Queste erano informazioni che avevo solo io, e peraltro in modo confuso.

Ero molto agitata: volevo andarmene, ma non sapevo come. La forza del gruppo stava nella sua stabilità, nella sua compatta fede verso ideali e regole che tutti condividevamo. Il cerchio si era spezzato, l'armonia era perduta: non lo sapevamo, ma la setta non c'era già più. Ne eravamo tutti già fuori: non si può appartenere a qualcosa che non esiste. Troppo fragile per capirlo, sentivo di essere a un bivio: avevo scelto quale direzione prendere, ma ero talmente irretita sotto tutti i profili – professionale, mediatico, psicologico – che non sapevo come allontanarmi. Avevo paura: di morire, prima di tutto, come mi era stato predetto più e più volte, ma anche di conseguenze meno definitive e, tuttavia, terribili. Non avevo idea di come la setta si sarebbe comportata: temevo Emanuele, l'uomo abbandonato, temevo Clelia, nella nuova veste di donna ferita. Sapevo di avere bisogno d'aiuto, ma ero sicura che nessuno me l'avrebbe dato. Non avevo alcun dubbio: al di fuori della setta credevo di essere sola. Così, nel frattempo, per non incorrere in punizioni e non scatenare reazioni inaspettate, feci quello che avevo sempre fatto: recitai il mio ruolo di messaggero. Minimizzai, spiegai, difesi la setta da qualsiasi attacco.

Non mi riuscì difficile, se devo essere sincera: sotto i riflettori c'ero io, prima di loro, ed erano le mie scelte sentimentali a venire soppesate senza pietà. Ero arrabbiata. Temevo che tutto quel rumore avrebbe messo a rischio l'affidamento di mia figlia, e questo proprio non potevo permetterlo. A fine agosto cercai di spiegare, di approfondire, di giustificare. Ripercorsi tutta la storia, facendo presente che da quanto i giornali pubblicavano sembrava che la mia storia con Giovanni si fosse conclusa a causa dell'inizio di quella con Emanuele. I fotomontaggi comparsi su decine di riviste, però, erano fatti ad arte, non raccontavano la verità. Spiegai che Giovanni e io non stavamo più insieme da mesi e che avevo deciso di rendere pubblica la notizia solo quando mi ero resa conto che stavano circolando dicerie intollerabili sul suo conto, come quella di un suo supposto tentativo di suicidio. Giovanni per me rimaneva un amico, con il mio agente era nato qualcosa, Clelia e io ci eravamo allontanate, come può capitare tra persone adulte: tutto qui. Eravamo andati a Pantelleria insieme per cercare di risolvere i problemi nella maniera più naturale possibile. Chiesi di essere giudicata come donna, non come madre. "Se non fossi un personaggio pubblico e mi fossi messa, per dire, con il fidanzato della mia migliore amica, sarebbe successo tutto questo?" commentai. "Certo, la vita è strana, le scelte a volte sono strane. Nessuno può decidere di chi si innamorerà. La libertà di scegliere di chi innamorarsi fa parte dei diritti di ciascuno di noi, solo che per una donna è tutto più difficile." In parte era vero (e a quella parte continuo a tenere molto); in parte, certo, non lo era.

Purtroppo, nulla di ciò che dissi riuscì ad arginare quel bailamme. L'occasione era troppo ghiotta e il fatto che l'udienza cadesse a pochi giorni dal mio ritorno da Pantelleria dava l'opportunità di tenere viva la notizia. Tutta la mia diplomazia, il mio autocontrollo andarono a farsi benedire. Sul "Corriere" uscì una mia intervista con il calzante sottotitolo: *La tigre si è svegliata*. Non ne vado fiera, ma ero furente. In fin dei conti, Eros era stato paparazzato negli anni al fianco di diverse donne, io ero uscita con due uomini in tre anni e mi ritrovavo sotto quel fuoco incrociato, di fronte al concreto rischio di perdere mia figlia. Avrei accettato di essere messa in dubbio per le mie convinzioni spirituali, per le mie scelte sentimentali, ma non come madre.

L'unica luce in quelle giornate fu un editoriale di Vittorio Feltri, che cominciava così: "Quando si dà la caccia alle streghe, io sto con le streghe". Più avanti, scriveva: "Mettiamo pure che il comportamento di Michelle non sia apprezzabile. Ma è sufficiente la stravaganza a rendere non idonea una donna a fare la mamma? Chi decide se è più stravagante aderire a una setta dedita a stucchevoli preghiere oppure cadere in ginocchio davanti a una statuetta di madonna che trasuda liquidi rossastri? Come mai è considerato sanissimo di mente chi è convinto che le statuette mariane piangano sangue mentre è considerato tocco chi vede l'opera miracolosa di Gesù nelle terapie della sciura Clelia? [...]

Il fatto che Michelle preghi in uno scantinato anziché in una cattedrale è ininfluente sulle sue capacità di educare la figlia".

Feltri mi conosceva bene. Era un mio amico e lo è ancora; insieme ad Antonio Ricci è stato il mio testimone alle nozze con Tomaso. Ci eravamo conosciuti al ristorante. Antonio qualche volta mi aveva invitato a unirmi a un gruppo che andava a cena dopo la diretta di "Striscia", avevo accettato e mi ero trovata a tavola con i giganti del giornalismo italiano: Vittorio Feltri, ma anche Paolo Mieli, Giancarlo Aneri, il promotore del premio "È giornalismo", ed Enzo Biagi. La prima volta ero intimorita, mi chiedevo che cosa avrei potuto mai dire per non passare per scema, come Emanuele asseriva che fossi... Tutte le mie titubanze si erano sciolte di fronte a persone meravigliose, attente, bisognose come tutti di leggerezza e di un sorriso. La motivazione ufficiale del primo invito era stata: «Enzo Biagi è un tuo insospettabile fan, vuole conoscerti». Quella nascosta suppongo fosse: "Proviamo a salvare questa derelitta dalla situazione in cui si è cacciata". Era evidente a tutti, Emanuele compreso, che incontri del genere non si rifiutano. Quindi, in via del tutto eccezionale, mi era stato accordato il permesso di uscire senza accompagnatori. Nessuno mi disse mai esplicitamente: "Esci da quella setta". Ricordo la delicatezza con cui Enzo Biagi riuscì a introdurre argomenti più profondi, per arrivare a darmi consigli saggi, guardandomi negli occhi. Una sua frase ha fatto la differenza: «Ricordati di non peccare di troppo candore». Riteneva che riponessi troppa fiducia negli altri e troppo poca in me stessa. Erano tutti mattoncini sul nuovo cammino che stavo intraprendendo. Non sapevo di essere davanti a una porta, pronta a conquistarmi la mia vera indipendenza. Ma c'ero. La vicinanza, la saggezza e l'amicizia di queste persone mi hanno aiutato a mettere la mano sulla maniglia e a spingere.

Il 7 settembre 2005 il tribunale decise salomonicamente di lasciare invariate le clausole dell'affidamento e di impedire a Emanuele di vedere Aurora. Fuori dall'aula, confusa e preoccupata, rilasciai una serie di dichiarazioni. Me ne scappò una su mia madre: "Chi dice che Clelia per me sia una madre sbaglia. Di mamma, nella mia vita, ne ho avuta una sola". Poche parole, che mi valsero il consueto isolamento, in un momento in cui mi sarei aspettata un minimo di sostegno. Avrei dovuto fare i salti di gioia, invece mi sentivo come sempre: impaurita, fragile, insicura.

Il dolore per questo ennesimo abbandono, per la sensazione di sentirmi ancora una volta inadatta e non amata era talmente forte che arrivai a pensare: "Se questo è Dio, allora devo andare contro di lui". Era una scelta di sopravvivenza.

Emanuele aveva notato che mi stavo allontanando. Ero meno fervente da mesi, ma da quando il legame con Clelia si era incrinato avevo cominciato a prendere le distanze dalla setta in maniera evidente. Questo avrebbe significato perdermi anche come artista, e lui lo sapeva bene. La setta era un pacchetto completo: o tutto, o niente. Così, mi aveva ripetuto all'esasperazione che non era sorpreso: stavo semplicemente imboccando la strada che avevo sempre intrapreso. Da quando ero nata come sorella di Gesù, in ogni vita ero progredita fino a quello specifico punto, poi avevo fatto marcia indietro, scegliendo il buio invece che la luce. A quanto pareva, proprio non riuscivo ad aprire il cuore alle opportunità di salvezza. Ero stata così fortunata da poter vantare una parentela con il Messia, eppure ancora mi ostinavo a non riconoscere un tale privilegio e le responsabilità che portava con sé. Ero incorreggibile, sporca e segnata. Potevo redimermi un'ultima volta, o sarei morta. La decisione di punirmi era l'ennesimo atto di bontà nei miei confronti: perché prendersi il disturbo di occuparsi di me se non fossi stata "recuperabile"? Dovevo però stare molto attenta: stavo mettendo a rischio persino la missione che lui, con coraggio e sacrificio, aveva intrapreso per il bene della mia anima.

Mentre ero in castigo e meditavo sul da farsi, Emanuele commise un errore. Coinvolse in una riunione strategica la persona sbagliata. Lorella era il mio ufficio stampa, benché non l'avessi mai conosciuta. Il diktat in Tuenda era che dovessi venire preservata e protetta da tutto ciò che non era strettamente creativo e artistico. Forse temevano che Lorella non fosse leale fino in fondo alla causa della setta… fatto sta che si occupava di me senza avermi mai nemmeno stretto la mano. Al termine del meeting, rubò il mio numero di cellulare e, la sera stessa, mi mandò un messaggio: "Ciao Michelle, sono Lorella, il tuo ufficio stampa. Non ci siamo mai parlate, ma ho bisogno di parlare con te: mi è vietato contattarti ma sono disposta a licenziarmi pur di vederti. Per favore, concedimi un pranzo o una cena, è importante".

Ero pronta. Sentivo di doverla assolutamente incontrare. Per una volta, essere in punizione fu una fortuna. Organizzai una cena super segreta, nessuno sapeva che ci saremmo viste. Sgusciai fuori casa seminando paparazzi e occhi indiscreti e mi sedetti in un ristorante giapponese di fronte a una bella ragazza mora con gli occhi ridenti.

Lorella mi svelò che si occupava dei miei rapporti con la stampa da più di un anno. Mi sembrava assurdo non averla mai nemmeno vista. Perché? Che ragione c'era? Cominciavo a capire che ero stata rinchiusa in una campana di vetro opaco: potevo guardare fuori mentre gli altri non potevano guardare dentro. Per due anni almeno ero stata impenetrabile, e non solo con i familiari e gli amici (momentaneamente) smarriti, ma anche con tutte le persone che collaboravano con me, che avrei dovuto incontrare e poter liberamente contattare.

Lorella mi disse in modo molto esplicito che i capi della Tuenda – quindi i capi della setta, cioè Emanuele, Clelia, Giovanni e Pietro – stavano ordendo un piano per farmi del male. «In questi giorni sono stata convocata a una riunione» mi raccontò. «C'erano tutti. Lì, mi sono state chieste cose che proprio non mi piacciono. Hanno capito che hai dei dubbi e vogliono cercare di ricondurti all'ovile spaventandoti, con un'azione mediatica costruita ad hoc.»

La minaccia e il ricatto: le armi che prima o poi qualsiasi setta estrae dal cappello. Fino a quel momento si era trattato di minacce e ricatti psicologici o spirituali, si parlava di amore e di anima.

Questo era un cambio di passo: temendo che dominarmi sul piano emotivo non fosse più sufficiente, stavano valutando come passare a un ulteriore livello. Non so che cosa intendessero organizzare in concreto, i dettagli sarebbero stati messi a punto nei giorni successivi, ma volevano che arrivassi ad avere paura – chissà per chi o che cosa: se per il rapporto con Aurora, per me o per la mia carriera.

Sulla carta quelle persone erano il mio compagno nuovo di zecca, una donna che avevo considerato una madre, il mio ex fidanzato e un amico. Era agghiacciante.

«E tu che cosa hai fatto?» chiesi a Lorella.

«Ho finto di essere d'accordo e ho rubato il tuo numero.» Lorella mi fissava aspettando una mia reazione, ma attese invano. Ero senza parole. Avevo la bocca secca, la mente vuota. «Michelle» riprese allora lei «conosco la situazione in cui ti trovi: devi sapere che se li molli non sei sola. Fuori c'è il mondo che ti aspetta.»

Scoppiai a piangere. Era la cosa che desideravo più di ogni altra sentirmi dire, che non ero sola, e quella che mi ero abituata a considerare più improbabile. «Veramente?!» le domandai.

«Non so come fare a spiegartelo: la tua famiglia, i colleghi, i direttori di rete, agenti, produttori... Stanno tutti pregando per te.»

«Grazie» le risposi. «Grazie.» Provo per Lorella una gratitudine infinita, che dura tuttora, perché in quel contesto è stata la prima ad aiutarmi senza giudicarmi. Non mi ha accusato di essere pazza, non mi ha trattato come una bambina piccola, non mi ha chiesto di sospendere ancora il mio giudizio e di fidarmi di lei. Mi ha passato delle informazioni, da adulta a adulta. Quando mi ha detto "Non sei sola" ho sentito di poterle credere. Ero convinta che oltre la setta per me non ci fosse niente. Ero sporca, poco evoluta, orribile: chi avrebbe voluto avvicinarmi? Fuori per me non ci sarebbe stato altro a parte morte certa e una solitudine assoluta. Non era vero: Lorella ne era la dimostrazione evidente. Sono bastate tre parole, "Non sei sola", ma erano quelle giuste.

Pianificammo quella sera stessa una strategia per uscirne il più possibile indenni. Visto che in futuro, probabilmente, non avremmo più potuto parlare con la stessa libertà, decidemmo cosa dichiarare alla stampa quando avrei interrotto i rapporti con la Tuenda e riflettemmo sulle opzioni a disposizione in termini di management: lasciata l'agenzia, a chi avrei potuto rivolgermi? Chiedere a Lorella di contattare Franchino era fuori discussione: dopo il modo atroce in cui l'avevo trattato, ero sicura che di me non volesse più saperne. Non rimaneva che guardare altrove. L'indomani avevo in agenda un'intervista e ne approfittai per lanciare un messaggio in codice (ma piuttosto inequivocabile) a Bibi Ballandi. Avevo recitato in un musical, lui era un produttore: nessuno avrebbe potuto obiettare. Nel giro di tre giorni ricevetti una sua telefonata. Avevo il cuore a mille. Quando sentii il suo accento bolognese e percepii, nonostante il telefono, il suo sorriso pulito, mi si aprì il cuore. Era vero! Non ero sola, un'anima condannata a vagare nel deserto: c'era un produttore fantastico interessato a lavorare con me e avevo persino un ufficio stampa straordinario. Serenità: è l'unica parola che mi viene in mente quando penso al momento in cui ho appoggiato il cellulare e deciso che era giunto il momento.

L'ultimo ostacolo: la mia pancia, la mia irrazionalità. Anni di lavaggio del cervello mi portavano a pensare che, se mi fossi allontanata dalla setta, sarei morta. Ne ero certa.

In un sistema di credenze che considerava tutto emendabile, correggibile, aggiustabile, c'era una sola cosa che non andava fatta, e sarebbe stata punita in modo definitivo dall'alto: andarsene. Ci credevo, e credevo che quel confine non fosse un'invenzione di Clelia o di Emanuele o di chissà chi: pensavo che loro si limitassero a esplicitare i termini di una legge superiore. Era quella che faticavo a infrangere.

Quando l'ennesima punizione finì e venni riammessa alle riunioni rabbrividivo al pensiero che Clelia o, peggio, il canale si accorgessero che stavo nascondendo qualcosa. Cercai di mostrarmi coinvolta come sempre, ma non devo esserci riuscita molto bene perché, la mattina dopo, il maestro mi telefonò: «Amore, devo vederti».

Si fece accompagnare sotto casa mia. La persona alla guida scese dall'auto e ci lasciò da sole in macchina. Clelia mi diede un bacio in fronte, mi prese le mani tra le sue e pronunciò il suo ultimo anatema: «Sento che te ne stai andando. Sappi che ti amo profondamente, che davvero ho voluto aiutare la tua anima». Piangeva mentre mi minacciava. «Sai benissimo di aver attraversato tante vite sbagliando, non lasciare che questa si aggiunga alle altre. Ti ho già detto che non esiste solo la morte del corpo, ma anche la fine dell'anima. Sei a questo punto. Fai la tua scelta: in ogni caso io ti amerò lo stesso. Ma tu in un caso vivrai, nell'altro morirai.»

Quando ho bisogno di riflettere comincio a pulire. Auri adora prendermi in giro per questo: agli amici racconta sempre che da bambina, per farmi i dispetti, mi spettinava le frange del tappeto persiano e io accorrevo con un apposito pettinino, religiosamente conservato in un cassetto tutto suo, e le stendevo una a una finché non tornavano perfettamente parallele.

Aurora era a scuola. Risalii in casa, impugnai l'aspirapolvere e cominciai ad aspirare il pavimento del salotto. Ero in lacrime. "Cosa vuole Dio da me? Se l'unico modo per salvarmi è soffrire così, allora preferisco morire" pensai. Non potevo smettere di avere fede: non volevo più proseguire su quel percorso, ma credevo in tutto ciò che la setta mi aveva insegnato. Continuavo freneticamente a ripassare sullo stesso punto. "Se è così che deve essere, non sono all'altezza. Non ce la faccio."

Mia madre era maligna, Eros aveva Finzione dentro, Simona era posseduta, Franchino era segnato: non poteva essere possibile. Se era vero, pazienza. Li amavo comunque. Non potevo impedirmi di amarli. Ci avevo provato, con tutte le mie forze: non ce l'avevo fatta. Quanti lutti, quante separazioni ancora volevo attraversare?

Alzai gli occhi al cielo e glielo dissi ad alta voce: «Se così deve essere, va bene, che così sia. Rinuncio alla salvezza, rinuncio alla luce: preferisco morire piuttosto che vivere in questo modo».

Stavo male sempre, senza pause, senza sollievo. Chi diceva di amarmi mi ricattava, mi umiliava, mi puniva, e le altre persone erano dietro quel vetro opaco che mi separava dal mondo. Le poche volte che allungavo la mano per toccare la parete, la sentivo fredda, densa, impenetrabile. Romperla e attraversarla significava morire? Pazienza. Non mi importava più di niente. Se quello era il prezzo da pagare per la libertà, l'avrei pagato. Pensavo di essere a un passo dalla fine, e desideravo solo vivere gli ultimi istanti di felicità, coccolando la mia bambina, abbracciando ancora una volta mia madre, parlando di nuovo con il padre di Auri, vedendo un'ultima volta Simona, Franchino, Graziella.

La sera misi a letto mia figlia, poi mi ritirai in camera. Stranamente, perché non dormivo affatto bene in quei giorni, crollai quasi subito. Sognai mio padre.

Ero in ascensore con Auri, eravamo entrambe vestite di bianco. Salivamo, salivamo, salivamo tantissimo. L'ascensore era trasparente, fuori si vedeva il cielo. Quando si fermò, le porte si aprirono e davanti a noi c'era il paradiso. Ad aspettarci, mio padre e mio nonno, sorridenti. "Ciao papà, che bello vederti!" esclamavo, e facevo per gettargli le braccia al collo. Lui, dal sorriso più luminoso, si rabbuiava e mi ordinava: "Adesso basta!".

Era un ordine talmente perentorio che mi svegliai di soprassalto.

"Adesso basta."

D'istinto presi il cellulare, telefonai a Emanuele e gli dissi: «È finita».

Silenzio.

Cominciai a tremare, non so se per la tachicardia o l'emozione o la paura o cos'altro.

Un secondo ancora ed Emanuele provò a blandirmi: «Tesoro, cosa stai dicendo?».

«Parlo della Tuenda. La lascio.»

«Ma perché? Vai alla grande! E io ti amo.»

«Emanuele, ho deciso. Basta. Io proseguo per la mia strada, voi per la vostra. Addio.»

«Dimmi che cos'è successo: perché hai preso una decisione del genere?»

«Non insistere, non serve. Sono sicura di quello che ti sto dicendo.»

«Vuol dire che c'è qualcuno, hai già trovato un altro manager...» insinuò. Poi aggiunse una cosa che ricorderò per tutta la vita e che dà la misura di quanto pensava di avermi in pugno: «Deve essere così perché tu non avresti mai la forza di farlo».

«Emanuele, ti stai sbagliando. Non c'è nessuno» risposi. Ed era vero. Ballandi l'avevo solo sentito per telefono, non ci eravamo nemmeno incontrati: un po' poco per definirla "trattativa"...

«Allora c'è qualcosa sotto» si ammorbidì lui. «Con chi hai parlato? C'è qualcuno che ti manipola?» Il colmo.

«No, semplicemente ho deciso che non voglio più lavorare con la Tuenda.»

Stavo prendendo a picconate il suo progetto. Tutto si basava su di me: io ero la chiave di tutto e l'unica a non averlo capito. Diventò aggressivo, alla maniera degli animali feriti: «Non sai cosa stai dicendo, non hai idea di quello che ti farò passare: ti massacrerò!». L'agente mi minacciò di farmi causa, il maestro mi minacciò di morte. Mi sarei ammalata ai polmoni e sarei morta tentando di respirare.

Non funzionò. Ero pronta ad affrontare entrambe le cose.

È stato quello l'inizio della mia rinascita.

Il mattino dopo Lorella diramò un comunicato, che venne ripreso da tutti i telegiornali, i quotidiani, le riviste, i siti web. Era asettico perché, bene o male, con la Tuenda avevo un contratto, che avrei risolto tramite avvocato.

> Michelle Hunziker comunica ufficialmente di aver sciolto, oggi, i rapporti con l'agenzia di management Tuenda.
>
> "Ho deciso di sciogliere i rapporti con la Tuenda perché si sono verificate delle divergenze sulla gestione della mia immagine. Per il momento ho inoltre deciso di non aggiungere, in alcun modo, dettagli su ciò che riguarda la mia sfera privata e professionale."

A mezz'ora esatta dalla pubblicazione sull'Ansa, cominciai a ricevere messaggi e telefonate. Decine di telefonate, decine di messaggi.

Mi sembrava di aver vissuto per anni nella penombra di una casa bellissima e accogliente, con deliziose tendine ben tirate alle finestre. Quando ne ero uscita, avevo rivisto il sole ma non era stato piacevole: la luce mi aveva ferito gli occhi. Non ero in grado, non ancora, di sopportarla. Ero sotto shock. Ero rimasta all'interno convinta che fuori per me non ci fosse niente, solo vuoto e disamore: invece il telefono continuava a trillare. Il primo a mandarmi un messaggio fu Eros: "Se hai bisogno io ci sono". Poi mia madre: "Quando posso vederti?". Poi Vittorio Feltri, Antonio Ricci, Giancarlo Aneri, Paolo Mieli, Bibi Ballandi, i direttori delle reti Mediaset, i colleghi, gli amici che non vedevo da una vita. Tutti erano "troppo contenti", "siamo con te", "siamo al tuo fianco".

Il giorno stesso della pubblicazione del comunicato avevo in programma uno shooting per "Sorrisi e Canzoni". Il direttore, Massimo Donelli, non sarebbe dovuto essere presente, ma venne sul set, mi abbracciò fortissimo e mi confessò: «Sai che quel treno in faccia l'ho preso anch'io?». Per un periodo era stato cooptato dalla P2, la loggia massonica che Clelia considerava un modello inarrivabile. Oltre a non essere sola, come mi era stato predetto, non ero nemmeno "la sola" ad aver vissuto un'esperienza simile: sgranai gli occhi per la sorpresa, lo abbracciai a mia volta e, finalmente, realizzai davvero di essere libera.

Per tre giorni ebbi l'argento vivo addosso. Mi sentivo onnipotente. Scattavo in piedi al mattino, preparavo la colazione ad Auri cantando, fissavo appuntamenti nuovi e rispettavo quelli già presi, incontravo persone, rispondevo ai messaggi, telefonavo e parlavo, parlavo tantissimo.

Incontrai Eros. Andammo a mangiare qualcosa insieme. Un'emozione! Ero agitatissima. Mi venne in mente Clelia che mi ripeteva: "È l'anticristo, è posseduto da Finzione. Mentirà, ti manipolerà, farà di tutto per distruggerti e bloccarti". Poi ci salutammo e seppi all'istante che aveva sempre avuto ragione il mio cuore: non c'era male da nessuna parte, a quel tavolo. Eravamo solo Eros e

Michelle, i genitori di Auri. Andò tutto splendidamente: non parlammo mai della setta, ma di nostra figlia e dell'affetto che ancora c'era tra noi. Decidemmo insieme che non avremmo mai più comunicato tramite avvocati e facemmo programmi per festeggiare il compleanno di Auri, a inizio dicembre, con la festa più divertente di sempre.

Cercai mia madre. Avevo i brividi mentre aspettavo che prendesse in mano quel benedetto telefono. Poi sentii la sua voce: «Pronto?». Non so come mi abbia riconosciuto, visto quanto singhiozzavo, ma lo fece e cominciò a urlare: «Michelle, sei tu? Michelle! Oddio, Michelle, Michelle!». Mi tremava la voce. Le chiesi un favore: «Mamma, voglio vederti, ma ti prego: io non farò mai il processo a te, tu devi promettermi di non farlo a me». Ero terrorizzata dall'ipotesi di sentirmi sgridare. Non avevo idea di come si sarebbe comportata, non avevo più chiavi certe per decifrare il linguaggio degli altri: sapevo a stento chi ero io, volevo che il nostro ritrovarsi fosse bello e semplice. Avevo in testa questo sogno: andavo a casa sua, suonavo il campanello, lei apriva e ci abbracciavamo. Volevo solo questo. Non sarei stata in grado di sostenere una discussione sui perché, peggio ancora sull'assegnazione delle colpe – questa a me, questa a te. Avevo bisogno che nessuno mi parlasse della setta, non ancora. Lei accettò senza esitazioni, senza domande, come se non ci fosse nemmeno bisogno di chiederlo. Come fanno le mamme. Volai da lei.

Ancora oggi, se penso all'immagine della mia mamma che apre la porta mi viene la pelle d'oca. Quattro anni senza sua figlia. Era trasfigurata.

Sembrava molto più vecchia allora di quanto non sia oggi – e da quel momento sono passati almeno dodici anni. Si era tinta i capelli, era dimagrita, non era lei. Ci siamo abbracciate lì, sulla soglia. Non so quanto siamo rimaste in piedi, con la porta aperta, mentre il vicino della villetta a schiera osservava incuriosito e chissà che cosa immaginava. Ho affondato la testa nel collo di mia madre e ho cominciato a piangere perché ero tornata a casa. E la mia casa c'era ancora. Potevo toccarla, potevo annusarla: era lì, tra le mie braccia.

Siamo state insieme per ore, a chiacchierare al tavolo della cucina. È stato incredibile, commovente, emozionante. Ma è stato anche tremendo: mi ero persa quattro anni di lei. Non sapevo che aveva dovuto mettere un pacemaker, non sapevo di altri problemi fisici che aveva affrontato. Un giorno, pur di vedermi, era venuta a teatro, ad assistere a una replica di *Tutti insieme appassionatamente*. Si era fatta accompagnare da un'amica perché temeva di non reggere. Quando mi aveva vista uscire sul palco era svenuta. L'amica l'aveva aiutata a rinvenire e l'aveva portata via, senza che riuscisse ad assistere al resto dello spettacolo. Mi mostrò il messaggio che mi aveva inviato quella sera: "Amore, la mamma è qui, in quattordicesima fila". Ai miei occhi non era mai arrivato.

Quel giorno abbiamo parlato tanto del dolore di tutte e due. Del suo di più. Non aveva mai mollato: aveva provato a riprendermi in mille modi. Nei primissimi tempi del mio allontanamento aveva deciso che, se non era riuscita a staccarmi da Clelia con le buone, ce l'avrebbe fatta con le maniere forti. Era partita in macchina con una mazza da baseball intenzionata a minacciarla se non avesse smesso di interessarsi a me. Chissà che velocità faceva in tangenziale, perché la fermarono per un controllo "casuale" di patente e libretto. Il poliziotto aveva osservato con occhio interrogativo la mazza da baseball che troneggiava sul sedile del passeggero e l'aveva lasciata andare con la raccomandazione di tornare subito a casa. A quel punto, con la coda fra le gambe e l'adrenalina rientrata a un livello normale, a casa era rientrata veramente, decisa a individuare una nuova strategia. A parte telefonarmi e scrivermi innumerevoli volte – tentativi di contatto che purtroppo erano stati regolarmente neutralizzati dalla setta – era arrivata a chiedere a un suo collega di infiltrarsi tra gli adepti. Era convinta che solo avendo informazioni su ciò che succedeva durante le riunioni sarebbe riuscita a capire come convincermi a uscire da lì. Per qualche settimana lui le riferì cosa accadeva durante le terapie con Clelia. Le parlò dei segni, delle energie e del corpo sottile, poi scomparve. Purtroppo, era caduto nella mia stessa trappola: Clelia l'aveva convinto di essere un messaggero e della bontà del luminoso percorso che proponeva. Non è finita: mia madre, la donna più razionale dell'universo, arrivò a concepire di recarsi a Fatima, e non solo ci andò, ma commissionò anche una preghiera speciale alle Suore Oblate di Maria Vergine. Visto che niente serviva, chiese aiuto a una psicologa: invece di consigliarle di venire a prendermi per i capelli, questa dottoressa le aveva suggerito di fingere con se stessa che fossi morta, in modo da elaborare meglio il lutto per la mia lontananza. Mi mostrò una copertina di una rivista con una mia fotografia, sulla quale aveva scritto: "Michelle è morta". L'ho abbracciata fino a stritolarla. Ero sicura che mi avesse abbandonato, mentre per lei lasciarmi andare era talmente impensabile che l'unico modo per riuscirci era stato provare a convincersi che non c'ero più. E anche così non aveva funzionato. Per la prima volta nella mia vita, mi sembrò fragile. Quel giorno sono diventata la sua figlia adulta, ho smesso per sempre di giudicarla e ho cominciato ad amarla incondizionatamente per la persona che è.

Per ritrovare Simona, invece, ho impiegato un paio di mesi. Non riuscivo a digerire il fatto che lei, per quanto ne sapevo, si fosse schierata dalla parte di Eros nella causa per l'affidamento. In tribunale mi era stato detto che una mia amica, anche lei nella setta, aveva scritto una lettera nella quale asseriva che i bambini – Aurora compresa – partecipavano ai riti e subivano terapie. Non ci avevo visto più. Non capivo come fosse possibile che Simona, la mamma di una delle migliori amiche di Auri, la persona con la quale avevo condiviso tutto di me, potesse affermare il falso e mettere così in pericolo il rapporto con mia figlia. Sapeva quanto Aurora e io fossimo legate. In più, ciascuna aveva accudito i figli dell'altra: perché mi aveva pugnalato in quel modo? Clelia era arrivata a sostenere che Simona fosse l'amante di Eros, che tutto tornava: mi aveva fatto derubare, ora voleva portarmi via mia figlia e cancellarmi dalla sua vita.

Per me, allora, era impossibile immaginare che ridiscutere i termini dell'affidamento fosse un modo per volermi bene. Eppure, di questo si trattava. A volte si compiono atti disperati, la cui motivazione diventa chiara solo molto, molto più tardi. Oggi riesco a vedere con chiarezza che cosa è accaduto e a comprenderlo. Al tempo, mi bruciava da pazzi. Avevo ancora addosso la paura di vedermi portare via mia figlia, un rischio che non aveva sortito su di me lo stesso effetto che aveva esercitato su Simona. Lei si era svegliata all'istante mentre io, che avevo alle spalle decine di udienze e di cause, ero diventata una iena.

Per fortuna, perché altrimenti decidere di riallacciare i rapporti con lei sarebbe stato difficile, il mio rapporto con Simona non finiva lì, anzi. C'era molto altro, e questo altro mi mancava. In un momento di rabbia avevo cancellato il suo numero, così avevo approfittato di una festa delle bambine per farglielo chiedere da Auri.

Era dicembre. Le mandai un SMS: "Quando hai un po' di tempo mi farebbe piacere bere un tè insieme. Ciao, Michelle". Simona stava partendo con la famiglia per il ponte di sant'Ambrogio. Tempo due secondi: *driiiin*.

«Pronto.»

«Era ora!»

Risate sue, risate mie, la promessa di rivederci appena fosse tornata.

Con "appena" Simona intendeva proprio "nell'istante successivo immediatamente disponibile al mio ritorno": me la sono trovata sotto casa alle sette del mattino. *Dlin dlon*. Ero ancora a letto. Mi sono trascinata verso la porta in pigiama, pensando: "Ma chi è a quest'ora?".

Ho sollevato la cornetta del citofono e nello schermo ho visto una cuffia turchese da neonato. «Sei già qui?»

«Eh, dovevo vederti.»

Nevicava, strade deserte, ma lei aveva impacchettato i bambini, che nel frattempo si erano moltiplicati ed erano quattro, e attraversato la città per fare colazione con me.

È stato come se ci fossimo lasciate la sera prima. Mi era mancata tutti i giorni, per quasi cinquecento giorni. Quel tempo senza di lei, che mi era sembrato infinito, si compattò davanti a un tè con i biscotti, mentre la ascoltavo parlare della sua famiglia e dei suoi figli.

Ogni cosa era nuova per me, una sorpresa. Non immaginavo che ci fosse qualcuno ad aspettarmi, fuori, quindi non mi ero chiesta come sarebbe stato rivedere uno o l'altro. Penso di dover dire grazie a quell'esperienza, in parte: di incontri così belli e intensi non ne avevo mai vissuti. Con Simona ogni sospeso, inclusa la questione della sua testimonianza, si è sciolto nel giro di poche settimane. Da allora è stato tutto in discesa.

Non dedicammo un istante a Clelia, Emanuele né ad altri della setta: non ero pronta. Non avrei retto, soprattutto non con lei, che davvero sapeva che cosa era successo. In privato, ci pensavo spesso. A volte, quando mi guardavo allo specchio, stentavo a riconoscermi. Chi era quella? Era il messaggero della luce? Era la figlia che riabbracciava sua madre? Diventava tutto più facile se riflettevo sul fatto di essere circondata dall'amore, da persone che, invece di colpevolizzarmi, avevano capito (addirittura più di me) che ero stata una vittima. Che ero stata manipolata e sfruttata. Rendermi conto di aver scelto quella vita invece della mia, senza morirne, è stata la sfida più grande degli anni successivi.

Libera

Mi misi a scrivere delle lettere. Non dormivo mai. Alle due, alle tre del mattino, prendevo carta e penna e tiravo fuori tutto, come un'artista tormentata. Esternare i miei sentimenti era una forma di cura: ero libera. Libera di esprimere ciò che sentivo, di vivere come volevo, di accettare ciò che provavo. Quante notti avevo passato a piangere per il senso di colpa, quello di non riuscire a rinnegare fino in fondo il mio amore per il padre di Aurora. Ero arrivata a pregare Dio di estirparlo da me, per la paura di essere giudicata, di sbagliare, di rimanere ancora sola... Finalmente era tutto finito. Potevo dargli spazio. Potevo riaffermare la mia identità. Non esistevo in funzione delle mie vite passate o di una missione futura: ero qui, ora, in questo corpo, con questa testa e questo cuore.

> Benedetti i momenti di solitudine, in cui senti tutto ciò che c'è e ciò che non c'è, ciò che è tuo e ciò che non sarà mai tuo. Il cuore ti parla, lo senti. Sei parte del tutto pur sapendo di essere una particella infinitesimale, uno starnuto nell'eternità, pur sempre qualcosa di unico, amato da Dio.

Benedetti i momenti di dialogo, i silenzi, più chiassosi del chiasso, per poi diventare musica armonica, divina, nel cuore.

Sento di amare mia figlia, anima meravigliosa, scesa per il mio cuore.

Sento di amare questo mondo, questo posto incantevole per chi lo sa vedere.

Sento di amare me stessa, guardandomi da fuori per tutto ciò che sono, con i miei difetti e con le mie virtù.

Se il mio cammino fosse ancora più tortuoso e difficile di quanto non sia adesso, lo percorrerei ugualmente cercando sempre la leggerezza al posto della superficialità e il sentire al posto del capire, il vedere al posto del guardare.

Sono qua per imparare ad amare e a vivere nell'equilibrio.

Sarebbe stato tutto meraviglioso e perfetto, se solo avessi potuto smettere di credere a quanto mi era stato insegnato. Avevo ben chiaro che l'organizzazione-setta mi aveva fatto del male, ma ancora non riuscivo a orientarmi senza le coordinate che Clelia mi aveva inculcato. Per quattro anni avevo diviso le persone in due gruppi contrapposti, Noi e Loro, dove Noi eravamo i buoni, gli eletti, gli evoluti che conoscevano la nuova religione universale, mentre Loro erano quelli sporchi, segnati, inconsapevoli, aggressivi perché rifiutavano il messaggio. Ero abituata a ragionare in termini di anime antiche, di energie verticali e orizzontali, di scorie sottili, di Finzione e di blocchi spirituali, di parentele con gli Esseni e missioni di luce: era tutto da buttare? Inizialmente mi risposi di sì. Via Clelia, via i suoi figli, via Emanuele, via la Tuenda, via tutto. Canali compresi.

Mi sono colpevolizzata fino a consumarmi il cervello. Come avevo potuto farmi questo? Quanto tempo avevo perso? Cosa ero diventata? Non ero sicura di riconoscermi, quando mi guardavo allo specchio. Per motivi diversi, mi scoprivo a ripetermi le stesse, identiche frasi che mi diceva Emanuele. Con la stessa violenza. "Sei una deficiente, una cretina, un'idiota. Erano tutte scemenze: la sorella di Gesù? Come hai potuto crederci? Gli eletti? Il progetto divino? L'unica cosa reale era ed è la tua stupidità..."

Era così? Ero scema? Prenotai una seduta da una psicologa, quella che avrei dovuto fissare anni prima, quando perdevo i capelli. Meglio tardi che mai.

Arrivai con lo stomaco arrotolato su se stesso come un panno strizzato. Era il momento: la mia storia sobbolliva per uscire. Seduta su una poltroncina con i manici in legno, larga due volte me, vomitai ogni dettaglio, ogni sfumatura, ogni fatto e ogni terrificante retroscena. Non so quanto rimasi lì: entrai nello studio con la luce, ne uscii col buio. La psicologa era pietrificata. Restò immobile per tutto il tempo, con le mani giunte appoggiate sulla scrivania, il volto via via più pallido e tirato. Non guardò mai l'orologio. Alla fine aveva la bocca aperta. Disse solo: «Ah». Dopo qualche istante, comprendendo che mi attendevo qualcosa di più, aggiunse: «Signora, ha un vissuto molto pesante: è stata violentata a livello psicologico ed emotivo, è stata ricattata con l'amore, allontanata dai suoi affetti... Tutto questo potrebbe avere, e sicuramente avrà, delle ripercussioni. Ora crede di stare bene, ma dovrà attraversare diverse fasi».

«Per esempio?»

«La rabbia.»

La rabbia non è mai arrivata. In compenso, sono arrivati gli attacchi di panico.

Una notte di novembre – mi sembrava di stare bene, avevo risolto ogni rapporto con la Tuenda, non avevo più sentito nessuno, avevo rivisto mia madre, stavo pianificando di portare Aurora a EuroDisney – cominciai a sudare. Il cuore mi batteva fortissimo, mi mancava il fiato. Non c'era stata avvisaglia, sintomo, niente. Pensai subito: "Il momento è arrivato. Me l'avevano detto ed è arrivato. Smetterò di respirare e morirò. Sta succedendo. Sto morendo".

In casa c'era solo mia figlia. Presi il cellulare e cercai freneticamente il numero di Gabriele, il medico di famiglia, un uomo che ama la sua professione al punto da rispondere ai pazienti anche alle quattro del mattino. Gabriele cercò di capire il problema e mi tranquillizzò. Ero seduta per terra, la schiena appoggiata al letto. Sudavo freddo, il petto mi esplodeva. Non riuscivo a respirare. Potevo sentire l'aria entrare, con la stessa delicatezza di un cazzotto sul fondo della gola. Faceva rumore quando scendeva, una sorta di fischio lungo e rauco all'imboccatura dei polmoni.

«Sto morendo, Gabriele, sto morendo» ripetevo. E lui, con una calma che non scorderò mai, rimase con me al telefono, dicendomi piano che cosa fare per dominare l'ansia e riprendere il controllo.

Il mattino dopo avevo il terrore di vivere un nuovo attacco. Quello di morire era ormai una costante. Era una previsione dei canali. Se avessi scelto il buio, sarei morta. Punto. Era così e basta. Potevo ragionarci su (Simona non era morta, per esempio: perché lei no e io sì?) ma non serviva. La mia pancia, il mio diaframma, il mio stomaco e soprattutto i miei polmoni erano convinti al cento per cento che sarebbe successo. Quindi, sarebbe successo. Razionalizzare la questione era del tutto inutile: la testa partiva per la tangente ben prima che riuscissi a imbrigliarla. Era lei a trascinarmi con sé in un futuro foschissimo, nel quale sarei appunto morta: "Che ne sarà di Aurora? Mia madre soffrirà da impazzire! E la mia anima?". Ero certa che fosse finita anche per la mia anima, perché avevo tradito Gesù troppe volte.

Accadde ancora. Prima di entrare in un luogo affollato. E di nuovo di notte. Imparai qualche trucchetto, come bere dei sorsini d'acqua e respirare a fondo appena sentivo montare l'onda dell'ansia, ma così facendo riuscivo solo a evitare la fase acuta dell'attacco. Volevo risolvere il problema, e quello non era il modo. Il nostro cervello, come tutte le parti del nostro corpo, ha reazioni automatiche che non controlliamo. Se da bambini alleniamo un muscolo, possiamo passare tutta l'adolescenza sul divano, ma a vent'anni, se riprendiamo ad allenarlo, ci sorprenderemo nel realizzare che quel muscolo si ricorda esattamente del movimento che gli avevamo insegnato. Il cervello funziona nello stesso modo: imparare a dominare il panico non era sufficiente per non avere più attacchi. Ogni volta che mi fossi trovata a vivere uno stato d'ansia, lui sarebbe tornato lì, a quel comportamento.

Avevo bisogno di aiuto. Non potevo curarmi

solo a dosi massicce di superlavoro. Non rividi la psicologa perché volevo qualcuno che conoscesse il linguaggio che avevo usato per anni. All'esorcismo avevo assistito, avevo ascoltato con le mie orecchie i canali prevedere cose che puntualmente erano accadute: a chi avrei potuto raccontarle queste cose? Credevo a Finzione e alla rete dei nadi: non me la sentivo di mettermi a illustrare nel dettaglio il mio sistema di pensiero a uno psicologo, che ragionava sulla base di tutt'altre categorie. Ero troppo compenetrata da quelle nozioni e avevo troppa fretta di risolvere il problema per rivolgermi a un'analista del tutto digiuna di questi temi. Così, cercai un terapeuta esperto non solo della psiche e dei suoi meccanismi, ma anche della realtà nella quale ero stata immersa fino a poche settimane prima. Ascoltò la mia storia e mi aiutò, dandomi le risposte che cercavo. Uno dei tormenti peggiori, che mi tenevano sveglia la notte, era: "Perché tutto questo? Perché tradire così un dono talmente bello? Quello era vero o era tutto una menzogna?".

C'è voluto molto tempo, centinaia di ore, meditazioni su convinzioni e interrogativi profondissimi perché riuscissi a fare chiarezza, a separare il sistema setta da Clelia-persona e tutto questo da ciò che avevo appreso. Dovetti soppesare ed etichettare ogni informazione: alcune erano state confezionate ad arte, in maniera pretestuosa, con lo scopo di separarmi dalla mia famiglia o di controllarmi, altre nozioni, però, potevo considerarle valide. Non era vero che Eros fosse l'anticristo, mentre andare a bussare alla porta di mio padre era stata una buona idea; Gesù non si aspettava che aprissi un'agenzia e la offrissi in gestione a Emanuele, ma cercare di portare luce e gioia era comunque un buon consiglio.

Questa persona mi aiutò a lenire il senso di colpa. Misi a fuoco che ero prima di tutto una vittima: se avevo peccato, era stato per "eccessivo candore", come Enzo Biagi aveva diagnosticato con lungimiranza. Ancora oggi fatico a riconoscermi in questa definizione: le vittime non scelgono, secondo me, mentre io so bene di averlo fatto. Avevo scelto una gabbia, ma l'avevo scelta liberamente.

Forse sono diventata una vittima nel momento in cui, con l'arrivo di Emanuele, Clelia ha perso il controllo della situazione. Tutto ciò che è successo, però, almeno in una piccola percentuale è stata una mia scelta. Come in un matrimonio: la colpa non sta mai da un'unica parte.

Ho scelto un percorso masochistico, ma so di averlo intrapreso con la mia testa. C'entra il mio orgoglio, forse: più "fuori" mi dicevano che ero dalla parte sbagliata, più mi incaponivo a rimanere "dentro".

Certo, se fossi stata più consapevole, più matura e distaccata dagli eventi del mio passato, sarebbe andata diversamente. Ma io ero quella ventenne lì, anche se oggi mi riesce difficile crederlo. Non sono l'unica ad avere avuto un'infanzia difficile e non tutti finiscono prede di una setta. Io ero particolarmente fragile ed è andata così. So di avere in parte rinunciato al mio libero arbitrio, ma vedo chiaramente che sono stata io a metterlo a tacere, a dirgli: "Zitto, tu, che ha ragione lei!", a impedirgli di salvarmi. È vero che nessuno si salva da solo, ma è vero anche che nessuno si salva se non accetta, in prima persona, con la sua testa, di lasciarsi salvare. Nel momento in cui l'ho deciso, infatti, in cui ho capito di avere un potere e l'ho usato, ne sono uscita.

Anni dopo, ero a Ischia in vacanza con mia madre, ho conosciuto due monsignori molto atipici, se messi a confronto con il cliché del prete un po' bolso e bacchettone: ridevano, scherzavano, erano aperti e gioiosi. Ci siamo trovati seduti vicini in un bar della piazza, abbiamo cominciato a chiacchierare e per me è stato naturale condividere con loro la mia storia.

Uno di loro insistette per presentarmi un amico, un frate francescano che viveva a Calvi, in Umbria, sicuro che avrebbe potuto aiutarmi nella mia ricerca di Dio. Ho conosciuto fra' Elia nell'autunno del 2006, un anno dopo essere uscita dalla setta. Il ricordo era ancora così fresco sulla pelle di tutti noi che un giorno mia madre, sentendomi parlare di Dio al telefono senza sapere chi ci fosse all'altro capo, si innervosì e prese a sbattere sportelli e pentole. Stava cucinando, ma in modo molto, molto rumoroso. Tornai da lei, le chiesi perché fosse arrabbiata e lei mi diede una risposta assurda: «Perché non trovo il sale». Che aveva di fronte. Mi fissò: era rossa, agitatissima, dovette sedersi per non svenire. Mi sedetti accanto a lei, la abbracciai e le spiegai: «Non mi perderai mai più. Era un frate, l'amico dei monsignori che abbiamo conosciuto insieme. Tranquilla, non me ne andrò mai più». Lei si sciolse: si commosse ripetendomi che non dovevo andarmene più, mai più. Piangemmo un po' insieme, ci coccolammo, e fu bellissimo poterla rassicurare così, con la certezza assoluta di averle detto la verità.

Ci sono voluti anni. Perché finissero gli attacchi di panico e la paura di tutto. Per smettere di ritenermi incapace di distinguere ciò che era giusto e ciò che era sbagliato e di chiedermi se ero o no in grado di decifrare correttamente le intenzioni del prossimo. Per anni non ho lasciato avvicinare nessuno, nel timore di prendere cantonate e di cadere preda di rapporti sbilanciati e sbagliati. Nocivi per me e, la cosa che mi spaventava di più, per mia figlia. Mi era andata bene una volta, mi sembrava saggio non sfidare la fortuna una seconda.

Alla fine, con l'aiuto di fra' Elia ho conquistato la serenità. Prima che nascessero Sole e Celeste a volte andavo in ritiro spirituale nel suo convento. Mi svegliavo la mattina presto, preparavo la colazione nel refettorio insieme a monaci e suore, poi ciascuno svolgeva i propri compiti. Io leggevo, pregavo, meditavo e portavo fuori il cane. Ho donato al convento Nuvola, uno dei cuccioli di "Striscia". È felice e grassissima, perché tutti la adorano e le danno troppo da mangiare. Porta un collare con il crocifisso ed è stata soprannominata "suor Nuvola", perché si è categoricamente rifiutata di mettere al mondo dei cuccioli.

Fra' Elia mi ha mostrato la via per un percorso spirituale davvero luminoso. Mi ha insegnato che la bellezza di Dio è nelle cose semplici, nei sorrisi, negli abbracci. Oggi per me Dio è gioia, non punizione né rinuncia. È equilibrio, non chiede a nessuno di spingersi all'estremo, nel bene come nel male.

Gli estremi sono sempre negativi, come i dogmi: oggi rifuggo entrambi.

Continuo a credere nel mondo sottile, non potrebbe essere altrimenti: se così non fosse, non crederei nemmeno nell'anima, negli angeli e nel Paradiso. Penso che si verifichino fenomeni che non sono alla portata del raziocinio umano e ho fatto pace con la consapevolezza che non potrò mai sapere se ciò che accadeva durante le riunioni fosse vero oppure una bugia. Clelia non è stata l'unica ad affermare di poter canalizzare, ma chi decide che il canale è pulito? Chi può giudicare con sicurezza di quale energia si tratta? Quanto la persona che canalizza può influenzare il messaggio? Sono tutte domande che rimarranno senza risposta. Posso decidere se crederci oppure no. Visto che non è mai tutto bianco o tutto nero, ritengo di non dover accettare o rifiutare tutta questa esperienza in blocco: penso che Clelia avesse un dono, e che alcune volte sia riuscita a contattare energie alte per davvero, ma che avesse scelto di utilizzarlo male, e che spesso sia stata tutta una bugia.

Un giorno fra' Elia decise di farmi un regalo. «Questa esperienza ha lasciato traccia dentro di te» mi disse «dovresti consegnare la tua sofferenza a Dio.» Parlava della sofferenza che mi aveva causato leggere di essere indemoniata. Chiese udienza a padre Amorth, che conosceva, e mi accompagnò da lui.

Padre Amorth viveva in una cella minuscola, con un lettino, un crocifisso, i suoi libri e una scrivania. Ero emozionatissima. Non dubitavo che si sarebbe ricordato, avendo giudicato il mio "caso", invece niente: padre Amorth non aveva la minima idea di chi fossi né di aver mai dichiarato alcunché su di me. Mi invitò a sedere di fronte a lui e gli raccontai della setta, degli articoli, delle domande dei giornalisti, delle accuse di possessione. Mi rispose: «Figliola, non ho mai affermato nulla del genere. Avevo veramente tanto altro da fare, mi dispiace non aver smentito, ma non ho nemmeno saputo di essere stato chiamato in causa».

«E io che ho avuto gli incubi pensando di essere posseduta dal diavolo!»

«No, figliola, no» mi rassicurò padre Amorth. «Non sei indemoniata.»

Lo ascoltavo rapita. Aveva una voce, un magnetismo, un modo di porsi che incutevano rispetto e soggezione. Posso capire che tutto il brutto che abbiamo dentro si sciolga di fronte a un uomo come lui. Benché non gli avessi chiesto lumi sul perché alcune persone scelgono di comportarsi scorrettamente, mi diede comunque una risposta. «Sai figliola» mi disse «ho novantacinque anni, ho iniziato a fare esorcismi quando ne avevo venti. Ne ho viste di tutti i colori. Il Male esiste, ma anche il Bene esiste. Dio ama i suoi figli al punto di essere sempre pronto a perdonarli. Se anche si sceglie di abbandonarlo, lui perdona.» Aveva le lacrime agli occhi mentre mi spiegava: «Dio ama talmente tanto che anche dall'Inferno ci si può redimere, ma ci sono anime che scelgono il diavolo per sempre. Per sempre. E rimangono all'Inferno. Stanno bene lì, come l'angelo caduto, che ha scelto di essere ciò che è. Il Male si sceglie. Non è sempre semplice individuarlo: a volte i primi passi sulla sua strada possono dare molto in cambio, in termini materiali. Questo guadagno offusca la mente, tanti non riescono a capire che ne sono preda. Poi, però, diventa chiaro: allora bisogna decidere da che parte stare».

Ripensai alle intimidazioni di Clelia ed Emanuele, all'anatema sulla morte dell'anima con cui mi avevano terrorizzato. L'entità divina di cui parlavano si interessava moltissimo alla quotidianità degli adepti, ma li giudicava senza pietà per chi erano, senza offrire possibilità di redenzione. Tutti noi eravamo sbagliati a prescindere, secondo loro: dovevamo mondarci perché eravamo sporchi, disgustosi, incapaci, e comunque macchiati da millenni di peccati commessi nelle vite precedenti.

«Anche dall'Inferno ci si può redimere» sosteneva invece padre Amorth: questo era l'amore incondizionato di Dio, quello che avevo cercato per anni. Mi ero accontentata di una sua pallida imitazione, senza capire che il Signore ama le persone per come sono, non le giudica per questo, ma per i loro comportamenti e i loro errori. E ai suoi occhi può esserci perdono per qualsiasi comportamento, qualsiasi errore.

Avevo confuso le manifestazioni di affetto ostentato di Clelia per amore, mentre lei mi legava a sé condannandomi senza appello per le mie debolezze, che allora erano parte di me. Avevo scambiato la preoccupazione e la rabbia di mia madre e del padre di Aurora per disamore, mentre loro tutto stavano facendo fuorché punirmi e biasimarmi per la persona che ero.

Mentre padre Amorth mi benediceva, pregando con una mano levata sul mio capo, sentii vibrare l'anima. Fu come rinascere. Sentii sparire lo stigma che mi ero appuntata da sola e che mi ricordava ogni mattina che mi ero fatta tutto quel male, e ridiventai me stessa – una me stessa cresciuta, più forte, più sicura. Era finita. Era davvero finita. Potevo essere certa che non avrei più cercato amore nel posto sbagliato, non avrei più scambiato una carezza per qualcosa che non era. Tornai a casa sollevata, con il cuore alto e leggero, come un palloncino.

Era quasi finita, mancava un solo tassello.

Nel 2009 vinsi un Oscar TV come personaggio femminile dell'anno. Al Teatro Ariston, durante la cerimonia di consegna, incontrai Graziella. Ci tengo a sottolineare che, benché fossi molto luminosa, ero vestita completamente di nero, comprese le scarpe e lo smalto. Dettagli a parte, la abbracciai fortissimo. Non ci incrociavamo da sette anni. Rimanemmo insieme per una decina di minuti, ma non era il momento adatto per ritrovarci: il programma della serata stava procedendo, non avrei potuto tenerla segregata nel corridoio laterale del teatro ancora a lungo. Prima che ci separassimo, le chiesi il numero di telefono di Franchino. «Dici che è contento se lo chiamo?»

«Tu non sai quanto.»

Incredibile: dopo tutto quello che era successo, il modo in cui l'avevo mollato, voleva ancora parlarmi. Felicissima, presi il numero e la sera, in albergo, gli mandai un SMS: "Quando ti posso vedere? Mich".

Ci siamo dati appuntamento qualche giorno dopo, a Riccione, nel ristorante dove eravamo soliti andare. Saremmo stati entrambi lì per lavoro, era un'occasione perfetta.

Arrivai in anticipo. Quando lo vidi aprire la porta ed entrare, con il codino raccolto in uno chignon e il cappello a tesa larga, mi alzai e gli corsi incontro. Eravamo tutti e due agitati e commossi; lui a modo suo: gli partirono tre o quattro dei tic che lo rendono unico e inimitabile. Prima ancora di dirci "ciao", stavamo già ridendo. Ricominciammo a collaborare seduta stante.

Mi confessò di aver passato l'intera notte sveglio, a leggere e rileggere il mio messaggio. Non poteva credere che fosse successo davvero. Né io che lui volesse ancora lavorare con me. Fu come ritrovare mio padre. Con Frank potevo parlare liberamente, senza filtri, sicura che mi avrebbe sempre voluto bene.

Dopo nove anni di purgatorio, avevo chiuso il cerchio.

Finzione

Ho ciucciato il pollice fino ai nove anni. Ho ben impresso nella mente il piacere profondo e proibito che mi dava poter ciucciare in pace il mio pollice di nascosto dagli altri bambini che mi prendevano in giro, ma anche il disagio, perché mi rendevo conto che fosse un vizio da piccoli. Pregavo mia madre di guarirmi: «Mettimi i guanti con il peperoncino!» la imploravo.

Ho amato quella donna esattamente così. Ne ero dipendente. Era il mio irrinunciabile piacere proibito. Mi viene da piangere se penso all'intensità di quel sentimento. L'ho amata come una madre, ma era solo un pollice. Le mamme mettono i guanti al peperoncino, i pollici si fanno ciucciare in silenzio.

In fondo al cuore sapevo che stavo commettendo un errore, che mi stava allontanando dalla mia famiglia, ma lei era così seducente, così morbida, così profumata e accogliente, e io così fragile, che l'ho seguita.

Mi ero sentita amata poco e male per tutta la vita, poi era arrivato Eros: l'uomo che avevo sognato, il padre di mia figlia. Siamo rimasti insieme per sette anni: poco meno della metà della mia vita, allora.

Quando il nostro matrimonio vacillò, persi il senso delle cose. La paura dell'abbandono, della solitudine, del vuoto era tale che per non smarrire anche me stessa mi attaccai morbosamente a chi sembrava capace di aiutarmi a rafforzare la mia identità e saggio a sufficienza per darmi risposte e affetto in una forma che consideravo universale, ma che universale non era. Eros mi amava a modo suo, come mia madre e mio padre.

È andata così. E non è colpa di nessuno. Una sfilza di dolori – alcuni piccoli, alcuni grandi – disposti tutti in fila, una manciata di coincidenze ed ecco confezionata la tempesta perfetta che mi ha sconvolto la vita per anni.

Un papà meraviglioso che purtroppo beveva. Una mamma tutta d'un pezzo. Compagni di scuola crudeli. Franchino, l'agente migliore che potessi desiderare, guarito grazie a Clelia. Graziella, la sua socia, devota pure lei. Simona, la mia migliore amica, che accetta di far parte di questo gruppo. Clelia che mi induce a ritrovare mio padre e mi veglia la notte in cui muore, lontano da me. Il padre di Aurora che pronuncia una frase infelice. Il mio orgoglio, il suo. La convinzione che non mi abbia mai amato, che nessuno mi abbia mai amato. La certezza di essere sola al mondo, Clelia a parte. La mia carriera che decolla. L'arrivo di Emanuele, la sua personalità prorompente, il fascino che esercitava su di lei. L'illusione di innamorarmi di Giovanni. L'ingenuità con cui firmo le carte per costituire e poi regalare la Tuenda. L'isolamento totale nel quale vengo rinchiusa da quel momento in avanti. Le cause per l'affidamento di Aurora. Il mio amore sconfinato per le questioni di principio e la volontà granitica con cui tengo fede alle promesse e mi schiero, una volta presa una decisione. Le decine di ricatti emotivi, gli allontanamenti. La paura di essere posseduta.

E poi, al contrario, la paura provata durante le missioni. Le minacce. Grazie a un musical, la consapevolezza di non essere proprio da buttare come professionista. Auri, che rivuole indietro la sua mamma bionda e sorridente. L'alleanza tra suo padre e Simona, l'avventura con Emanuele, il seme del dubbio, la certezza di volermene andare, le cene con Enzo Biagi, l'incontro con un ufficio stampa coraggioso.

Come sono scivolata dentro, così sono scivolata fuori. Non tutti vanno incontro a questo lieto fine.

L'Italia è infestata da sette, sedicenti guru e santoni che manipolano le persone sfruttandone la mancanza di autostima, la carenza di affetto, il bisogno di scoprire se stessi e Dio. Convincere qualcuno che si sente incompreso di essere parte di un disegno più grande è facilissimo, perché tutti hanno il desiderio – o meglio, la necessità – di dare un senso alla propria esistenza. Cosa c'è di più confortante per chi fatica a trovarlo, quel senso, delle parole "Tu conti per Dio"? Niente.

Il parallelismo è forse un po' ardito, ma secondo me è esattamente questo il motore che spinge tanti ragazzi giovani, nati e cresciuti in Occidente, a partire e arruolarsi nelle organizzazioni terroristiche che promuovono guerre sante in giro per il mondo. Lasciano un mondo nel quale si sentono inutili ed entrano in una realtà in cui vengono convinti di essere fondamentali per un disegno più grande. C'è un progetto, e loro ne sono una tessera indispensabile: Dio li ha mandati lì per questo.

Tutti, quando ci sentiamo fragili, potremmo cadere preda di una setta. Soprattutto se questa non sta scatenando una guerra o pianificando atti estremi, non ci chiede di abbandonare le nostre vite, ma ci spinge a compiere atti tutto sommato normali. È quello che è successo a me. Non mi è stato chiesto di agire in modo ingiustificabile, di celebrare riti satanici o cerimonie oscene, di vendere il mio corpo, di firmare assegni a vuoto o di combinare tra loro i componenti di una bomba.

Il Male nel mio caso era particolarmente difficile da identificare perché, all'inizio, mi dava tutto ciò che cercavo. Mi dava l'acqua e il pane, l'affetto e il sostegno. Per una pura coincidenza, negli stessi anni sono cresciuta professionalmente, arrivando a tagliare traguardi talmente significativi che non mi ero nemmeno mai data il permesso di immaginare. Nella mia testa, la setta mi aveva dato anche quello: il lavoro. L'unica cosa che mi chiedeva era fare del bene, comportarmi bene, mangiare bene. Mi sfruttava ma, al di fuori degli adepti, non nuoceva a nessuno. In più, certo non ci percepivamo come un'organizzazione. Pensavamo a noi come a un gruppo che aveva scelto di progredire spiritualmente, come possono essere le persone che si ritrovano all'oratorio.

Proprio per questo svegliarmi è stato difficile. Lungo e difficile.

Oggi, che sono una donna risolta e serena, libera da qualsiasi dipendenza, ho voluto mettere la mia storia per iscritto nella speranza che possa essere d'aiuto per chi è alle prese con una situazione del genere, che sia dentro una setta oppure fuori, annichilito dal dolore di fronte a un figlio, una figlia, un marito, una moglie, un fratello, una sorella, un padre o una madre, un amico o un'amica. Ho scelto di non usare filtri, di non tacere i miei sentimenti del tempo né di mascherare le mie fragilità e le mie insicurezze di allora, proprio perché è attraverso quelle ferite che Clelia si è infiltrata. E perché i manipolatori come lei fanno presa sugli altri sfruttando i loro sentimenti più intimi, i loro bisogni più profondi e delicati. Io ero intossicata dal bisogno d'amore, e Clelia aveva la dose giusta. Esattamente quella che volevo.

Capisco benissimo mia madre ed Eros, il loro timore ad avvicinarsi a quella situazione, quello di non riuscire a farmi cambiare idea, perché sono un'orgogliosa. Hanno giustamente anteposto a tutto ciò che credevano fosse il bene di Aurora, io ho fatto lo stesso e insieme siamo riusciti a proteggerla: Auri è cresciuta nella certezza che suo padre e io la amiamo e che ci rispettiamo, e questa è la cosa più importante. Benché da lontano, e in modi che non riuscivo a capire, hanno amato anche me.

Credo però che l'unico modo per aiutare chi è prigioniero di una setta (e dunque, in qualche modo, di se stesso e delle sue paure) sia l'amore. Quello diretto, semplice. Se uno di loro due fosse venuto da me, si fosse avvicinato, mi avesse abbracciato e, senza giudicarmi, mi avesse detto: "Amore, torna dalla mamma" oppure "Michelle, non è vero che non ti amo, sono qui", sarei crollata come una pera cotta. Mi sforzavo di essere elevata e di respingere i sentimenti che provavo per loro, ma era un supplizio. Il mio sforzo in questo senso non bastava mai: continuavo a sognarli, di notte e a occhi aperti, quando ero allontanata e quando credevo di essere felice con la mia "nuova famiglia". Questa è la parte più assurda dell'intera storia, per come la vedo: se Finzione esiste, ero io, che cercavo di proteggere la mia coscienza schierandomi dalla parte di Clelia e della setta, reprimendo i miei sentimenti.

Dopo anni di rielaborazione, sono arrivata a pensare di aver frequentato un corso accelerato di superamento delle paure, tutte: la solitudine, l'abbandono, persino la morte. Forse, se non fossi passata attraverso quelle forche caudine sarei ancora avvitata su me stessa e i miei vecchi dolori.

A volte ho l'impressione di aver vissuto tre o quattro vite (e non parlo di quelle precedenti!). La Michelle che racconto in questo libro mi appare così diversa da quella di adesso che mi sembra impossibile essere stata lei. Forse siamo delle matrioske: man mano che cresciamo e ci corazziamo per affrontare il mondo, le persone che siamo state, le loro esperienze, i loro dolori rimpiccioliscono dentro di noi. Eppure rimangono lì, e non dovrebbe andare in altro modo: se dentro ci svuotassimo, dimenticassimo, ci limitassimo a fare spazio senza fare tesoro di quanto ci è accaduto, non apprenderemmo niente. Che senso ci sarebbe, allora? Nessuno.

Sono grata alle donne che sono stata. Alla me bambina, alla Michelle che è cresciuta e si è buttata con fiducia nel mondo, e anche alla ragazza che si è illusa di aver trovato amore dove non ce n'era: è lei ad avermi permesso di evolvere, covando e cullando i semi della donna che sono.

Bonus track

E l'amore? Duecento pagine e più sull'amore puro, limpido, cristallino, sull'amore romantico, l'amore filiale e l'amore divino, sull'amore che c'è, quello che non si trova, quello che si è smarrito e su un sentimento indefinito che da amore si era camuffato, pensando fosse Carnevale…

Be', l'amore poi è arrivato. Come sempre accade, quando finalmente ho deposto le armi e smesso di chiedere a Dio una seconda possibilità. Da sola stavo proprio bene. Pensavo di trasudare la fermezza e la maturità delle donne sagge, ma Aurora non si dava pace. Mi pregava – anzi, mi implorava – di fidanzarmi.

Un giorno, avrà avuto quattordici anni, mi chiese di poter andare al cinema con un'amica dalle otto alle dieci. «Vai amore, certo.» Semplice, no?

«Ma tu sei organizzata?» si allarmò subito lei. Si preoccupava perché mi vedeva spesso per conto mio.

«No.» E che problema c'è? Sono risolta, io! «Ma tu vai, amore, non preoccuparti.»

«È che non voglio lasciarti da sola, mi scoccia…»

«Amore, non ti ho mai chiesto di stare a casa... Vai!»

Mi si sedette di fronte e mi disse: «Mamma. Basta. Devi fidanzarti. Devi. Ogni volta che esco mi sento in colpa. Ti prego, fidanzati: così non può andare avanti».

Ogni tuo desiderio è un ordine, bambina mia.

Ho conosciuto Tomaso una sera del 2011. Avevo invitato fuori Simona e avevamo deciso di prenotare un tavolo al Trussardi alla Scala, dove era appena arrivato un nuovo chef di grido. Fatalmente, proprio lì stava cenando anche Vittorio Feltri che, da gran signore, si avvicinò al nostro tavolo per venire a salutarmi. Mi alzai per dargli un bacio e notai che era in compagnia di un biondo con gli occhi verdi. Appena gli diedi la mano rimasi senza parole. Saliva: azzerata all'istante. Padronanza del linguaggio: persa. Lingua: non pervenuta. Emisi due o tre suoni senza senso, impappinandomi in maniera imbarazzante.

Quando si allontanarono, Simona mi guardò costernata: «Ma cosa fai? Stai male? Sei bordeaux! Non sei riuscita a spiccicare mezza parola...».

«Eh... niente...» le risposi. «Ho dato la mano a quell'uomo... e mi ha turbato...»

Simona ovviamente cominciò a sganasciarsi dalle risate, mentre io rimasi appesa con gli occhi alla sagoma di Tomaso che si muoveva nella sala. Pare che riuscissi a dire solo "Wow", ma si tratta di voci non confermate.

Dopo un'ora Feltri ricomparve con una borsa Trussardi. «È un regalo di Tomaso» spiegò. «Mi ha chiesto di dartela più tardi, appena prima che andassi via, ma sono troppo curioso, voglio sapere che cosa ha scritto sul biglietto da visita che ha infilato qui, in questa tasca.»

Borsa meravigliosa: neanche guardata. Mi fiondai sul biglietto e ovviamente gli telefonai subito: «Che carino! Grazie, non dovevi...». Con la dimestichezza nell'arte della seduzione di una tredicenne, aggiunsi: «Perché non vieni a bere una cosa con noi...?».

Lui si tirò indietro: «Mi dispiace ma non posso fare tardi, domani devo lavorare... Magari nei prossimi giorni?».

Che cosa?! Nei prossimi giorni?! «Fra tre giorni parto in tournée» gli risposi, ed era vero: portavo nei teatri *Mi scappa da ridere*. «Vedi tu» chiosai.

«Va bene, mi faccio vivo io.»

Il giorno dopo, niente. Il giorno dopo ancora, niente. Mi chiamò il terzo.

Tomaso non è un uomo da scelte impulsive. Per baciarmi ci ha messo due mesi e dieci appuntamenti. Ogni volta che ci vedevamo spasimavo per questo bacio che non arrivava mai, non arrivava mai... Un giorno venne persino ad assistere a un mio spettacolo a Napoli. Dopo il teatro andammo a cena, dopo la cena mi annunciò di avere un regalo per me. Questo regalo si trovava in camera sua. "Ottimo" pensai. "Sei mio." Niente da fare: in camera mi tuffai sul letto come una diva degli anni Venti, cercando di risultare il più attraente possibile. Lui si sedette sul bordo, mi consegnò il pacchetto, aspettò che lo aprissi, poi mi diede un bacio sulla guancia e mi rispedì in camera mia.

Mi ha fatto penare. Dopo, però, è andato tutto molto veloce. Ci siamo conosciuti nel 2011, nel 2013 ero incinta di Sole, nel 2014 ci siamo sposati, l'anno successivo è arrivata Celeste.

La verità è che quello era l'unico modo per conquistarmi. Non credevo possibile che un ragazzo più giovane di me potesse voler fare sul serio, invece lui si era innamorato all'istante e intendeva dimostrarmi la sua serietà evitando qualsiasi mossa avventata. Io, al contrario, ero cottissima, ma faticavo a lasciarmi andare all'idea di un progetto insieme.

Apparentemente, compatibilità zero.

Siamo partiti al contrario: niente violini nelle orecchie e pioggia rosa nei nostri primi mesi insieme, ma molte valigie sul pianerottolo e porte sbattute. Ci siamo mostrati subito per quello che eravamo, con le nostre fragilità, le nostre insicurezze, i nostri bisogni e le nostre ferite. A forza di scornarci (e parecchio) abbiamo capito che siamo perfetti per camminare insieme. Lui è la roccia, io la spuma sulle onde. I violini e la pioggia rosa ce li siamo guadagnati, e ce li stiamo godendo adesso, con la nostra famiglia, con Auri e le bambine.

Nel 2008, durante una delle mie notti insonni passate a rielaborare, avevo scritto un testo. L'avevo intitolato *L'uomo che amo*.

> L'uomo che amo è forte di spirito ed evoluto di cuore.
>
> È puro nei sentimenti e coraggioso.
>
> È munito di una spada e uno scudo, che indosserà nei momenti difficili, quando esce il mio lato oscuro.
>
> È pronto ad affrontare i miei draghi – non per

uccidérli, perché ucciderebbe una parte di me, ma per atterrarli. Una volta fatto, li accarezzerà dolcemente dicendo loro che li ama, e miracolosamente loro si trasformeranno in agnellini mansueti pronti a saltellare nei prati fioriti della mia parte solare. Ecco che allora sentirò pienamente l'amore del mio uomo.

E lo stesso farò io con lui, amandolo e donandogli il mio calore. Gli scalderò la casa per accoglierlo quando è stanco. Sarò pronta a dargli dei figli perché non c'è niente che desideri di più.

Sarò la sua donna e lui il mio uomo, e cammineremo uniti, guardando nella stessa direzione.

È lui o non è lui? Cerrrto che è lui! Tommi conosce i miei draghi per nome, non è mai indietreggiato di un passo di fronte a loro, e così mi sono comportata io con i suoi. Forse l'amore è questo: accettarsi per chi si è, chiamarsi "tesoro" anche quando si ha paura e non si sa bene che cosa sta succedendo, sbattere la porta ma poi scegliere di tornare indietro, e continuare a camminare uniti, guardando nella stessa direzione. Forse dovevo vivere il suo contrario, per capirlo.

A volte penso che così doveva essere, perché tutto ciò che mi è successo mi ha portato fino a qui, a ringraziare ogni mattina, ad abbracciare il dono di questa mia seconda, magnifica possibilità. A un sogno di famiglia che non credevo realizzabile. A un amore talmente grande da assomigliare pericolosamente all'essenza perfetta che ho cercato per tutta la vita.

Fonti

Indichiamo qui di seguito le fonti da cui sono tratte le citazioni.

p. 126
Alfonso Signorini, *Chi vi ha detto che ho perso l'Eros?*, "Panorama", 4 luglio 2002.

p. 153
Mimmo Pacifici, *Hunziker: Zelig è stato la mia terapia*, "Gente", 20 febbraio 2003.

p. 200
La Hunziker viene segnata da una guerriera della luce, "Visto", 3 ottobre 2003.

p. 201
Salvo Mazzolini, *Nella guerra dei Ramazzotti entra anche un esorcista*, "Gente", 12 agosto 2003.

p. 203
Stéphane Penouel, *Sì, faccio un figlio e torno in* TV *alla grande*, "Gente", 26 febbraio 2004.

pp. 283-284
Vittorio Feltri, Michelle è una strega? Io sto con lei, "Libero", 11 settembre 2005.

Ringraziamenti

Ringrazio Aurora, che mi ha dato la forza per affrontare tutto con la leggerezza nel cuore, il modo migliore che ho trovato per continuare a esserle madre e a proteggerla. Con i suoi occhi e le sue parole, mi ha spinto a ritornare verso me stessa.

Ringrazio la mia mamma, il mio papà e mio fratello Harold, grazie ai quali ho scoperto il senso del ritorno e il potere quasi magico del reciproco perdono.

Ringrazio Vittorio Feltri, per avermi difeso contro tutti, e Antonio Ricci, per aver creduto in me sempre. Ringrazio Enzo Biagi e le sue perle di saggezza che aprono il cuore.

Non posso non ringraziare chi mi ha raccolto, confortato e aiutato a ricostruirmi dopo l'esperienza della setta: il mio pensiero va a fra' Elia e a padre Amorth, che, benedicendomi, mi ha consentito di tornare tutta intera.

Ringrazio Franchino, Graziella e la mitica Simona: la mia tatuata, folle, divertentissima famiglia allargata.

Last but not least ringrazio Francesca Parravicini, il vero "canale" di questo racconto, perché non ha solo ascoltato e scritto, ma ha sentito.

Ringrazio infine mio marito, Tomaso, per avermi donato, con una profondità che pochi hanno il privilegio di conoscere, ascolto, concretezza, stabilità, ma soprattutto l'Amore. Credo che senza di lui non sarei diventata nuovamente madre, e invece la vita mi ha riservato questo splendido, enorme dono: dopo l'Aurora è sorto il Sole nella volta Celeste.

Un bacio al mio amore e ai miei angeli, le mie tre bambine: quando vi guardo, quando vi abbraccio, ora che so di aver trovato il mio posto nel mondo, mi sembra impossibile aver mai provato tutta quella sofferenza. Grazie per come vi prendete cura del mio cuore.

«Una vita apparentemente perfetta»
di Michelle Hunziker
I Miti
Mondadori Libri

Questo volume è stato stampato
presso ELCOGRAF S.p.A.
Stabilimento - Cles (TN)
Stampato in Italia. Printed in Italy